DuMonts Kriminal-Bibliothek

Phoebe Atwood Taylor wurde 1909 in Boston geboren und lebte in Massachusetts, wo sie 1976 starb. Neben über zwanzig Romanen um den kauzigen »Kabeljau-Sherlock« Asey Maro, die auf Cape Cod spielen, schrieb sie eine weitere Reihe von Detektivromanen, in denen Leonidas Witherall in seiner skurrilen Art verzwickte Kriminalfälle löst.

Von Phoebe Atwood Taylor sind in DuMonts Kriminal-Bibliothek erschienen: »Kraft seines Wortes« (Band 1003), »Ein Jegliches hat seine Zeit« (Band 1010), »Wie ein Stich durchs Herz« (Band 1021), »Wer gern in Freuden lebt …« (Band 1032), »Mit dem linken Bein« (Band 1051), »Die leere Kiste« (Band 1058), »Schlag nach bei Shakespeare« (Band 1073), »Kalt erwischt« (Band 1086) und »Zu den Akten« (Band 1101).

Herausgegeben von Volker Neuhaus

Phoebe Atwood
Taylor

Todernst

Aus dem Englischen von Manfred Allié

DuMont

Die Deutsche Bibliothek – CIP-Einheitsaufnahme

Phoebe Atwood Taylor:
Todernst / Phoebe Atwood Taylor. Manfred Allié (Übers.). – Köln : DuMont, 2002
(DuMonts Kriminal-Bibliothek ; 1112)
ISBN 3-8321-6703-X

Die der Übersetzung zugrundeliegende Ausgabe erschien 1992 unter dem Titel *Dead Ernest* bei Foul Play Press, Woodstock, Vermont.

Umschlagmotiv von Pellegrino Ritter
Umschlag- und Reihengestaltung: Groothuis, Lohfert, Consorten (Hamburg)
Satz: Greiner & Reichel, Köln
Druck und Verarbeitung: Clausen & Bosse, Leck
Printed in Germany
ISBN 3-8321-6703-X

Kapitel 1

»›Admiral Yamaguchi wußte, daß es kein Entrinnen gab. Das juwelenbesetzte Heft fest in der Hand, hob er das Schwert seiner Vorväter‹« – Mr. Leonidas Witheralls Feder hielt nur einen Sekundenbruchteil inne, als die stämmige Gestalt seiner Haushälterin, Mrs. Mullet, zum millionstenmal in der Arbeitszimmertür erschien – »›und stieß einen letzten, gellenden Schrei aus wie ein waidwundes …‹«

»Mr. Witherall«, sagte Mrs. Mullet mit fester Stimme.

»›Tier.‹« Leonidas schrieb unbeirrt weiter. »›Lieutenant Haseltine lächelte triumphierend, und die strahlend weißen Zähne blitzten. Jetzt würde der feige Schurke dafür büßen, daß er die bezaubernde Lady Alicia …‹«

»Also wenn Sie *mich* fragen, Mr. Witherall …«

Leonidas blickte müde auf, wünschte Mrs. Mullet freundlich eine gute Nacht und überlegte, mit welchem passenden und nicht zu starken Wort er Lady Alicias Schicksal am besten zusammenfassen konnte. Schließlich stand längst fest, daß sie im Laufe der nächsten und letzten fünfzehn Seiten – unversehrt, jede einzelne goldene Locke wie frisch vom Friseur – per Fallschirm in den Armen des Leutnants landen würde, und er durfte die Phantasie des Lesers nicht zu sehr anheizen.

Er strich den angefangenen Satz und fragte sich, ob er daran gedacht hatte, der Rettungsmannschaft eine neue Uniform für Lieutenant Haseltine mitzugeben, damit er nicht beim großen Finale in seiner jetzigen Verkleidung als zwielichtiger Schwarzhändler dastand. Das hätte er nachsehen müssen, aber der Gedanke an die Zeit, die er damit verlieren würde, schreckte ihn. Er *mußte* diesen schon seit Ewigkeiten überfälligen Haseltine heute abend zu Ende bringen. Im ersten Morgengrauen mußte das Manuskript auf dem Weg sein, bevor der Verleger, der inzwischen in der Wütende-Telegramme-Phase angekommen war, ihm ernstlich böse wurde.

Er warf einen Blick auf den Stapel gelber Western-Union-Umschläge, die im Laufe des Tages gekommen waren – er hatte sich nicht einmal die Mühe gemacht, sie zu öffnen – und tauchte die Feder in die kleine hohle Shakespearebüste, die ihm als Tintenfaß diente, fest entschlossen, das blutige Ende des gräßlichen Admirals zu Papier zu bringen.

»Mis-ter Witherall! Wenn Sie *mich* fragen, Sie *müssen* einfach einen Moment aufhören und sich das hier ansehen!«

Leonidas betrachtete mit einem Seufzen das Shakespeare-Faß.

Schon seit so vielen Jahren, daß er sie gar nicht zählen mochte, versicherten ihm Leute, wie ähnlich er diesem Tintenfaß sehe – ja, daß er das wandelnde Ebenbild Bill Shakespeares sei, der wiedererstandene Dichterfürst. Wenn er doch nur, sagte er sich grimmig, für einen Augenblick aussehen könnte wie Jimmy Cagney! Nur zwei selige Minuten lang wollte er Cagney sein. Das Tintenfaß packen und es Mrs. Mullet ins Gesicht schleudern, und den kupfernen Übertopf mit Chrysanthemen gleich hinterher, und ihr mit klaren und unmißverständlichen Worten zu verstehen geben, was er von solch unverschämten Unterbrechungen seiner Arbeit hielt!

Aber die Höflichkeit gebot, daß er mit einer Miene schönster Aufmerksamkeit zu ihr aufblickte. Als einzige Haushälterin in ganz Dalton, die dem Lockruf der großen Fabriken nicht nachgegeben hatte, war Mrs. Mullet eine Perle von unschätzbarem Wert. Und zweifellos meinte sie es ja auch gut, auf ihre Art.

»Was gibt es, Mrs. Mullet?« fragte er.

»Dieses *Ding* hier.« Sie hielt ein unbestimmbares, formloses Stück schwarzen Tuches in die Höhe. »Ich habe die Mottenlöcher gestopft, so gut ich konnte, aber man sieht es doch. Der Stoff ist ganz abgewetzt, und ehrlich gesagt, ich traue mich überhaupt nicht mehr, den noch zu bügeln. Der würde dabei endgültig zergehen, so alt ist er.«

»Danke«, sagte Leonidas. »Sehr freundlich von Ihnen, daß Sie sich solche Mühe damit gemacht haben. Legen Sie ihn einfach über den Stuhl dort. Gute N …«

»Ist das ein *Kimono*, Mr. Witherall?«

»Ähm – nein«, antwortete Leonidas. »Das ist mein Talar. Gute N …«

»Mr. Witherall!« Sie kniff die Augen zusammen und sah ihn eiskalt an. »In so einem Ding *können* Sie nicht predigen!«

»Ein akademischer Talar.« Leonidas setzte seinen Zwicker auf, musterte die räudigen schwarzen Falten und mußte einsehen, daß Mrs. Mullets ehrlicher Abscheu nicht unbegründet war. Die goldene Quaste des Baretts hing in stumpfen Strähnen herab, der Umhang sah entsetzlich schäbig aus, und die blauen Samtbänder an den Ärmeln machten ganz den Eindruck, als hätten Generationen verhungerter Mäuse daran genagt. »Zu meinem Bedauern werde ich ihn morgen tragen müssen.«

»In der *Öffentlichkeit?*« Im selben Ton hätte Mrs. Mullet Lady Godiva zurechtgewiesen, hätte sie vor ihrem berühmten Ritt das Wort an sie wenden können. »Wieso denn *das?*«

»Ab morgen«, erklärte Leonidas, »bin ich Direktor der Meredith-Akademie. Und zum Schuljahrsbeginn gehört es, daß ich kurz in dieser – ähm – Verkleidung, könnte man sagen, erscheine.«

»In *der* Verkleidung«, versicherte Mrs. Mullet ihm, »wird Sie keiner erkennen, das können Sie mir glauben.« »Mr. Witherall, brauchen Sie denn wirklich *noch* einen Posten? Meredith – das ist doch diese vornehme Jungenschule – die, wo sie jetzt die Navy-Offiziere ausgebildet haben, nicht wahr? Und *da* wollen Sie unterrichten?«

»Unterrichten nicht«, antwortete Leonidas, »aber sie gehört mir nun einmal. Gute Nacht …«

»*Ihnen* gehört die?« Mrs. Mullet machte große Augen. »Sie sind der *Eigentümer* von der Schule?«

Wenn er auch nur die kleinsten Anstalten machte, ihre brennende Neugier zu befriedigen, dachte Leonidas, wenn er erzählte, daß er die Schule von seinem alten Freund Marcus Meredith geerbt hatte, würde sie nur als nächstes fragen, woher er denn Senator Meredith so gut gekannt habe. Dann würde er ihr von den alten Zeiten erzählen müssen, als er noch als Lehrer bei Meredith gearbeitet hatte – bevor er darauf gekommen war, daß das Verfassen von Haseltine-Geschichten bei weitem einträglicher war. Er hätte erklären müssen, daß die Navy, die zwei Jahre zuvor die Schule von einem Tag auf den anderen requiriert hatte, sie vor zwei Wochen ebenso unvermittelt wieder zurückerstattet hatte.

»Hmnja, die gehört mir«, sagte er nur, »und da es nicht leicht war, so kurzfristig Lehrkräfte zu finden, habe ich mich entschlossen, die Direktorsstelle für eine Weile selbst zu übernehmen. Und nun ...«

»Aber Sie haben doch jetzt schon so viele Posten, daß Sie sie nicht mehr auseinanderhalten können!«

»Alles nur vorübergehend. Wenn all die Direktoren und Aufsichtsratsmitglieder aus dem Krieg zurück sind, ziehe ich mich wieder ins Privatleben zurück. In der Zwischenzeit«, fügte er mit einem Lächeln hinzu, »werde ich mich bemühen, nicht mehr das Tierheim zu inspizieren, wenn ich bei der Aktionärsversammlung der Bank sein sollte, und nicht mehr das Stadtparkskomitee mit dem Sparkassenkomitee zu verwechseln. Lassen Sie mich Ihnen noch einmal für Ihre Mühen danken, Mrs. Mullet, und Ihnen eine gute Nacht wünschen!«

»Die wünschen Sie mir ja schon die ganze Zeit, dabei *ist* doch noch gar nicht Feierabend. Es ist ja noch nicht mal vier Uhr! Und bevor Sie mir gleich überhaupt nicht mehr zuhören – Mis-ter Witherall! Ich muß noch etwas sagen! Wenn Sie *mich* fragen, Mr. Witherall – Mis-ter Witherall!«

»Hmmm.« Leonidas hatte wieder zur Feder gegriffen.

»Mit diesem Finger, da werden Sie noch eine Menge Ärger bekommen, glauben Sie mir!«

»Der ist nur ein wenig steif vom Schreiben, Mrs. Mullet.« Leonidas tauchte die Feder ein. »Als die Schreibmaschine noch in Ordnung war, hat meinem Finger nichts gefehlt.«

»Nicht *Ihrem* Finger!« Sie hob die Stimme. »Sie werden den Tag noch verfluchen, an dem die Haverstraws nebenan ausgezogen sind! Das waren die besten Nachbarn …«

Leonidas hörte kaum hin, als sie ihr Loblied auf die gartenversessenen Haverstraws anstimmte, denn ihm persönlich waren sie stets lästig gewesen. Jahrelang hatten sie ihn erbarmungslos gequält, hatten ihm Hacke und Spaten in die unwilligen Hände gedrückt, ihm ihre Pflanzen aufgezwungen und schließlich dafür gesorgt, daß sein eigener Garten sich ganz und gar dem ihren angepaßt hatte.

»*Das* waren Nachbarn!« Mrs. Mullet atmete tief durch.

»Hmnja, da haben Sie recht. Bitte, Mrs. M., darf ich jetzt weiterarbeiten?«

»Warten Sie – was soll ich denn nun mit den ganzen Leuten machen – und mit Bedford Scrim?«

»Bedford Scrim?« fragte Leonidas gedankenverloren. »Bedford Scrim? Oh, sind das die Spitzenvorhänge im Gästezimmer, die eingelaufen sind?«

»Aber nein! Das ist ein Mann! Ein M-a-n-n.« Sie buchstabierte es für ihn. »Bedford Scrim ist ein Mann! Was soll ich mit ihm machen?«

»Ein Mann.« Leonidas blickte auf. »Das ist nicht leicht, Ihnen da zu etwas zu raten. Aber wenn er ein anständiger und ehrlicher Bursche ist, wenn er nicht trinkt und sein Einkommen hat und so weiter, dann sehe ich keinen Grund, warum Sie ihn nicht heiraten sollten. Immer vorausgesetzt natürlich, das ist Ihr Wunsch.«

»Mr. Witherall, was *reden* Sie denn da?«

»Sie haben mir von einem Mann erzählt und mich gefragt, was Sie mit ihm machen sollen, und ich bin zwar kein Briefkastenonkel, aber …«

»Mr. Witherall, Sie *müssen* jetzt den Federhalter hinlegen und mir zuhören! Den ganzen Tag über sind Leute hiergewesen und wollten zu Ihnen, ganze Heerscharen von Leuten, und Sie sitzen nur da an Ihrem Schreibtisch und schreiben und sagen, ich soll Sie in Ruhe lassen. Dieser Finger, und dann die Telefonanrufe und die vielen Telegramme, die Sie nicht mal aufgemacht haben!«

»Ich weiß, was drinsteht«, entgegnete Leonidas sanft, »ich könnte es Ihnen auswendig sagen. Ich habe oft genug solche Telegramme gesehen. Sie kommen von meinem Verleger, der mit eiserner Faust das Buch fordert, an dem ich hier sitze. Und das Buch kann ich nicht zu Ende bringen, wenn Sie mich nicht in Ruhe und Frieden arbeiten lassen, ohne Unterbrechung. Mit anderen Worten, Mrs. Mullet, gute Nacht!«

»Und was soll ich diesem Scrim sagen?« beharrte sie.

»Nie in meinem Leben ist mir ein Mann namens Bedford Scrim begegnet«, erwiderte Leonidas mit Nachdruck. »Der Name Bedford Scrim ist mir nicht geläufig.«

»Aber Sie kennen ihn! Sie kennen seinen Onkel! Er …«

»Ich kenne niemanden, der einen Neffen namens Bedford Scrim hat. Und ich kann mir nicht vorstellen, daß es überhaupt einen Menschen auf der Welt gibt, der Bedford Scrim heißt. Das ist ohne Zweifel ein erfundener Name. Mit so einem Namen …«

»Aber er …«

»Mit so einem Namen« – nun wo er einmal beschlossen hatte, sie an die Wand zu reden, ließ Leonidas sich auf keinerlei Einwand ein – »ist er entweder Versicherungs- oder Staubsaugervertreter, oder er hat es auf mein Tafelsilber abgesehen. Bedford Scrim ist ein Name, der nach Unseriosität geradezu riecht. Ein Banditenname, wie geschaffen für eine Ballade. ›Hängen sollst du, Bedford Scrim, der Henker wartet schon, – ähm – baumeln sollst du, Bedford Scrim, der Galgen ist dein Lohn. Da gehst du hin, o Bedford Scrim …‹«

»Aber er *ist* kein Bandit, Mr. Witherall. Er kommt aus meiner …«

»Ich verlasse mich darauf, Mrs. M., daß Sie ihn mir vom Halse halten. Wenn er wiederkommt, sagen Sie ihm, der Arzt hat bei mir eine sehr ansteckende Krankheit festgestellt – leprösen Mumps. Und nun« – er manövrierte sie auf den Flur, schloß die Tür und riegelte sie hinter ihr ab – »machen Sie einfach früher Feierabend. Gute Nacht!«

Damit wandte er sich wieder dem schaurigen Harakiri des Schurken Yamaguchi zu. Er hörte noch die vorwurfsvolle Stimme draußen, die etwas wie »Goldfisch, Finger, Muscheln, Butter« murmelte. Sie sagte es noch ein paarmal, und Leonidas saß da und wartete, daß die Stimme verstummte und die Haushälterin nach Hause ging.

Schließlich fiel, nachdem sie noch eine Weile in der Küche furios mit den Töpfen gerasselt hatte, die Haustür hinter ihr ins Schloß.

»Allein!« rief Leonidas mit einem tiefen Seufzer. »Endlich allein! Nun denn, Haseltine …«

Er setzte die Feder wieder an.

In diesem Moment kam unter großem Getöse ein roter Lastwagen rückwärts den Kiesweg vor seinem Fenster herauf.

Zwei Männer sprangen heraus, und mit einer Behendigkeit, die fast an Vorkriegszeiten erinnerte, hievten sie von der geneigten Ladefläche ein großes, schrankartiges Objekt, das Leonidas ein wenig an die Eiscremetruhe in einem Drugstore erinnerte. Höchst professionell praktizierten die beiden die Truhe auf ein Wägelchen, nahmen Anlauf und kamen damit auf das Haus zu wie die Vorhut eines Panzerangriffs.

Erst da begriff Leonidas, daß seine eigene Hintertür das Angriffsziel war.

Er schloß die Arbeitszimmertür auf und lief zur Küche, doch die beiden Männer und die Truhe waren schon da.

Für zwei so tüchtige Arbeiter, dachte Leonidas, als er sie nun mit verblüffter Miene näher betrachtete, sahen die beiden erstaunlich abgerissen aus. Sie waren die schmutzigsten Gestalten, die er je außerhalb der Gosse gesehen hatte. Die schlecht sitzenden Drillichhosen waren steif vor Dreck, die fettigen Hemden hingen ihnen bis halb zu den Knien, und die Gesichter waren so schwarz, daß es wie Tarnfarbe aussah.

»Da wären wir, Kumpel!« Der Größere von beiden holte aus dem Aufschlag seiner karierten Kappe einen Zettel hervor. »Einmal unterschreiben. Wo will sie sie hinhaben?«

»Ähm – wo«, erwiderte Leonidas, »will – ähm – wer was hinhaben?«

»Wir haben nicht den ganzen Tag Zeit, Kumpel!« Ungeduldig hielt er Leonidas den Zettel entgegen. »Wo will die Dame des Hauses das Ding hinhaben? Wir müßten sie jetzt sofort anschließen, sonst …«

»Es gibt hier keine Dame des Hauses«, informierte Leonidas ihn, »und was immer für ein Ding das Ding sein mag, ich will es nicht haben.«

»Wenn Sie sie nicht haben wollen«, fragte der Kleinere streng, »warum haben Sie sie dann gekauft, hm?«

»Ich *habe* sie nicht gekauft!« Leonidas fand es absurd, daß er sich verteidigen mußte, denn schließlich war diese Fehllieferung nicht seine Schuld. »Niemals habe ich …«

»Hören Sie, Kumpel, eine solche Tiefkühltruhe ist in unseren heutigen Zeiten nicht an jeder Ecke zu haben!« ermahnte der Große ihn streng. »Heute morgen wollten Sie sie, Sie haben sie gekauft und Sie haben sie auch bezahlt! Wir wissen, daß sie bezahlt ist. Wir wollen kein Geld von Ihnen. Wir wollen nur, daß Sie hier unterschreiben und uns dann sagen, wo wir sie hinstellen sollen, verstehen Sie? Wir …«

»Wenn Sie«, unterbrach Leonidas, »so – ähm – freundlich

sein wollen und mir auch ein Wort gestatten, wer steht als Empfänger auf Ihrem Zettel dort? Ein Mann namens Witherall?«

»Name steht hier keiner. Hier steht nur Birch Hill Road vierzig, sonst nichts.« Er hielt Leonidas den Zettel unter die Nase. »Sehen Sie es sich selbst an, Kumpel. Steht doch hier, oder? Das heißt doch vierzig, oder etwa nicht?«

»Es steht dort, keine Frage«, stimmte Leonidas zu. »Aber Tatsache ist, daß ich keine Tiefkühltruhe bestellt und auch keine bezahlt habe. Die Truhe ist nicht für mich. Ich brauche …«

»*Vierzig* steht hier, Kumpel. Eindeutig!«

»Selbst wenn Vierzig als Einlegearbeit auf dem Deckel stünde«, beharrte Leonidas, »wollte ich sie nicht haben. Sie sind falsch bei mir.«

»Ja, wenn sie nicht für Sie ist«, sagte der Kleinere, »für wen ist sie denn dann?«

Leonidas ließ den Zwicker an seinem breiten schwarzen Bande kreisen. »Ich überlege – hmnja, ich überlege, ob sie nicht für Nummer hundertundvierzig nebenan sein könnte.«

»Hundertvierzig nebenan, Kumpel? Wollen Sie uns weismachen, das hier ist die Nummer vierzig und das Nachbarhaus ist die Nummer hundertvierzig?«

»Für die Launen der Hausnumerierung der Birch Hill Road«, sagte Leonidas, »kann ich nichts, das versichere ich Ihnen. Neben der Vierzig liegt die Hundertundvierzig und auf der anderen Seite die Sechs. Ich würde vorschlagen, Sie bringen das Ding zur Hundertvierzig. Dort zieht jemand Neues ein, und ohne Zweifel gehört es dorthin.«

Beide Männer nahmen, obwohl Leonidas beim besten Willen nicht wußte, warum, diesen Vorschlag mit äußerster Skepsis auf.

»Und wie heißen die Leute da, hm?« fragte der Kleine.

Leonidas zuckte mit den Schultern. »Früher wohnten die Haverstraws dort, aber die neuen Besitzer kenne ich nicht.« Er überlegte, ob Mrs. Mullet den Namen genannt hatte. Mit Sicherheit hatte sie es im Laufe des Tages, aber er hatte nicht zugehört. »Darf ich – ähm – Sie darauf aufmerksam machen, daß Ihnen der Name der neuen Bewohner von Nummer einhundertundvierzig gleichgültig sein kann, wenn Sie ohnehin den Namen Ihres Adressaten nicht kennen? Die Truhe gehört nach Hundertundvierzig, da bin ich mir sicher.«

»Wenn Sie so sicher sind«, klagte der Kleine, »warum haben Sie uns das dann nicht vorher gesagt, hm, bevor wir uns die Arbeit gemacht und das Ding hier reingeschafft haben? Komm, Matt, wir nehmen sie wieder mit!«

Sie fuhren die Tiefkühltruhe zurück und luden sie wieder auf den Lastwagen, und fast noch bevor er zur Vorsicht den Schlüssel der Hintertür umgedreht hatte – Mrs. Mullet mußte sehr ärgerlich gewesen sein, wenn sie die Tür offengelassen hatte, dachte er noch –, war der Wagen unter großem Lärmen wieder verschwunden. Im nächsten Moment konnte er ihn in der Einfahrt von Nummer hundertvierzig hören.

»Wie *hießen* die Leute denn bloß, die nebenan einziehen?« murmelte er vor sich hin, als er wieder ins Arbeitszimmer ging. »Aber das kann ich auch noch herausfinden, wenn Haseltine fertig ist und Meredith wieder läuft; dann mache ich mich offiziell bekannt.«

Auf dem Weg zum Schreibtisch hielt er inne, griff zu dem abgewetzten Talar, streifte ihn über seinen grauen Tweedanzug und stülpte sich das Barett auf. Er mußte, als er sich im Spiegel betrachtete, zugeben, daß er eher verwegen als gelehrt aussah, aber die morgige Schuljahrseröffnung würde die Uniform wohl überstehen, ohne daß sie auseinanderfiel.

Als er sich vom Spiegel abwandte, klingelte es an der Haustür, und mit einem unterdrückten Fluch ging Leonidas nach vorn und öffnete.

Ein dickes, rotgesichtiges, barfüßiges Mädchen in blauen Shorts und Matrosenbluse blickte ernst durch eine Hornbrille zu ihm auf.

»Ähm – ja?« ermunterte Leonidas sie.

Im Lächeln entblößte sie eine goldene Zahnspange.

»Mutter will jetzt die Goldfische«, antwortete sie, alles in einem Wort.

»Tatsächlich!« erwiderte Leonidas. »Ich persönlich habe ihnen nie viel abgewinnen können, aber wenn deine Mutter Goldfische will, dann wird sie gewiß viel Freude an den – ähm – niedlichen kleinen Kerlen haben. Gab es sonst noch etwas, was du mir mitteilen wolltest?«

»Mutter meint, das Schlimmste ist überstanden. Sie …«

»Fein!« rief Leonidas herzlich. »Wunderbar! Das hört man gerne. Aber würdest du mich jetzt bitte entschuldigen? Ich habe viel zu tun.«

Er war schon gut in Yamaguchis Abschiedsrede vertieft, als die Glocke an der Hintertür erklang.

Es waren die beiden abgerissenen Lieferanten, und auf dem Wägelchen neben sich hatten sie wieder die Tiefkühltruhe.

Beide Männer brachen in Gelächter aus, als sie ihn sahen. Sie sagten kein Wort, standen nur da und lachten aus vollem Halse.

»Welchem Umstand«, fragte Leonidas streng, »habe ich das zweifelhafte Vergnügen Ihres neuerlichen Besuchs zu verdanken?«

»Mann, Kumpel, das ist ja ein irrer Hut, den Sie da aufhaben! Der ist wirklich zum Schießen!«

»Hut? Was für ein Hut?« Erst da ging Leonidas auf, daß er seinen verwegenen Doktorhut noch immer auf dem Kopfe trug. Und nach wie vor in dem weiten Talar steckte. »Ah ja. Für Sie eine fremde Welt, das kann ich mir vorstellen, aber glauben Sie mir, ich würde ihn nicht gegen das karierte Etwas tauschen wollen, das Sie auf Ihrer eigenen Rübe haben. Ähm – was wünschen Sie?«

Der Größere von beiden räusperte sich. »Nebenan wollen sie sie nicht, Kumpel.«

»Wen?«

»Na, die Tiefkühltruhe, was denn sonst? Sie sagen, sie haben keine bestellt.«

»Und was sollen wir jetzt damit machen?« fragte der Kleine mit kümmerlicher Stimme.

»Bringen Sie sie dorthin zurück, von wo Sie sie geholt haben.« Leonidas schickte sich an, die Tür zu schließen. »Und wenn Sie jetzt bitte Ihren klobigen Fuß von dieser Türschwelle nehmen wollen?«

»Moment, Kumpel!« rief der Große rasch. »Nicht so eilig! Wir *können* sie nicht zurückbringen.«

»Wieso nicht? Sie haben das Ding doch irgendwo geholt«, sagte Leonidas, »da können Sie es auch wieder dorthin zurückbringen.«

»Also es ist so, Kumpel.« Der Große zwängte sich in die Küche. »Da war ein Kerl, verstehen Sie, der hatte die Truhe hier hinten in seinem Kombi. Und der hatte 'nen Platten, verstehen Sie, und keinen Ersatzreifen dabei. Also hat er mich und Shorty unten auf der Schnellstraße angehalten und hat gefragt, ob wir nicht für ihn die Tiefkühltruhe hier ausliefern können, verstehen Sie? Es lag an unserem Weg, und da haben wir gesagt, klar, das machen wir. Aber jetzt können wir sie nirgends lassen, weil Sie sie nicht wollen, verstehen Sie, und die Leute drüben auch nicht.«

»Dann bringen Sie sie eben zu dem Mann mit dem Kombiwagen zurück!« stöhnte Leonidas. »Und jetzt verlassen Sie bitte …«

»Aber wir können die nicht zurückbringen, Kumpel. Wir wissen nicht, wer der Mann war, verstehen Sie?«

»Sie meinen, Sie haben nicht daran gedacht, sich seinen Namen geben zu lassen?« fragte Leonidas. »Oder sich die Nummer seines Wagens zu merken?«

»Wir haben keine Ahnung, wer das war!« erklärte Shorty. »Wir haben uns nur 'n paar Dollar nebenbei verdient, stimmt's, Matt?«

Matt stimmte ihm zu, daß sie sich nur ein paar Dollar verdient hatten. »Da können Sie uns keinen Vorwurf machen«, fügte er hinzu. »Das lag ja auf unserer Route, verstehen Sie? Und zurück zur Firma können wir sie nicht mitnehmen, da würde uns der Boß schön was erzählen. Da kriegen wir was zu hören, weil wir uns 'n paar Dollar nebenbei verdienen wollten. Weil wir das Benzin von der Firma verfahren. Tja, so sieht's aus, Kumpel!«

»Mein tiefstes Mitgefühl ist Ihnen sicher«, sagte Leonidas, »aber ich habe weder die Zeit noch die Absicht, mir einen Ausweg für Sie auszudenken. Sie wollten – ähm – sich ein paar Dollar nebenbei verdienen, und nun haben Sie eine Tiefkühltruhe dazubekommen. Lassen Sie sich das eine Lehre sein.«

»Mensch, Kumpel«, sagte Matt, »können Sie sie denn nicht für die eine Nacht hierbehalten, bis wir rausgefunden haben, wo sie hingehört?«

»Ich wüßte nicht, wie Sie den Eigentümer dieses Stückes ermitteln wollten«, entgegnete Leonidas, »wenn Sie nach Ihrem eigenen Eingeständnis nicht den geringsten Anhaltspunkt dazu haben. Und wie ich Ihnen nun schon mehrfach versichert habe, ich persönlich habe *kein* Interesse an einer Tiefkühltruhe! Nicht einmal für eine Nacht!«

»Wollen Sie denn nicht wenigstens so nett sein«, fragte Shorty in flehenden Tönen, »und sich in der Nachbarschaft umhören, ob jemand eine Kühltruhe erwartet?«

»Dazu habe ich viel zuviel mit meinen eigenen Sorgen zu tun …« Leonidas hielt inne, als von neuem die Glocke an der Vordertür erklang.

»'s klingelt, Kumpel!« ließ Matt ihn wissen.

»Ich höre es.« Leonidas griff zum Türknauf. »Meine Herren, ich werde in den nächsten Tagen an Sie denken, wie Sie von Pontius zu Pilatus wandern, die arme, heimatlose Tiefkühltruhe im Schlepptau. Leben Sie wohl!«

Unter ihren Protesten drückte er die Tür zu, drehte den Schlüssel im Schloß und lief zur Vordertür, wo es nach wie vor Sturm läutete.

Er warf die Tür weit auf, blieb verdattert stehen und zückte seinen Zwicker.

Auf der Türschwelle stand ein Mädchen, aber ein Mädchen, das so anders war als die dicke, plappernde Göre von vorhin, daß man sich kaum vorstellen konnte, daß die beiden zur selben Spezies gehörten.

Diese zweite war eine Blondine im langen, schimmernden weißen Abendkleid, an die Schulter ein Orchideensträußchen gesteckt. Über dem Arm hatte sie eine Samtstola von tiefem Veilchenblau.

Leonidas schluckte, sah, daß ihre Augen genau die Farbe der Stola hatten, und schluckte noch einmal. Noch nie hatte er eine Frau wie sie gesehen, höchstens auf einer Illustrierten oder in einer Pelzmantelreklame.

»Ähm« – er fand seine Stimme –, »ähm – sind *Sie* etwa Bedford Scrim?«

Das Mädchen zögerte, dann schüttelte sie den Kopf. Leonidas hatte den Eindruck, daß sie bei seinem Anblick genauso überrascht war wie er bei dem ihren.

»Dann werden Sie mir vielleicht verzeihen, daß ich – ähm – sehe, daß ich weiterkomme. Ich bedaure« – und Leonidas meinte es ernst –, »daß ich beschäftigt bin, aber ich muß auch ehrlich sagen, selbst in Zeiten größerer innerer Ruhe hätte ich weder für Parfüm noch für Pelzwaren Verwendung gehabt, und eines von beiden werden Sie ja gewiß – ähm – repräsentieren.«

»Sind Sie soweit?« fragte das Mädchen.

»Wie – ähm – wie bitte?«

Sie neigte den Kopf ein wenig, öffnete den Mund und begann zu singen.

»Hap-py birth-day to you, hap-py *birth*-day to you! Hap-py birth-day, lieber …« Sie hielt inne. »Mist!« sagte sie nüchtern, »jetzt habe ich den Namen vergessen. Marmaduke, kann das sein? Oder etwas wie Leffingwell? Strawbridge?«

Bevor Leonidas seine Sinne wieder gut genug beisammenhatte und ihr versichern konnte, daß er keiner von den dreien sei, war sie erneut in munteres Trällern verfallen.

Mit einem »Happy BIRTH-day to you!« kam sie zu Ende. Dann wies sie auf den Talar und fragte forsch: »Na, gehen Sie zum Maskenball?«

»Das«, preßte Leonidas mit erstickter Stimme hervor, »könnte ich Sie ebensogut fragen! Aber auch wenn ich Ihr musikalisches Zwischenspiel genossen habe ...«

Er stutzte, als aus seiner Einfahrt ein roter Lastwagen gerast kam, am Bordstein kurz schlitterte und dann davonstob wie ein Streifenwagen im Noteinsatz.

»Muß ich«, fuhr er fort, »doch sagen, daß ich weder Marmaduke noch einer der anderen bin und mein Geburtstag erst wieder im nächsten Juli ist. Kurz gesagt, Sie wollen wahrscheinlich zur Birch Hill Road Nummer hundertvierzig. Dies hier ist die Vierzig. Einen guten Abend!«

Er schloß die Tür höflich, doch streng.

»An die Herren Smith und Beston, Verleger«, murmelte er, als er der Tür den Rücken zukehrte. »Werte Herren! Ich bedaure zutiefst, daß die Wiedereröffnung der Meredith-Akademie die Fertigstellung dieses neuesten Haseltine im entscheidenden Stadium verzögert hat. Der Lehrkräftemangel ist so gewaltig, daß ich gezwungen war, in meiner Verzweiflung die Bostoner Straßen nach Pädagogen abzusuchen. Nach Trainern für die Sportler forschte ich in den Gassen. Ich ging in die Altersheime, damit ich einen Lateinlehrer fand. Ich klingelte an Haustüren und fragte, ob jemand Französisch könne. Als ich mein buntes Häuflein beisammenhatte, warf ich mich auf Haseltine, wie ich mich in der großen weiten Welt noch nie auf etwas geworfen habe.«

Er seufzte. Es war die reine Wahrheit, aber seine Verleger würden ihm kein Wort davon glauben.

»Aber, mein lieber Smith, mein lieber Beston, die Welt hatte sich gegen mich verschworen. Jeder hatte nichts anderes im

Sinn, als mich bei der Arbeit zu stören. Haushälterinnen. Gören, die Goldfische wollten. Orchideengeschmückte Glamourgirls, die mir ein Ständchen brachten. Zwei Burschen mit einer Tiefkühltruhe, die sie mir kostenlos überlassen wollten – hm! Warum die beiden Dreckspatzen wohl so überstürzt die Flucht ergriffen haben?«

Er blieb in der Arbeitszimmertür stehen, als ihm plötzlich ein finsterer Verdacht kam.

Dann entspannte er sich wieder. Er hatte die Hintertür verschlossen. Er sah es noch vor sich, wie er den Schlüssel umgedreht hatte. Sie konnten nicht in die Küche gekommen sein. Außerdem war es ein abwegiger Gedanke, daß sie die Truhe einfach irgendwo stehenließen. Nicht wenn sie sie verkaufen und sich damit noch ein paar Dollar nebenbei verdienen konnten!

Trotzdem zog es ihn unwillkürlich in Richtung Küche, auch wenn seine Gedanken in erster Linie um das Haseltine-Finale kreisten. Mit welcher Auszeichnung sollte der dankbare Staat den tapferen jungen Helden diesmal ehren? An seiner stattlichen Brust prangten schließlich schon so viele Orden, daß selbst Göring …

Ein kleiner Windstoß fuhr über den Flur und ließ die Schöße seines langen Talars wehen.

Wind?

Ein *Windstoß* auf dem Flur?

»Nein!« rief Leonidas und stürmte zur Küche. »Ich habe sie verschlossen! Das weiß ich genau!«

Aber die Hintertür stand sperrangelweit offen.

Sein Blick wanderte von der Tür zum offenen Klappfenster über der Spüle, zu den Schmutzspuren auf der weiß gekachelten Fensterbank und von da zu den schlammigen Fußabdrücken auf dem gebohnerten Linoleumboden.

Und dann konnte er nicht länger leugnen, daß die Tiefkühltruhe dort stand, neben dem Kühlschrank, in stummem Triumph.

Daneben stand ein Glas mit Goldfischen.

Leonidas sah den Fischen zu, wie sie immer und immer wieder den Korallenzweig im Mittelpunkt umschwammen, und überlegte einen benommenen Augenblick lang, ob er sich doch zu sehr in Haseltine vertieft hatte. Das waren genau die Träume, die sich einstellten, wenn es mit dem heroischen Blutvergießen, den spektakulären Gewalttaten, den jäh ausgelöschten Leben zuviel wurde. Es war die Verwirrung des Traums, die alles, was normal und vernünftig sein sollte, ins Phantastische wendete.

Ausgerechnet Goldfische – Goldfische, die neben einer heimatlosen Tiefkühltruhe ihre Kreise zogen, die wiederum zwei wildfremde Männer ihm ohne jeden Grund hinterlassen hatten, zwei Männer namens Matt und Shorty, die aussahen, als hätten sie sich das Gesicht mit Tarnfarbe bemalt!

Und sogar eingestöpselt hatten sie sie, in der Bügeleisensteckdose!

»*Warum?*« fragte Leonidas. »Warum das? Es werden doch wohl kaum Bratenstücke drin sein!«

Er hob den schweren langen Deckel.

Und ließ ihn gleich wieder fallen.

Er holte tief Luft, hielt seinen Zwicker in die Höhe und hauchte ihn an. Dann nahm er ein sauberes Taschentuch und wischte ihn blank, ausgiebig und mit zitternden Fingern.

Am Ende setzte er sich den Zwicker sorgfältig auf die Nase und öffnete den Deckel ein zweitesmal.

Seine Augen hatten ihn nicht getäuscht.

Die Hammelkeule war und blieb da. Die tiefgefrorenen Schellfischfilets lagen, wo er sie gesehen hatte.

Leonidas schüttelte den Kopf.

Nein, er hatte sich nicht getäuscht.

Auch der Tote lag da wie zuvor.

Und noch immer hatte er den roten Fleck links auf der Brust seiner grauen Flanelljacke.

Kapitel 2

Leonidas fühlte sich nicht mehr ganz so benommen, als er erst einmal sicher war, daß seine Entdeckung weder eine optische Täuschung noch ein Gespinst seiner übermüdeten Phantasie war.

Gewiß, ein Toter mit einer offensichtlichen Wunde, die er sich auf keinen Fall selbst beigebracht haben konnte, war schockierend genug.

Aber er war real.

Er war Tatsache.

Und so ungelegen sie ihm auch kommen mochten, waren Tatsachen und die Realität doch etwas, das man in Angriff nehmen und vielleicht sogar bewältigen konnte.

»Ich sollte die Polizei rufen«, sagte er mit fester Stimme, stand da und ließ nachdenklich seinen Zwicker am breiten schwarzen Bande kreisen. »Ich sollte auf der Stelle die Polizei rufen. Hmnja. Das sollte ich wirklich.«

Aber so verwirrt und schockiert er auch sein mochte, meldete sich doch ein wenig pietätlos die Stimme des Schriftstellers in ihm.

Was für eine prachtvolle Art, eine Leiche loszuwerden!

Was für eine durch und durch perfekte Arbeit!

Wie die geradezu geniale Verruchtheit, die allein schon vom Namen des unbekannten Bedford Scrim ausging, erfüllte ihn auch diese ausgesucht raffinierte Art, sich eines überschüssigen Toten zu entledigen, mit einem neidvollen Gefühl der Unzulänglichkeit. Wäre *er* doch nur einfallsreich genug, seine endlosen Haseltine-Abenteuer mit einem so brillanten Schurkennamen zu zieren, mit so kunstvoll angebrachten Indizien! Wie jämmerlich nahmen sich dagegen japanische Admirale aus, der übliche Diebstahl von Schmuck, Papieren oder Formeln! Er zermarterte sich das Hirn, wie er einen Mord so kompliziert wie möglich machen konnte, und hier, in der beschaulichen Gartenstadt Dalton, entfaltete sich das echte Melodrama mit der Selbstverständlichkeit eines Spiels!

Plötzlich blickte er zur offenen Tür, horchte einen Moment lang, runzelte die Stirn. Dann machte er mit vorsichtigen Schritten einen Bogen um Tiefkühltruhe und Goldfischglas, schloß die Tür und drehte den Schlüssel um.

Das ungute Gefühl, daß er beobachtet wurde, war ja, sagte er sich, nur natürlich. Haseltine und die hochattraktive Lady Alicia hielten sich in vergleichbaren Situationen stets bebend umklammert, sagten Psst! – sah der Feind womöglich zu?

Es lag alles so sehr auf der Hand, es war so kristallklar, sagte er sich, als er nun dastand, an den Besenschrank gelehnt. Alles so unglaublich einfach! Ein veritables Ei des Kolumbus!

Matt und Shorty waren falsche Schlangen gewesen, Wölfe im Schafspelz.

Kurz gesagt, nicht echt.

Die ausgebeulten Arbeitshosen waren Verkleidungen gewesen. Die schmutzige Tarnbemalung hätte niemanden, der nicht in Gedanken bei Yamaguchis Harakiri oder Haseltines Galauniform gewesen wäre, auch nur eine Minute lang täuschen sollen.

Vom ersten Augenblick an hatten Matt und Shorty vorgehabt, diese Tiefkühltruhe in seinem Haus zu lassen.

Gleich zu Anfang, fiel ihm nun wieder ein, hatten sie ihm versichert, daß er nichts zahlen müsse, daß sie kein Geld von ihm wollten, sondern alles bereits geregelt sei.

Sie hatten erwartet, daß er anbeißen würde – daß er sagen würde, sie sollten die Truhe dalassen und verschwinden. Und das war ja für sie auch keine unvernünftige oder weit hergeholte Annahme. Mancher brave Bürger im Daltoner Oak-Hill-Viertel hätte nicht zweimal gefragt, wenn er solcherart die Chance gesehen hätte, zu einer kostenlosen Kühltruhe zu kommen.

Als er den Köder nicht geschluckt hatte, hatten sie versucht, ihn zu überreden. Als auch das Überreden nicht half, waren sie durchs Fenster eingestiegen, hatten die Tür aufgeschlossen und ihm das Ding in die Küche gestellt, wie sie es von Anfang an vorgehabt hatten.

»Perfekt gespielt!« sagte er anerkennend. »Ein Meisterstück!«

Mit einem melancholischen Lächeln dachte er an die Strenge zurück, mit der er Matt geantwortet hatte, als dieser weder Namen noch Autokennzeichen des mysteriösen Mannes mit dem Kombiwagen vorweisen konnte, von dem sie angeblich die Truhe bekommen hatten.

Wenn man sich das vorstellte, dachte er, wie überlegen er sich dieser vermeintlichen Einfalt gefühlt hatte! Dabei hatte er selbst von dem roten Lastwagen nicht mehr als die Farbe wahrgenommen und die Tatsache, daß es ein Last- und kein Personenwagen war. Alles, woran man ihn vielleicht wiedererkannt hätte, hatte er nicht gesehen – Nummern- oder andere Schilder, den aufgemalten Firmennamen, die Beule im Kotflügel, die fehlende Stoßstange.

Er konnte der Polizei nicht mehr sagen, als daß die beiden Männer in einem roten Lastwagen gekommen waren. Kein Scharlach-, kein Zinnoberrot, weder Karmin noch Rubin, nicht Rosen-, nicht Burgunder-, auch nicht Kirschrot. Es war ein ganz normales, alltägliches Rot gewesen!

Und wie stand es mit der klaren und eindeutigen Beschreibung der beiden, die er zu Protokoll geben würde?

Leonidas seufzte.

»Wie groß, Officer? Nun«, murmelte er halb amüsiert, »Matt war größer als Shorty, und Shorty war nicht ganz so groß wie Matt. Jeder hatte zwei Arme und zwei Beine. Gewiß hatte auch jeder ein Gesicht. Gewaschen wären sie womöglich zwei junge Halbgötter gewesen. Aber vielleicht waren sie auch schon älter. Die Statur? Ihre Kleider waren so weit, da könnte man nicht einmal Vermutungen anstellen.«

Aber so einfältig seine Beschreibung auch klingen mochte, er mußte die Polizei rufen!

Er durfte nicht an die Schlagzeilen denken, die morgen früh, am Tag der feierlichen Wiedereröffnung der Meredith-Akademie, nach Dalton und Umgebung hinausschreien würden, daß man dem Eigentümer und Direktor dieser vornehmen, angesehenen alten Schule eine Lammkeule, einige Schellfischfilets, eine Tiefkühltruhe und einen Ermordeten ins Haus geliefert hatte. Er durfte nicht daran denken, welche Wirkung das auf die Schülerzahlen haben würde. Das waren selbstsüchtige Gedanken, seiner ganz und gar unwürdig. Er mußte die Polizei rufen!

Schließlich waren die Daltoner Ordnungshüter prachtvolle Burschen, das hatte er erst eine Woche zuvor noch bei einem Arbeitsessen des Wohlfahrtsvereins für die Polizeiwitwen und -waisen öffentlich verkündet. Dezent hatte er auf jeden Hinweis verzichtet, daß ja der größte Teil dieser Truppe an allen Enden der Welt im Kriegseinsatz war und daß die derzeitigen Vertreter meist aus dem Ruhestand zurückgekehrt waren und aus einer Zeit stammten, in der die Standards – wenn man sie denn so nennen wollte – nicht eben hoch gewesen waren.

Da mußte er sich doch ehrlich fragen, ob er überhaupt in der Lage wäre, diesen dickbäuchigen Dummköpfen verständlich zu machen, daß zwei Fremde bei ihm eingebrochen waren und ihm eine Tiefkühltruhe dagelassen hatten, in der ein Toter lag, der partout nicht fortgehen wollte.

Er konnte es versuchen, ermahnte Leonidas sich. Das *mußte* er!

Er mußte es, auch wenn er sich genau ausmalen konnte, wie die Polizei auf seine Meldung reagieren würde!

»Was haben Sie denn gerade gemacht, wie die eingebrochen sind, hm, Mr. Withrell?«

»Ähm – um ehrlich zu sein, eine äußerst gutaussehende Blondine mit veilchenblauen Augen brachte mir an der Haustür ein Geburtstagsständchen.«

»So, Sie haben Geburtstag?«

»Ähm – nein.«

»Und wieso hat sie dann gesungen, hm?« Wachsendes Mißtrauen.

»Ich habe keine Ahnung.«

»Wer *war* sie überhaupt?« Noch größeres Mißtrauen.

»Das weiß ich nicht.«

Schweigen.

Es würde sehr, sehr schwierig werden!

Natürlich war es auch denkbar, daß Sergeant MacCobble die Sache mit mehr Großmut aufnahm. Man konnte fast hoffen, daß der Sergeant die kleineren Ungereimtheiten, etwa die Frage, warum jemand »Happy Birthday« sang, wenn es gar nicht der Geburtstag war, nicht gar so wichtig nahm und sich statt dessen auf den Kern der Frage konzentrierte, die *raison d'être*, das Warum.

Aber Leonidas konnte ihm nicht sagen warum. Auch das wußte er nicht.

Schon die letzten zehn Minuten fragte er sich, warum dieser Leichnam ausgerechnet hier gelandet war, in seiner Küche, und warum jemand es offenbar darauf abgesehen hatte, ihn in eine Mordgeschichte hineinzuziehen.

Und bisher hatte er nicht einmal den Schimmer einer Antwort.

Die Truhe hätte in jeder anderen Küche in jedem anderen Haus in Dalton landen können oder in jeder der umliegenden Städte, in Pomfret, Carnavon, Framfield oder Wemberley.

Oder noch genauer gesagt hätte man sie ebensogut auf jedem Feld, an jeder Straßenecke stehenlassen können.

Überall!

Warum hier?

Leonidas zuckte mit den Schultern.

»Schließlich«, sagte er laut, »ist es niemand, den ich kannte!«

Die Vernunft duldete kein Zaudern; noch einmal hob er den Deckel der Kühltruhe und betrachtete lange und nachdenklich den Mann, der darin lag.

Sein Gesicht war lang, schmal und kantig. Das Haar, nach wie vor makellos gekämmt, war schwarz. Der graue Anzug war teuer und durchaus elegant, aber für Leonidas' konservativen Geschmack ein wenig zu hell und mit entschieden zu stark betonten Schultern. Aber natürlich war der Mann auch ein gutes Stück jünger gewesen, dachte Leonidas mitleidig. Ende Zwanzig vielleicht. Höchstens Anfang Dreißig.

Er tat alles, um gegen den immer stärker werdenden Verdacht anzukämpfen, daß er diesen Mann schon einmal gesehen hatte. Wenn man ein Gesicht über längere Zeit so aufmerksam betrachtete, sagte er sich, konnte es gar nicht ausbleiben, daß einem die Züge am Ende bekannt vorkamen.

Oder hatte er ihn vielleicht einmal anders gekleidet gesehen?

Es war, mußte Leonidas zugeben, schon unzählige Male vorgekommen, daß er den Metzger, den Friseur oder den Milchmann nicht erkannt hatte, wenn er ihnen in zivilen Kleidern und abseits ihrer üblichen Wirkungsstätten begegnet war.

In Gedanken kleidete er den Burschen neu ein. Im weißen Kittel, Tweedanzug, in blauem Serge, in Drillichhosen, Overalls. Selbst in Badehosen und im Talar des Geistlichen.

Aber es half nichts.

Auch mit Kopfbedeckungen kam er nicht weiter. Er probierte die Uniformen durch, aber keine entlockte ihm den schrillen Schrei der Erkenntnis. Genausowenig halfen Brillen, von der Goldfassung bis zum Monokel.

Ein Bart vielleicht?

»Ein Schnurrbart!« Er ließ den Deckel fallen. »Er hatte ein Bärtchen! Das ist es!«

Aber die Freude über diesen späten Triumph wurde fast sofort wieder von dem nervösen Gefühl vertrieben, daß jemand ihn aus dem Verborgenen beobachtete. Er wäre beinahe über das Goldfischglas gestürzt, so eilig lief er zum Küchenfenster und zog das Springrollo herunter.

Er stellte die Fische in eine Ecke. Fürs erste weigerte er sich, an diese Fische auch nur zu denken!

»Also!« Er knipste das Licht an. »Als ich den Burschen das letztemal gesehen habe, hatte er einen Schnurrbart. Ein kleines schwarzes Bärtchen mit gezwirbelten Spitzen. Wo war das? Wer ist der Mann? Wer – meine Güte!«

Der Zwicker wirbelte an seinem Band wie ein Dynamo.

»Meine Güte! Was für ein Glück, daß ich nicht voreilig die Polizei gerufen habe! Das wäre eine Katastrophe gewesen!«

Denn mit einem kleinen gezwirbelten Schnurrbart war dieser Mann unzweifelhaft der frisch angeheuerte Französischlehrer der Meredith-Akademie!

Wie hatte er geheißen? Leonidas wühlte in den Tiefen seiner Erinnerung. Was war das für ein Name gewesen? Ein Körperteil.

Kopf? Nein. Fuß, Bein? Nein, das auch nicht. Nicht Hand.

Finger!

Das war es! Ernest Finger. Ernest Bostwick Finger, um genau zu sein.

In anderen Zeiten, in denen man wählerischer sein konnte, wäre Ernest Bostwick Finger wohl der Letzte gewesen, den ein Meredith-Direktor als Lehrkraft eingestellt hätte, ob nun für Französisch oder ein anderes Fach. Er war ganz und gar nicht der Meredith-Typ. Meredith bevorzugte Lehrer in Tweedanzügen, Männer, die Pfeife rauchten und die jederzeit hinausstürmen konnten und nur die Schuhe wechseln mußten, um für den Trainer des Footballteams einzuspringen. Ernest Finger hatte an dem Tag, an dem er sich Leonidas vorgestellt hatte, Zigaretten aus einer sehr langen Bernsteinspitze geraucht, und er war in einem dunkelgrünen Anzug mit breiten Nadelstreifen erschienen, dessen Schultern noch stärker wattiert gewesen waren als die des grauen, den er nun trug.

Aber dem Anzug und dem Mangel an Lehrerfahrung standen die ausgezeichneten Abschlüsse an angesehenen Colleges und

Universitäten entgegen, die Finger vorzuweisen hatte, er sprach das Französische fließend und akzentfrei und kannte sich bestens im Lande aus, und was er an Referenzen vorgelegt hatte, war makellos gewesen.

Nachdem er ihn kurz gemustert hatte, hatte Leonidas ihn an den alten Professor Skellings weiterverwiesen, der in diesen letzten Tagen vor der Eröffnung als Faktotum fungierte, und hatte Skellings aufgetragen, ihm alles zu erklären, was er wissen mußte; er sollte ihm auch helfen, aus den Unterlagen seines Vorgängers einen Lehrplan aufzustellen.

Bevor er gegangen war, erinnerte Leonidas sich noch, hatte er ein paar dezente Hinweise zum äußeren Erscheinungsbild von Meredith-Lehrkräften fallen lassen – konnten der fehlende Schnurrbart und der vergleichsweise dezente graue Anzug die Antwort darauf sein?

Jedenfalls hatte Leonidas ihm dann nur noch die Hand geschüttelt, ihm viel Glück mit den kleinen Rabauken gewünscht und sich dann wieder in Haseltine vertieft. Von da an hatte er nicht ein einziges Mal mehr an Ernest Bostwick Finger gedacht.

Keine Frage, die Identität des Toten komplizierte eine ohnehin schon alles andere als einfache Angelegenheit noch beträchtlich. Was die Daltoner Freunde und Helfer sagen würden …

Er ging zur Hintertür, drehte lautlos den Schlüssel im Schloß und riß die Tür weit auf.

Diesmal hatte er eindeutig Geräusche gehört – jemand lauerte dort draußen!

Er stand auf der obersten Stufe und spähte in die Abenddämmerung, hielt Ausschau nach etwas – und sei es ein Hund –, das für jenes merkwürdige Knarzen und Klopfen verantwortlich sein konnte, das seine Aufmerksamkeit erregt hatte.

Aber nur der Wind rauschte im Laub der Eichen, und leise kam vom jungen Abercrombie in der nächsten Straße der klagende Laut des Saxophons herüber.

Leonidas ging über den Plattenweg vorsichtig bis an die Garagenecke, dann von da ans andere Ende des Hauses.

Keine Spur von einem Eindringling oder von jemandem, der sich in den Büschen versteckte; er hatte auch niemanden davonlaufen hören.

Eichhörnchen wahrscheinlich, sagte er sich, als er langsam wieder zur Küche zurückkehrte und die Tür von neuem verschloß. Oder das Stinktier, das den patentierten Mülleimerdeckel öffnen konnte, den niemand sonst aufbekam, Mrs. Mullet und der Müllmann eingeschlossen.

Er drehte sich wieder zum Raum um, wollte seinen Zwicker zurechtrücken, und blieb eine ganze Minute lang unbewegt stehen, die Hand an der Nase.

Auf dem Küchentisch saß das Glamourgirl, neben sich zusammengeknüllt die veilchenblaue Stola.

»Hallo«, sagte das Mädchen nur.

Leonidas atmete tief durch. »Meine liebe junge Dame, ich muß Sie leider bitten zu gehen ...«

»Gehen? *Gehen?* Nach all der Mühe, die ich gehabt habe, hier hereinzukommen?«

Wieso hereinkommen? Was wollte sie hier? Im Geiste brüllte Leonidas die Frage beinahe und hoffte nur, daß kein Hauch davon über seine Lippen kam. War sie die ganze Zeit in der Nähe gewesen, seit ihrem Ständchen? Hatte sie – war es denkbar, daß sie durch das Fenster Ernest Finger in seiner Truhe gesehen hatte?

Leonidas schluckte schwer. Ihm war, als sei ihm ein Golfball im Halse steckengeblieben.

Aber sein Verstand kam ihm zu Hilfe. Keine Frau, sagte er sich, auch kein Glamourgirl, hätte den Toten dort in der Tiefkühltruhe liegen sehen können, ohne daß sie einen Laut ausgestoßen hätte. Keine Frau wäre bei dem Anblick so kühl und gefaßt geblieben wie diese hochattraktive Blondine.

Im Gegenteil, wer so ruhig und selbstbewußt war, hätte die

Sache von der praktischen Seite gesehen und auf der Stelle die Polizei gerufen.

»Ich habe den Eindruck«, sagte Leonidas so harmlos, wie er es zustande brachte, »daß eine Verwechslung vorliegt. Ich ...«

»Das kann man wohl sagen!« entgegnete das Mädchen und nickte energisch mit dem Kopf. »Kein Mensch hat mir gesagt, daß Sie aussehen wie Shakespeare, und Sie können sich gar nicht vorstellen, was für einen Schrecken mir das eingejagt hat. Und auch noch mit Doktorhut und allem. Da ist mir wirklich die Luft weggeblieben. Ich könnte mir vorstellen«, meinte sie, »daß die Leute Sie Bill nennen, oder?«

»Die Respektloseren«, sagte Leonidas, »gebrauchen die Anrede gelegentlich. Und nun, meine liebe junge Dame ...«

»Ich heiße Hall. Terpsichore Hall. Ihnen«, meinte sie mit einem Grinsen, »kann ich die Terpsichore ja ruhig gestehen. Aber seit ich gelernt habe, meine Fäuste zu gebrauchen, nennen mich alle Terry. Ich hoffe nur, daß Sie ein ordentliches Steak in Ihrer Kühltruhe haben, Bill. Das macht ganz schön Appetit, die ewige Jagd nach Ihnen. Richtig ausgehungert bin ich!«

»Die Jagd nach mir?« fragte Leonidas. »Sie – ähm – jagen *mich*?«

Sie sah ihn forschend an, dann lehnte sie sich an die Wand und lachte laut.

»Es hat Ihnen also keiner verraten! Und ich hatte mir vorgestellt, daß längst einer geplaudert hat! Dann muß ich ja ein ganz schöner Schock für Sie gewesen sein!«

»Ich fürchte«, sagte Leonidas, »ich verstehe es immer noch nicht. *Was* hat man mir nicht verraten?«

Sie sprang vom Tisch, kam zu ihm herüber und streckte ihm den rechten Arm entgegen.

Um das Handgelenk hatte sie eine große Schleife aus veilchenblauem Satin, an deren Knoten eine Karte baumelte.

»Lesen Sie!« sagte sie. »Ich war so baff, als mir plötzlich Shakespeare gegenüberstand, daß ich den Teil ganz vergessen habe. Ich hätte nämlich die Stola abnehmen und Ihnen das Schild zeigen sollen. Ich glaube, es ist meine Schuld, daß Sie überhaupt nichts verstanden haben. Lesen Sie!«

Leonidas las, und wieder spürte er den Golfball in der Kehle.

»Alles Gute, Liebling«, stand da in hübscher Handschrift. »Ich bin Dein Geschenk!«

Terry nahm die blaue Schleife ab und drückte sie ihm in die Hand.

»Für einen Mann, der sich zu seinem Geburtstag nichts sehnlicher gewünscht hat als eine attraktive Blondine mit veilchenblauen Augen«, meinte sie dazu, »sehen Sie nicht gerade glücklich aus! Sie sehen aus, als ob ich ganz und gar nicht das wäre, was Sie sich vorgestellt hatten!«

»Miss Hall«, entgegnete Leonidas mit fester Stimme, »mein Geburtstag ist erst wieder im nächsten Juli. Es ist ein Mißverständnis. Sie müssen – ähm – verzeihen Sie mir, wenn ich klinge wie ein Papagei – Sie müssen etwas mißverstanden haben.«

»Ist das hier denn nicht Birch Hill Road Nummer vierzig?«

Leonidas nickte. »Doch, das ist es. Und ich habe nie etwas anderes behauptet – obwohl«, seufzte er mit einem verstohlenen Blick auf die Kühltruhe, »ich allmählich den Eindruck bekomme, es wäre besser gewesen, ich hätte es getan. Dies hier ist Birch Hill Road Nummer vierzig. Aber heute ist nicht mein Geburtstag.«

»Und Sie haben nicht allen Leuten erzählt, daß Sie sich nichts sehnlicher zum Geburtstag wünschen als eine blonde Schönheit mit veilchenblauen Augen?«

»Nein«, antwortete Leonidas. »Jedenfalls nicht – ähm – laut. Hören Sie, nebenan in der Birch Hill Road hundertvierzig sind neue Leute eingezogen, und ich bin überzeugt, daß Sie als – ähm – Präsent für jemanden dort gedacht sind.«

»Vierzig«, beharrte Terry. »Zur Vierzig bin ich geschickt worden, zur Vierzig bin ich gekommen, und in der Vierzig werde ich bleiben bis Schlag zwölf Uhr.«

»Das können Sie nicht!« rief Leonidas. »Umstände, auf die ich keinerlei Einfluß habe, machen es ganz und gar unmöglich, daß Sie auch nur daran denken hierzubleiben!«

»Ich kann nicht anders.« Sie lächelte. »Umstände, auf die *ich* keinerlei Einfluß habe, machen es ganz und gar unmöglich, daß ich auch nur daran denke, von hier fortzugehen!«

»Ich würde es wirklich bedauern, Miss Hall«, sagte Leonidas, »wenn ich die Polizei bitten müßte, Sie mit Gewalt fortzubringen. Ich würde es zutiefst bedauern!«

»Das kann ich mir vorstellen, Bill.«

Es war eine einfache Aussage, mit einfachen Worten gesprochen, aber Leonidas spürte doch die Drohung, die dahintersteckte.

»Miss Hall, ich will ganz offen zu Ihnen sein. Wenn Sie hierbleiben, wird es nicht nur mich, sondern auch Sie in arge Verlegenheit bringen. Ich bin Direktor der Meredith-Akademie – ähm – wollten Sie etwas fragen?«

»Ob Sie ein Streichholz haben. Danke«, sagte sie, als er ihr Feuer gab. »So, Sie sind Direktor von Meredith! Auch wieder was, was mir kein Mensch gesagt hat.«

»Ich erwarte am Abend einige Kollegen« – er wies auf den Talar – »zu einer Besprechung hier, und Sie – ähm – werden verstehen, was ich meine.«

»Ich gehe einfach nach oben«, antwortete Terry munter, »und bin mucksmäuschenstill. Vielleicht haben Sie ja etwas Gutes zu lesen für mich.«

»Miss Hall! Ich bitte Sie!«

»Tut mir leid, wenn Ihnen das ungelegen kommt, Bill, aber ich habe es versprochen. Ich bin als Ihr Geburtstagsgeschenk gekommen, ich bin dafür bezahlt worden, und da läßt sich nun nichts mehr machen. Mein Auftrag«, fügte sie rasch hinzu, bevor er etwas einwenden konnte, »lautet ausdrücklich, daß ich bis Mitternacht hier sitzen bleiben soll, damit Sie mich ansehen können. Dann springe ich in einen Vierspänner – genauer gesagt LeBlangs Taxi –, und Sie sehen mich nie wieder. Deshalb …«

»Nicht!« rief Leonidas unvermittelt. »Setzen Sie sich nicht auf die Tiefkühltruhe!«

»Warum nicht?«

»Die ist nicht in Ordnung«, erklärte Leonidas ihr eilig. »Sie könnten einen elektrischen Schlag bekommen. Miss Hall, von wem haben Sie diesen Auftrag?«

Sie zuckte mit den hochattraktiven Schultern.

»Sie *wissen* es nicht?« fragte Leonidas.

»Nein.«

»Wer hat Sie bezahlt?«

»Die Geschichte ist ein bißchen kompliziert, Bill. Nicht daß etwas faul dran wäre, das ist alles ehrlich und legal und so weiter. Jemand *hat* mich angestellt und bezahlt. Aber nicht direkt.«

»Was Sie nicht sagen!«

Zum erstenmal wirkte das Mädchen ein klein wenig unsicher.

»Ich habe nicht damit gerechnet, daß es zur Sprache kommt«, sagte sie. »Ich dachte, Sie wissen bestimmt, wer mich Ihnen geschenkt hat. Denn *ich* weiß es nicht. Ich bin nämlich nur die Vertretung für eine Freundin. Ich – ach, am besten, ich erzähle Ihnen die ganze Geschichte! Als ich heute nachmittag von der Arbeit nach Hause kam, fand ich eine Notiz von meiner Zimmernachbarin, die an der Tür hing.«

»Das arme Mädchen!« rief Leonidas mitfühlend.

»Wieso arm? Ach so – gut, meinetwegen. Eine Notiz an meine Tür, die meine Nachbarin – also eindeutiger ist das auch nicht. Aber Sie verstehen doch, was ich meine. Franny hatte mir einen Zettel und vierzig Dollar dagelassen. Zehn hatte sie für sich behalten. Ursprünglich waren es natürlich fünfzig.«

»Ähm – *was* waren ursprünglich fünfzig?« wollte Leonidas wissen.

»Die Gage. Franny arbeitet als Modell«, erklärte Terry, »und der Auftrag, für fünfzig Dollar das Geburtstagspräsent zu spielen, war eigentlich für sie. Fünfzig Dollar in bar. Ihr Boß sieht das nicht gern, wenn man sich was nebenbei verdient, aber Franny war am Telefon, als der Auftrag kam, und hat ihn für sich behalten. Ein Bote brachte das Geld, und sie ging nach Hause und wollte sich umziehen, aber da wartete ein Telegramm von ihrem Verlobten, der bei der Air Force ist. Anscheind wird er von irgendwo nach irgendwo anders verlegt und ist heute abend in der Stadt. Deshalb hat sie den Auftrag dann an mich abgetreten. Und da ist es meine Pflicht, sozusagen, daß ich hierbleibe. Das bin ich Franny schuldig. Sie sollen für das Geld ja was geboten bekommen, Bill!«

»Verstehe.« Leonidas zweifelte nicht, daß es ihr ernst war. »Hmnja, verstehe, und es ist mit Sicherheit sehr gewissenhaft von Ihnen. Ähm – Sie hätten nicht vielleicht Interesse, sich – ähm – mit Ihrem sofortigen Aufbruch weitere fünfzig Dollar zu verdienen?«

Terry drückte die Zigarette aus, ihre Lippen kräuselten sich.

»Ich muß zugeben, ich habe schon überlegt, ob ich wohl ohne weiteres wieder von hier fortkomme«, sagte sie, »aber ich hätte nie gedacht, daß ich Mühe haben würde zu *bleiben!* Nein, Bill, das ist Ehrensache. Wenn ich früher gehe und der, der die fünfzig gezahlt hat, findet das raus, dann wird er sich bei Frannys Agentur beschweren, und Franny setzen sie womöglich dafür auf die Straße. Je nachdem, mit welchem Fuß Rivers aufgestanden ist, feuert er sie entweder, weil sie den Auftrag für sich behalten hat, oder er feuert sie, weil sie ihn angenommen und nicht ordentlich gemacht hat. Ich bleibe hier bis zum bitteren Ende, Bill. Franny schreibt in ihrem Brief, es geht um Tod oder Leben.«

Leonidas blickte sie forschend an. Sie zupfte ihr Orchideensträußchen zurecht.

»Ähm – hundert?« fragte er zögernd. »Zweihundert? Oder wollen Sie selbst einen Preis nennen, für den Sie bereit sind zu gehen?«

Terry reckte das Kinn vor.

Es war ein zierliches Kinn, dachte Leonidas, aber es sah sehr energisch aus.

»Hier bin ich«, sagte sie, »und hier bleibe ich. *J'y suis, j'y reste,* wie der Franzose sagt. Und *wollen* Sie denn nicht jetzt endlich diese obszön große Tiefkühltruhe aufmachen und mir ein Steak zum Abendessen herausholen, oder wenigstens einen Hamburger? Ich sterbe vor Hunger.«

»Nicht!« rief Leonidas, als sie die Hand nach dem Deckel ausstreckte. »Nicht anrühren! Nicht den Deckel öffnen! Lassen Sie …«

Er verstummte abrupt, als es kräftig an die Küchentür klopfte.

Das Leben, dachte er unglücklich, als er von der Tür zu dem Mädchen blickte, dessen hochattraktive Hand noch immer bedrohlich auf dem Deckelgriff ruhte, das Leben war kompliziert genug gewesen, als es nur Haseltine zu Ende zu schreiben galt!

Nun wo Ernest Bostwick Finger ermordet in seiner abscheulichen Truhe lag, wo dieses starrköpfige Glamourgirl sich an ihn gehängt hatte wie ein ausgehungerter Blutegel, da konnte er auf seine verzweifelten Versuche, das Haseltine-Manuskript in Ruhe und Frieden zum Abschluß zu bringen, zurückblicken als die gute alte Zeit!

»Das Goldene Zeitalter!« murmelte er. »Utopia!«

»Warum machen Sie denn nicht auf?« Terrys Frage war fast schon ein Vorwurf. »Wenn Sie nicht bald aufmachen, schlagen die Ihnen noch die Tür ein!«

In aller Eile stopfte er die veilchenblaue Satinschleife, die Terry ihm in die Hand gedrückt hatte, in die Keksdose, ging dann schicksalsergeben zur Tür und öffnete sie.

Eine mütterliche Frau mit weißem Haar – nein, sofort korrigierte Leonidas dieses erste Urteil über die Frau, die dort auf der Türschwelle stand.

Von dem weißen Haar einmal abgesehen, hatte sie absolut

nichts Mütterliches. Nichts konnte, im klassischen Sinne, weniger mütterlich sein als diese blitzenden schwarzen Augen. Oder die grell karierten Hosen mit dem scharlachroten Pullover. Oder die schlanke, sportliche Figur.

»Guten Abend, Mr. Witherall!« rief sie munter und drückte sich an ihm vorbei in die Küche. »*So* schön, daß ich Sie endlich kennen … oh. *Guten* Abend!«

Sie lächelte Terry an, aber sie grüßte sie in einem gänzlich anderen Ton als dem Überschwang, in dem sie Leonidas begrüßt hatte.

Und, hatte er das Gefühl, auch ihm gegenüber hatte sich der Tonfall geändert, als sie sich nun wieder an ihn wandte.

»Liebe Güte, Mr. Witherall, Sie sehen aber *wirklich* aus wie Shakespeare!«

Leonidas verneigte sich und überlegte, ob schlagartiges Erkalten wohl der rechte Ausdruck für ihren Stimmungswandel war.

Außerdem fragte er sich, wer die Frau sein mochte. Offenbar kannte sie seinen Namen, aber er hatte sie nie zuvor gesehen.

»*Phänomenal!*« schwärmte sie. »*Genau* wie die kleine Marmorbüste, die ich auf dem Kamin habe! Kein Wunder, daß Sie Rosinchen so verwirrt haben!«

»*Rosinchen?*« fragte Leonidas und mußte an sich halten, damit er nicht laut brüllte. Das war nun doch endgültig zuviel, sich auch noch um die Rosinen einer fremden Frau zu kümmern, die unaufgefordert an seine Hintertür klopfte.

»Meine kleine Tochter. Sie wollte die Goldfische holen«, erklärte die Frau, »aber wahrscheinlich hat sie Ihnen das nicht deutlich genug gesagt. Sie ist *so* verträumt!«

Leonidas hatte wieder die dicke Göre in der Matrosenbluse vor Augen, sah die goldene Zahnspange blitzen. Er hätte gedacht, nicht einmal die blindeste, weltfremdeste Mutter hätte ein solches Kind allen Ernstes verträumt nennen können!

Es war, als spürte die Frau seine Gedanken.

»Man würde es *nie* vermuten«, sagte sie, »aber Rosine ist eine Dichterin. Sie schreibt Sonette und Blankverse, und jetzt hat sie gleich mit zwei Romanen begonnen – es fehlt ihnen doch nichts?«

»Den – ähm – den Romanen?« Leonidas konnte nicht ganz verhindern, daß ein wenig von der Verwirrung in seinem Inneren sich auch in seinen Worten niederschlug.

»Aber nein, den Goldfischen! Geht es ihnen gut?«

»Ach, den Goldfischen.« Leonidas holte das Glas aus der Ecke. »Die – ähm – die gehören Ihnen?«

»Hat Mrs. Mullet Ihnen denn nichts gesagt? Oh, dann bitte ich um Verzeihung. Ich habe ihr erklärt, wie schwierig es mit dem Umzug ist. Das bringt sie in *schreckliche* Verwirrung, müssen Sie wissen.«

»Wem ginge das nicht so?« entgegnete Leonidas galant, glücklich, daß er diese kuriose Besucherin nun als seine neue Nachbarin identifiziert hatte. »Ich kenne keine größere Prüfung, für Mensch noch Tier.«

»Den Hunden macht es überhaupt nichts, aber die Fische *leiden* so! Deshalb habe ich Mrs. Mullet ja gefragt, ob sie sie nicht bei sich aufnehmen kann, bis das Schlimmste überstanden ist. Haig und Johnnie Walker fahren regelrecht zusammen, wenn es irgendwo poltert, und Ballantine rührt dann tagelang kein Futter mehr an.«

»Nicht zu fassen!« Leonidas sah sich die drei Fische genauer an. »Ein ahnungsloser Betrachter hätte gesagt, sie sind in tadelloser Verfassung und – ähm – bei bester Laune. Wir wollen hoffen, daß sie kein Trauma davongetragen haben.«

Mit einem strengen Blick brachte er die kichernde Terry zum Verstummen.

»Sie sehen *aus*, als ob ihnen nichts fehlt« – die Frau musterte sie kritisch –, »aber wirklich sagen kann man es erst am nächsten Tag. Vorletztes Mal hat es fast eine Woche gedauert, bis man es ihnen ansah. Nun« – sie nahm das Glas –, »das war sehr freundlich von Ihnen, Mr. Witherall, und ich bin Ihnen ausgesprochen dankbar. Ich hoffe sehr, daß Sie uns besuchen kommen, wenn wir uns ein wenig eingerichtet haben, Sie und Miss – ähm – Miss …«

»Onkel Bill!« kam Terry ihm zu Hilfe, als die Frau verstummte, und ihre Stimme starrte nur so vor Tadel. »Du hast mich nicht einmal vorgestellt! Er ist furchtbar zerstreut!« fügte sie mit einem bezaubernden Lächeln hinzu.

»Oh!« Das Lächeln, mit dem die Frau antwortete, war nicht minder bezaubernd. »Sie sind seine *Nichte?*«

»Wie unaufmerksam von mir!« rief Leonidas zerknirscht. »Selbstverständlich, meine Nichte, die – ähm – ältere Tochter meines Bruders. Die Jüngere« – Leonidas dachte, wenn man schon einen Bruder erfand, konnte man ihn auch mit einer ordentlichen Familie ausstatten – »ist etwa so alt wie Ihr – ähm – Rosinchen. Ihre Aquarelle sind sehenswert, und die Kenner sagen ihr eine große Zukunft auf der Oboe voraus.«

»Tatsächlich?« fragte die Frau. »Das ist ja interessant! Mrs. Mullet hat mir gesagt, Sie sind ein Hagestolz, der ganz allein hier in dem Haus wohnt und keinen einzigen Verwandten auf der Welt hat!«

Leonidas setzte seinen Zwicker auf und fragte sich, wieso ihm plötzlich zumute war wie einem Tennisspieler, der verzweifelt zur Linie hechtet, um einen besonders hohen Lob noch zurückzuschmettern. Warum hatte die Frau ihr Geschwätz über Goldfische sein lassen und ein verbales Match mit ihm eröffnet?

»Als Mutter von Zwölfen«, erwiderte er mit einem aufgesetzten Lächeln, »sieht Mrs. Mullet jeden, der weniger gesegnet ist, als kinderlos an, ja als allein auf der Welt.«

»Zwölf? Bei *mir* hat sie nur von *einer* Tochter gesprochen!«

»Mrs. Mullet«, keuchte Leonidas, »ähm – ist eine bescheidene Frau. Aber jetzt will ich Sie nicht länger aufhalten. Ich bin sicher, Sie werden in Ihrem neuen Heim sehr glücklich werden.

Die Haverstraws haben es, wie man so schön sagt, gut in Schuß gehalten.«

»Alles ist in bestem Zustand, nur der Kühlschrank macht uns Sorgen – à propos, das ist ja eine wunderbare Tiefkühltruhe, die Sie da haben, Mr. Witherall. So geräumig!«

»Ähm – ja, da haben Sie recht«, sagte Leonidas, doch ohne rechte Begeisterung. »Was für große Augen du hast, Großmutter!« dachte er. »Was für große Zähne!«

»Zwei entsetzlich schmutzige Männer wollten heute bei uns eine liefern«, sagte die Frau, »und ich hätte meinen Sohn wirklich er*würg*en können, daß er sie nicht genommen hat! Sicher, sie *war* nicht für uns, aber er wußte doch, wie sehr ich mir so eine Truhe wünsche – da müssen ja *Unmengen* hineingehen!«

»Sie würden staunen.« Leonidas versuchte, unauffällig zwischen sie und die Kühltruhe zu kommen, auf die sie nun geradewegs zusteuerte. »Ich wünsche Ihnen Glück und Zufriedenheit im Haverstraw-Haus, und alles, was man sonst noch wünscht. Wir sind, könnte man sagen, ein sehr ruhiges Viertel. Nichts Aufregendes geschieht hier je …«

Er erstickte beinahe an seinen Worten, und wenn er sie nicht regelrecht wegschubsen wollte, konnte nun nichts mehr die Frau von der Tiefkühltruhe abhalten.

»Oh, es wird uns gefallen, da bin ich sicher. Wir haben gern mal etwas Neues. Aber«, fuhr sie fort, »eine Truhe mit einem so großen Deckel habe ich noch nie gesehen. Meistens haben sie nur Klappen oder Schubladen, und da muß man immer wühlen. Ist er schwer? Ich meine, hat man Mühe, ihn anzuheben?«

»Das ist der eine große Nachteil daran!« Leonidas war verblüfft, mit welchem Tempo Terry in die Bresche sprang. »Der Deckel ist furchtbar schwer. *Ich* kriege ihn keinen Zentimeter hoch.«

Irgendwie, auf eine unterschwellige, weibliche Art gelang es ihr, die Frau in Richtung Tür zu lenken.

»Und natürlich hat sie auch oft Störungen«, fügte Terry noch hinzu. »Die Sicherungen brennen durch oder so etwas. Mein Onkel hat eben erst einen schweren Schlag davon bekommen, stimmt's, Onkel Bill?«

»Einen der schwersten meines Lebens«, bestätigte Leonidas, und es war die Wahrheit. »Hmnja, ich fürchte, die Kühltruhe hat sich als Enttäuschung erwiesen. Als Mißerfolg geradezu. Die ganzen Stangenbohnen, die Mrs. Mullet unter solchen Mühen in unserem Gemüsegarten gezogen hatte, sind uns verlorengegangen – vielleicht hat sie Ihnen davon erzählt? Der Verlust geht ihr nahe.«

Nun wo die Frau tatsächlich wieder auf der Türschwelle war, fühlte Leonidas sich beseelt vom Schwung eines Wahlredners.

»Fragen Sie nur, wenn Sie noch etwas Praktisches wissen müssen – der Müllmann kommt am Dienstag, Alteisen am Mittwoch, die Eierfrau am Donnerstag. Wenn Sie ein Huhn wollen, müssen Sie es bestellen, dann wird es am Samstagmorgen gebracht. Gute Nacht! Ich wünsche Ihnen alles Gute hier! Gute ...«

»Mutter!«

Ein junger Mann mit schwarzem Haar, blitzenden schwarzen Augen und überhaupt der Munterkeit einer Vitaminreklame kam den Plattenweg heraufgestürmt.

»Hallo, mein Schatz«, sagte die Frau. »Hast du das Geschirr gefunden?«

»Nein, aber Rosine hat immerhin die Aschenbecher. Sie waren bei deinem gehorteten Ananassaft. Die Vorhangstangen haben wir auch, die steckten zwischen meinen Golfschlägern. Mutter, hast du auch nicht vergessen – oh!« Er hatte Terry entdeckt. »Oh! Einen guten Abend! Mutter, hast du an Muscheln und Butter gedacht?«

»Ich *wußte* doch, daß ich noch etwas hier wollte!«

Mit einem Schlag war sie wieder in der Küche, und der junge Mann mit ihr.

»Sind sie hier in der Tiefkühltruhe?«

Es war, dachte Leonidas, ein Segen, daß der junge Mann die Augen nicht von Terry lassen konnte, denn so verfehlte die ausgestreckte Hand den Deckelgriff.

»Nicht anfassen!« rief Terry rasch. »Die ist nicht in Ordnung, Sie bekommen einen elektrischen Schlag – die Muscheln und die Butter sind im Kühlschrank, stimmt's, Onkel?«

»Ich hole sie.« Allmählich dämmerte es Leonidas, was Mrs. Mullet mit »Goldfisch, Muscheln, Butter« gemeint hatte. Kein Wunder, daß die Ärmste so aus der Fassung gewesen war, wenn sie den ganzen Tag lang mit diesen Leuten zu tun gehabt hatte! Kein Wunder, daß sie den Haverstraws nachtrauerte und sie in höchsten Tönen pries!

Er holte die fraglichen Stücke aus dem Kühlschrank, und Terry hielt derweil an der Tiefkühltruhe die Stellung wie Horatius an der Brücke.

Nie im Leben würde es ihm gelingen, diesen jungen Mann von Terry fortzubekommen, dachte Leonidas unglücklich. Und nie im Leben würde er Terry aus dem Haus bekommen!

Nie würde er dazu kommen, das Rätsel Ernest Finger zu lösen – allein, ohne Gang zur Polizei, wie er es sich vor einer halben Stunde vorgenommen hatte!

Doch wieder eilte Terry zu Hilfe. Binnen fünf Minuten hatte sie die beiden zurück an die Tür bugsiert, und nachdem der junge Mann noch einmal eine weitere Minute lang beteuert hatte, daß man sie aber unbedingt besuchen müsse, machten die zwei sich auf den Weg, mit Goldfischen, Muscheln und Butter.

»Übrigens«, rief die Frau noch über die Schulter zurück, »hat Mrs. Mullet Ihnen wenigstens gesagt, daß wir Finger heißen? F-i-n-g-e-r!« Sie buchstabierte es ihm. »Ich bin Louise, und das hier ist Jay! Gute Nacht, und *tausend* Dank!«

Kapitel 3

»Finger!« Leonidas flüsterte den Namen vor sich hin. *»Finger!«*

Wie außerordentlich einfältig von ihm, daß er das nicht begriffen hatte! Finger war das eine Wort, das in Mrs. Mullets Litanei von »Goldfisch, Finger, Muscheln, Butter« noch fehlte. Mit diesem Finger werde er noch Ärger haben, hatte sie gesagt – und er hatte gedacht, sie meine seinen eigenen Zeigefinger.

Das hätte er doch auf Anhieb begreifen müssen! Genau wie ihm viel früher hätte aufgehen sollen, daß Terrys Selbstsicherheit und kühle Nervenruhe gespielt waren. Die Art, wie sie die Angriffe der versammelten Fingerschaft auf die Tiefkühltruhe abgewehrt hatte, bewies, daß Terry Bescheid wußte.

Kein Zweifel, Terry wußte, daß noch ein weiterer Finger im Spiel war!

Er wandte sich von der Tür, die er wieder verschlossen hatte, zu ihr um und sah sie an.

»Und Sie haben also all die Zeit gewußt, daß – mein liebes Kind, was ist mit Ihnen?«

Das Gesicht des Mädchens war so weiß geworden wie das Kleid, und sie bebte am ganzen Körper.

»Das hier!« Sie machte eine unbestimmte Handbewegung. »Alles zusammen!«

»Als Sie so tüchtig die Finger-Attacken abwehrten«, sagte Leonidas, »ging mir, wenn auch reichlich spät, auf, daß Sie Bescheid wußten. Sie – ähm – Sie *wissen*, was in der Truhe ist, nicht wahr?«

»Das schon, aber ich habe nicht gewußt, daß die zwei eben *Fingers* waren!« Terry klang ein wenig hysterisch. »Oh, Bill, das ist ja entsetzlich! Was sollen wir jetzt machen? Das ist so unglaublich entsetzlich, ich *kann* einfach nicht mehr länger so tun, als ob mir das alles nichts ausmacht!«

Leonidas steuerte sie sanft zu einem Küchenstuhl, ließ sie Platz nehmen und reichte ihr ein weißes Leinentüchlein aus seiner Brusttasche als Ersatz für das Spitzenknäuel, mit dem sie sich aufgelöst die Augen betupfte.

»Da bin ich ganz Ihrer Meinung, Terry«, sagte er, »aber zum Lamentieren bleibt uns keine Zeit. Wie sind Sie dahintergekommen? Haben Sie durchs Fenster gespäht, als ich den Deckel aufklappte?«

»Ich habe es früher gewußt als Sie«, sagte sie, »obwohl ich mich dann auch noch vergewissert habe, als Sie den Deckel oben hatten. Als ich vorne gesungen hatte und Sie mir dann die Haustür vor der Nase zugemacht haben, Bill, bin ich wie der Blitz hier nach hinten gelaufen und bin hereingekommen. Die Tür stand weit offen, und die Kühltruhe war schon da. Bill, was ist geschehen? Wie ist Ernest da hineingekommen?«

Leonidas faßte ihr kurz zusammen, was er wußte.

»Das glaube ich Ihnen nicht, Bill. Daß jemand sie einfach hier abgestellt hat mit ihm drin!«

»Ich versichere Ihnen, so war es«, entgegnete Leonidas. »Wir müssen die Truhe samt Inhalt als satanisches Geschenk dieser beiden Witzbolde ansehen, Matt und Shorty, wie sie sich in ihrem Übermut nannten. Sie sahen also die Kühltruhe hier stehen und warfen einen Blick hinein?«

»Nein. Das heißt, ich habe schon reingesehen, aber nicht mit Absicht«, erklärte Terry. »Ich war ja hinter Ihnen her, könnte man sagen, und als ich an der Truhe vorüberkam, blieb die blaue Schleife hier an dieser Verzierung hängen, an dem Chromding an der Ecke. Ich mußte den Deckel anheben, damit ich sie wieder losbekam, und da habe ich natürlich gesehen, was drin war. Ich bin aus der Küche gestürmt wie eine Bisonherde auf der Flucht. Bis zu Ihren Fliederbüschen bin ich noch gekommen, dann wurden mir die Kniee weich. Wie ich da lag, da hätten Sie mich nicht mal mit dem Kran wieder auf die Beine bekommen! Ich lag da, ein Häufchen Elend, habe mich nicht mal getraut zu winseln, und inzwischen hatten Sie die Küchentür zugemacht.«

»Was hat Sie davon abgehalten, die Polizei zu rufen?« fragte Leonidas und hielt den Atem an.

»Ich habe mir ausgemalt, wie ich den Rest meines Lebens ›das blonde Geburtstagsgeschenk‹ heißen würde«, antwortete Terry nur. »Das wäre ja nicht einfach gewesen, jemandem zu erklären, wie ich hierher gekommen bin. Und was hält *Sie* ab, Bill?«

»Touché!« antwortete Leonidas. »Die Polizei würde meine Geschichte von Matt und Shorty nicht einmal anbeißen, geschweige denn schlucken. Ebenso wie Ihre Mär von der Zimmernachbarin, die an der Tür hing – gibt es die eigentlich, oder haben Sie sie erfunden?«

»Alles, was ich gesagt habe, ist wahr, Bill.« Sie blickte ihm fest ins Auge. »Die Wahrheit und nichts als die Wahrheit.«

»Aber Sie wußten, daß ich nicht derjenige war, dem Sie Ihr Ständchen bringen sollten, oder?« Leonidas ließ seinen Zwikker kreisen.

»Erst als ich mit Ihnen gesprochen hatte. Da ging mir auf, daß ich an der falschen Adresse war – obwohl Birch Hill Road vierzig eindeutig auf Frannys Zettel stand!« Terry sagte es trotzig. »Also beschloß ich, daß ich bleibe, wo man mich hingeschickt hat, weil ich ja schließlich die vierzig Dollar dafür bekommen hatte. Und ich wollte auch gern bei Ihnen bleiben.« Sie zögerte. »Ich – na ja, so ganz wohl war mir bei diesem Auftrag nicht.«

»Und ich war – ähm – ungefährlich?«

»Sie sind so ein lieber alter Herr!« Terrys Ton klang verdächtig nach Schluchzen. »Sonst wäre ich ja schon lange auf und davon – Bill, es tut mir leid, aber ich *kann* einfach nicht mehr länger in dieser Küche bleiben! Könnten wir nicht anderswohin gehen?«

»Aber natürlich! Wie unaufmerksam von mir!« Leonidas

vergewisserte sich noch einmal, daß die Tür verschlossen war, und diesmal machte er sich auch die Mühe und schob die Fensterriegel vor. »Wir gehen in mein Arbeitszimmer. Hier entlang«, sagte er und schaltete das Küchenlicht aus. »Die zweite Tür …«

Er ließ ihr den Vortritt in die Stube, in der auf seinem Schreibtisch die Lampe noch immer brannte, dann ging er ans Fenster und schloß zur Vorsicht die Jalousie.

»*So* viele Bücher«, hauchte Terry.

»Hmnja. Jetzt möchte ich aber …« Er hatte sie fragen wollen, wie gut sie Ernest Finger gekannt hatte, doch nun war sein Blick auf das Shakespeare-Tintenfaß gefallen, das auf der Seite lag.

»Was ist?« fragte Terry gespannt.

Er wies auf seinen Schreibtisch.

»Jemand hat das Tintenfaß umgeworfen!« rief er. »Und sehen Sie sich die Schubladen an – Terry, jemand ist hier im Zimmer gewesen! Jemand hat meinen Schreibtisch durchwühlt!«

Er folgte dem Tintenbächlein, das gnädigerweise den Stoß mit fertigen Manuskriptseiten um Haaresbreite verfehlt hatte. Am Rücken von Rogets Thesaurus entlang floß es zur Ecke des blauen Löschpapierblocks, der ganz am Rande des Tisches lag.

Und von da tropfte die Tinte noch immer auf seinen liebsten Kabistan-Teppich!

Der Eindringling konnte noch nicht lange fort sein.

Leonidas' Verstand kam auf Touren, der Zwicker begann zu kreisen.

War es denkbar, daß sie den Eindringling überrascht hatten, als sie so plötzlich aus der Küche getreten waren?

Sogar sehr wahrscheinlich, fand Leonidas.

Wo konnte derjenige jetzt sein?

Durch die Haustür konnte er nicht verschwunden sein, das hätten sie gehört. Das war keine Tür, die sich geräuschlos öffnen oder schließen ließ. Die Hintertür konnte es nicht gewesen sein, ebensowenig die Kellertür, denn die ging auf den Flur, über den sie gekommen waren.

Über die Treppe nach oben? Leonidas blickte forschend zur Decke, dann schüttelte er den Kopf. Nein. Keiner kam hinauf ohne das verräterische Klappern der Dielen am Treppenabsatz.

Es gab nur eine Erklärung. Wenn sie den Eindringling gestört hatten, mußte er über den Flur zum Wohnzimmer gelaufen sein.

Leonidas lächelte.

Das Wohnzimmer war zwar keine Falle im klassisch Haseltineschen Sinne, aber eine Sackgasse war es schon. Keinem in ganz Dalton war es, seit sein Schlosser eingerückt war, gelungen, die Gitter vor den Fenstern zu öffnen, und seit Mrs. Mullet vor vier Wochen den Türschlüssel verlegt hatte, gab es auch über die Terrasse kein Entkommen mehr.

»Bill!«

Leonidas, der eilig in Gedanken eine Liste der zu erwartenden Gefahren durchging, gebot ihr mit einer Handbewegung Schweigen.

Auch wenn der Eindringling im Wohnzimmer festsaß, blieb doch noch die undankbare Aufgabe, ihn zu ergreifen. Und die einzige tödliche Waffe, die er besaß, war eine uralte Derringer-Pistole mit abgebrochenem Hahn, die irgendwo auf dem Dachboden vor sich hinrostete.

Und seine Jiu-Jitsu-Kenntnisse, so schlagkräftig im Romaneinsatz, hatte er im echten Kampf noch so gut wie nie erprobt.

»Bill!« Terry drückte ihm etwas in die rechte Hand.

Leonidas blickte hinunter zu dem kleinen 22er Colt und lächelte.

Schon im nächsten Moment schlich er sich zum Lichtschalter des Wohnzimmers.

Als er den Knopf fast erreicht hatte, packte ihn jemand am Handgelenk.

Leonidas befreite sich mit einem Ruck.

Schon zu oft hatte eine Hand aus dem Dunkel den Lieutenant am rechten oder auch am linken Handgelenk gepackt, als daß sein Schöpfer sich mit einem solchen Griff noch fassen ließ!

Versuchsweise sprang er vor und versetzte dem Dunkel ein paar kräftige Tritte.

Zu seiner größten Überraschung hörte er jemanden stürzen, mit einem dumpfen Schlag. Genau wie er es immer beschrieb. Haseltine machte stets einen Sprung nach vorn, trat wild um sich, und sogleich ging sein Gegner mit dem passenden Baßton zu Boden. Aber tief in seinem Herzen hatte Leonidas kein Wort davon geglaubt!

»Ich habe Sie im Visier!« Der weite Ärmel des Talars behinderte ihn, und Leonidas hatte den Schalter immer noch nicht gefunden. »Keine Bewegung, sonst schieße ich!«

Je mehr er tastete, desto tiefer verhedderte seine Hand sich im Ärmel.

Und der Mann irgendwo hinter ihm am Boden dachte gar nicht daran, ruhig liegenzubleiben! Er rappelte sich unter lautem Poltern auf und war im Nu wieder auf den Beinen.

Leonidas ruderte verzweifelt mit dem Arm, um die Hand aus den zahllosen Falten des Umhangs zu bekommen, und nun sah er die Umrisse des Mannes vor der Terrassentür.

»Halt!« Leonidas konnte die Pistole nicht einfach fallenlassen, damit die rechte Hand der linken zu Hilfe kommen konnte. Und er wollte auch nicht riskieren, mit der Rechten nach dem Schalter zu tasten, denn wenn auch die andere Hand noch im Ärmel hängenblieb, wäre er vollkommen hilflos. Ein Glück für Haseltine, dachte er, daß er nie in solche Situationen geriet, wenn er gerade als Doktor der Philosophie verkleidet war!

»Stehenbleiben!« rief er noch einmal, »oder ich schieße!«

Das war gegen alle seine Überzeugungen, aber mit einem Zweiundzwanziger, sagte er sich, konnte niemand allzu schwer verletzt werden. Haseltine verachtete alles, was kleiner als Kaliber fünfundvierzig war, und am liebsten räumte er mit einer Maschinenpistole auf.

Leonidas beglückwünschte sich in Gedanken, daß er daran gedacht hatte, die Sperre zu lösen, und drückte ab.

Nichts geschah.

Er drückte noch einmal.

Dann ging ihm auf, daß diese Pistole einer Frau gehörte. Das hätte er sich doch denken können, daß sie nicht geladen war!

Terrys Schrei, ein weiterer dumpfer Schlag und das Knarzen der Haustür kamen als ein einziger fließender Laut.

»Nichts passiert«, sagte Terry mit stockendem Atem, als er auf den Flur kam. »Nur umgestoßen – schnell, Bill, hinterher!«

Als er den Plattenweg hinunterstürmte, hörte Leonidas die Schritte des Flüchtenden auf dem Kies des Bürgersteigs. Er lief in Richtung Elm Street, und Leonidas nahm die Verfolgung auf, so schnell seine Beine ihn trugen.

Auch solche Verfolgungsjagden hatte er beschrieben. Unzählige Male sogar. Am Anfang lag Haseltine weit zurück, aber Wunder folgte auf Wunder, und schließlich bekam er seine Beute stets zu fassen.

Das war immer so! Immer!

Um so peinlicher war es ihm, als er an der Ecke Walnut und Elm Street über den Saum seines Talars stolperte und lang auf die Nase fiel.

Ein großer Hund, der, wie eine vage Erinnerung ihm sagte, dem jungen Abercrombie gehörte, kam munter herangetollt, schnüffelte, knurrte und ließ es nicht zu, daß er sich vom Kies des Bürgersteigs erhob.

»Braver Hund!« sagte Leonidas. »Du hältst den Lauf der Gerechtigkeit auf!«

Der Hund knurrte weiter.

»Ich bin's, Witherall«, sagte Leonidas. »Du hast schon Knochen von mir bekommen. Da, Winston, Katze! Jag' die Katze!«

Winston ignorierte den Vorschlag.

»Winston«, versuchte Leonidas es in seiner Verzweiflung. »Stell' dich tot!«

Stolz legte Winston sich auf den Rücken und ließ es sogar zu, daß Leonidas ihn zur Belohnung kurz kraulte.

»Gut, Winston! Das muß ich mir merken; eines Tages wird der Hund eines Saxophonspielers das mit einem prachtvollen Schurken machen.«

Er fand Terry einen halben Block weiter zurück.

»Ich wollte Ihnen hinterherlaufen«, sagte sie, »aber mit meinen Absätzen war da nichts zu machen. Ich mußte aufgeben, als ich einen von den Pumps verlor – haben Sie einen Blick auf ihn werfen können?«

»Es könnte genausogut der Mann mit der eisernen Maske gewesen sein«, seufzte Leonidas. »Was ich Ihnen genauestens beschreiben könnte, wäre die Schnauze von Winston Abercrombie, der von mir keinen Knochen mehr bekommen wird, sollte ich denn noch einmal einen Knochen zu verschenken haben.«

»Und Sie können überhaupt nichts über ihn sagen?«

»Der Bursche ist eher groß«, antwortete Leonidas. »Beherzt, tüchtig, geschickt im Handgelenkgreifen, keiner, der sich mit bloßen Worten beeindrucken läßt. Ähm – es wäre besser gewesen, Sie hätten mich gewarnt, daß Ihr Zweiundzwanziger nicht geladen war. Vielleicht hätte ich es dann mit einer anderen Taktik versucht. Dem eisernen Schürhaken zum Beispiel oder sonst etwas Kräftigem und Tödlichem.«

»Woher hätte *ich* denn wissen sollen, daß der nicht geladen ist?« erwiderte Terry nüchtern. »Er gehört Fran … Bill, warum lachen Sie?«

»In der Regel«, meinte Leonidas, »erklärt die blonde Schönheit mit den veilchenblauen Augen, sie habe nicht gewußt, daß die Waffe ge*la*den war.«

»Meine ist es ja sowieso nicht!« erwiderte Terry. »Die gehört Franny. Ich weiß nicht mehr, wo sie sie herhat. Eine Requisite von einem Fotografen, glaube ich. Ich hatte irgendwie das Gefühl, es könnte gut für mich sein, wenn ich die heute abend in der Handtasche hätte.«

»Da tut es mir leid«, sagte Leonidas, »daß sie – ähm – sich nicht besser bewährt hat.«

»*Ich* finde ja schlimmer«, entgegnete Terry, »daß Sie den Burschen nicht gesehen haben. Das ist wirklich eine Enttäuschung. Sie hätten doch auch das Licht anschalten können, Bill!«

»Das nächstemal«, meinte Leonidas großmütig, »werde ich Sie zur Sonderbeauftragten für Lichtfragen erklären. Ein ärmelloses Kleid wie Ihres, das ist die richtige Arbeitskleidung dafür. Kurz gesagt, ich hatte mich in meinem Talar verfangen.«

»Warum haben Sie denn auch dieses Ding an?« wollte Terry wissen. »Das frage ich mich schon die ganze Zeit über.«

»Vor langen, langen Zeiten«, antwortete Leonidas, »vor etwa drei Stunden, damals, als ich noch keine Tiefkühltruhe hatte, wollte ich ihn anprobieren – wir nehmen den Pfad hier, Terry, der führt zu meiner Einfahrt. Wenn Mrs. Finger zufällig zu ihrem Fenster hinaussieht und uns beide hier im Laternenlicht vorbeispazieren sieht, würde ihr mit Sicherheit noch etwas einfallen, was sie in Mrs. Mullets Obhut gelassen hat, ihr zahmes Känguruh zum Beispiel oder eine Tüte Fischstäbchen. Jawohl, ich habe den Talar anprobiert, und seitdem hat sich noch keine Gelegenheit ergeben, ihn wieder auszuziehen. Durch Zufall also und nicht aus freiem Willen – warten Sie, Terry!«

An der Stelle, an der sie von dem Pfad auf den Kiesweg getreten wären, blieb Leonidas stehen und faßte das Mädchen am Arm.

»Was ist …«

»Psst!« flüsterte Leonidas und zeigte mit dem Finger.

Vor seinem Arbeitszimmerfenster stand auf Zehenspitzen ein Mann. Er hielt sich am Fensterbrett fest und machte einen Klimmzug, damit er durch die Schlitze des Rolladens hindurchsehen konnte.

Er tat es mit einer Vehemenz, daß Terry und Leonidas ihn schnaufen und stöhnen hörten.

»Wer ist *das* denn?« raunte Terry. »Wer – oh, sehen Sie!«

Eine Frau kam um die Hausecke marschiert.

»Ich verstehe das nicht, Foster!« Leonidas erkannte die immer ein wenig quengelnde Stimme seiner alten Nachbarin Mrs. Haverstraw. »Ich *verstehe* das einfach nicht! Auf keine der beiden Türklingeln antwortet er. Und er *muß* doch zu Hause sein, wenn das Licht im Arbeitszimmer brennt!«

Leonidas seufzte. Nie im Leben würde Maude Haverstraw auf den Gedanken kommen, daß jemand aus dem Haus gehen und das Licht brennen lassen könnte. Dafür zu sorgen, daß kein Licht nutzlos brannte, war geradezu ein Hobby von ihr, und zu den Zeiten, als noch Verdunkelung herrschte, hatte sie den Luftschutzwart des Oak-Hill-Bezirks zu schierer Verzweiflung damit getrieben. Leonidas mußte es wissen. Der Luftschutzwart war er gewesen.

»Wer ...« hob Terry an.

»Leise!« flüsterte Leonidas. »Das sind die Haverstraws; es kommt vor, daß sie eine ganze Stunde auf der Schwelle stehen, um gute Nacht zu sagen, drei Stunden nachdem sie für fünf Minuten ins Haus gekommen waren. Wir dürfen uns auf keinen Fall von ihnen erwischen lassen! Ich frage mich nur, was um alles in der Welt sie von mir wollen!«

»Wahrscheinlich zum Briefkasten gegangen.« Foster Haverstraw ließ sich von der Fensterbank herunter. »Ich glaube, er ist nicht da, Maude. Ich denke mir, er ist wirklich nicht zu Hause.«

»Er geht *nie* zum Briefkasten!« erwiderte seine Frau. »Kein einziges Mal habe ich gesehen, daß er zum Briefkasten geht. Er gibt seine Briefe *immer* dem Postboten mit. Immer.«

»Ich denke trotzdem, genauso ist es, Maude. Ich stelle mir vor, er ist zum Briefkasten gegangen. Genau die Zeit – um sieben wird in Oak Hill zum letztenmal geleert. Er ist gleich wieder hier. Zehn Minuten.«

»Es wird ihm doch nichts zugestoßen sein, Foster?«

»Aber nein, er ist nur zum Briefkasten.«

»Genausogut könnte er die Treppe hinuntergefallen sein, Foster. Womöglich liegt er da im Haus mit einer gebrochenen Hüfte!«

»Unsinn!«

»Oder einem zerschmetterten Schädel. Oder ...«

Terry kicherte, als Mrs. Haverstraw eine lange Liste von entsetzlichen Blessuren aufzählte, die Leonidas davongetragen haben konnte, aber Leonidas nahm die Sache weniger leicht. Er wußte, daß Maude Haverstraw, wenn sie ein fremdes Kind auf der Straße spielen sah, zum Telefon lief und bei der Polizei nachfragte, ob ein Kind vermißt werde. Jedes Tier, das sie nicht kannte, war für sie der verlorene Spielkamerad eines lieben Kleinen, und ihre Art, alle verdächtigen Vierbeiner sogleich zum Büro der Daltoner *Times* zu bringen, war von der verzweifelten Redaktion sogar schon in Leitartikeln beklagt worden. Eine unerwartete Qualmwolke aus einem unschuldigen Kamin, und Maude ließ die Feuerwehr kommen, nur für alle Fälle. Leonidas wußte genau, daß sie imstande war, die Polizei zu rufen, wenn sie tatsächlich zu dem Schluß kam, daß er mit einer gebrochenen Hüfte im Hause lag.

»Glaube mir, er ist nur zum Briefkasten. Fünf oder zehn Minuten, dann ist er wieder da. Ein schöner Abend. Vielleicht macht er einen Spaziergang um den Block. Wir setzen uns einfach her und warten auf ihn.«

Leonidas faßte Terry am Arm und steuerte sie zu der kleinen Steinbank ganz am Ende des Gartens.

»Unglaubliche Leute!« rief Terry.

»Leise!« warnte Leonidas. »Sie könnten auf die Idee kommen, meine Melonen zu inspizieren, an denen sie immer ein geradezu perverses Interesse hatten. Ich habe alles falsch gemacht, und trotzdem setzten meine Saft an, oder wie man das nennt, und ihre nicht.«

»Aber wer sind die beiden?«

Leonidas erklärte es ihr. »Wir können nur warten, bis sie gehen«, schloß er. »Die Haustür haben Sie zugezogen, nehme ich an?«

»Zum Glück ja. Sie haben doch einen Schlüssel, oder?«

Terry zitterte vor Kälte, und Leonidas zog seinen Talar aus und legte ihn ihr um die Schultern.

»Danke«, sagte sie. »Ein sinnloses kleines Abenteuer, was? Ich meine, mit Verfolgungsjagd und allem. Immerhin haben wir seinen Schuh.«

»Seinen *Schuh?*«

»Den hat er auf dem Flur verloren. Ich könnte mir vorstellen, daß er auf Strümpfen durchs Haus geschlichen ist, Bill, deswegen haben wir ihn nicht gehört. Aber mit dem Schuh haben wir doch jetzt wenigstens etwas in der Hand, oder?«

»Wo ist er jetzt, immer noch auf dem Flur?«

»Ich hatte ihn, als ich Ihnen nachgelaufen bin«, antwortete Terry, »aber dann habe ich ihn fallenlassen. Er liegt auf Ihrem Rasen. Ein brauner Halbschuh mit Gummiabsatz. Das ist doch immerhin etwas, oder? Ich meine, da haben wir etwas, was wir der Polizei zeigen können.«

»Hmnja, wahrscheinlich schon«, sagte Leonidas, »aber ich fürchte, damit sie uns die Saga von Matt und Shorty und Ernest Finger glauben, bräuchten wir schon etwas – nun, sagen wir Substantielleres. Substantieller als die Erkenntnis, daß jemand, der meinen Schreibtisch durchwühlte, das in braunen Schnürschuhen tat.«

»Aber es ist doch ein Beweisstück, Bill!«

»Wenn ich Ihren Schreibtisch durchwühlte«, entgegnete Leonidas, »und dabei so unvorsichtig wäre und einen Schuh zurückließe, dann würde ich, glaube ich, den anderen auf der Stelle in den Dalton River werfen. Hmnja, ich bin mir ziemlich sicher, daß das Gegenstück zu dem Schuh, den Sie gefunden haben, jetzt schon auf halbem Wege nach Dalton Lower Falls ist.«

»Was sollen wir denn jetzt machen, Bill?« fragte Terry. »Wer *war* der Mann? Meinen Sie nicht, das war der Mörder? Es kann doch gar kein anderer gewesen sein!«

»Eine solche Schlußfolgerung«, erklärte Leonidas, »ist unter dem Namen ›post hoc, ergo propter hoc‹ bekannt. Weil Sie letzten Juli über eine Coca-Cola-Flasche gefahren sind, haben Sie heute ein Loch im Reifen. Weil Sie am Donnerstag einen dubiosen Hummer gegessen haben, ist Ihnen heute abend nicht ganz wohl. Sie – ähm – verstehen, was ich meine.«

»›Post hoc‹ und Konsorten kenne ich gut genug. Ich habe mal Philosophie studiert. Aber«, fuhr Terry mit der Beherztheit einer Frau fort, die sich nicht von ihren Überzeugungen abbringen läßt, »wenn der Mann nichts mit dem Mord an Ernest zu tun hatte, wieso hat er dann Ihren Schreibtisch durchwühlt?«

Leonidas schüttelte den Kopf. »Was jemand an meinem Arbeitsplatz sucht, ist mir unbegreiflich. Nichts in diesem Tisch hat für jemanden außer mir selbst einen Wert – höchstens noch für meine Verleger. Und bisher sind sie nicht auf die Idee gekommen, jemanden herzuschicken, der das halbfertige Manuskript entwendet! Der Himmel weiß, womit ich mir diese Heimsuchung verdient habe.«

»Könnte es denn nicht Matt oder Shorty gewesen sein? Bill, das liegt doch auf der Hand! Wenn Sie mich fragen, da hat es jemand auf Sie abgesehen!«

»Es hat ganz den Anschein«, stimmte Leonidas ihr zu. »Aber warum sollte jemand einem einfachen ehemaligen Schullehrer Böses wollen, einem stillen, gesetzestreuen Bürger in der stillen Vorstadt Dalton?«

»Feinde«, erklärte Terry ohne zu zögern. »Haben Sie denn keine Feinde?«

»Nicht einen einzigen«, versicherte Leonidas ihr. »Ich streite mich mit niemandem, und niemand streitet sich mit mir. Oder – hm!«

»Ist Ihnen doch einer eingefallen?«

»Hm«, sagte Leonidas nachdenklich. »Oh je, auf den Gedanken bin ich nie gekommen. Aber ich kann es mir nicht vorstellen! Nein, das ist nicht der richtige Ansatz!«

»Ich würde ja sagen«, meinte Terry, »so wie wir im Augenblick dastehen, ist *jeder* Ansatz ein guter Ansatz!«

»Nun«, sagte Leonidas zögernd, »seit Kriegsbeginn ist mir eine ganze Reihe von Vorsitz- und Aufsichtsratsposten aufgedrängt worden – Bart und Brille dürften die Hauptverantwortlichen dafür sein. Man findet, daß ich einer Institution Würde verleihe. Und da könnte man, glaube ich, schon sagen, daß ich bei diesen Posten einer Reihe von Leuten auf die Füße getreten habe.«

»Sie meinen, andere sind neidisch auf Sie?«

»Hmnja, das wäre auch vorstellbar«, sagte Leonidas. »Aber, sehen Sie, da ich ja wußte, daß ich meine Ämter nur für die Dauer des Krieges hatte, und da mich kein persönlicher Ehrgeiz trieb und ich mit niemandem abzurechnen hatte, hatte ich auch keine Hemmungen, die Arbeit in die Hand zu nehmen – hmnja, und dabei könnte ich mir schon einen Feind oder zwei gemacht haben.«

»Sehen wir es von der praktischen Seite«, sagte Terry. »Wem haben Sie in letzter Zeit das Leben schwergemacht?«

»Ich fürchte«, sagte Leonidas, »als Vorsitzender der Daltoner Liga gegen Amtsmißbrauch in der Lokalpolitik war ich hauptverantwortlich für den Rücktritt des Bürgermeisters letzten Monat. Er war wirklich ein äußerst geldgieriger Mann. Recht – ähm – gründlich aufgeräumt habe ich auch beim Stadtkämmerer und bei der Schulbehörde.«

»Verstehe«, sagte Terry, »keinerlei Feinde. Sonst noch jemand?«

»Nun, als Bankdirektor konnte ich dort eine größere Buchprüfung veranlassen«, erklärte Leonidas, »und der Präsident ging vorzeitig in Rente – aus Gesundheitsgründen, versteht sich. Ich habe beim Daltoner Altersheim hinter die Kulissen gesehen – unglaublich, was für ein Maß an Korruption es bei solchen Einrichtungen geben kann. Und gegenüber dem Bauunternehmer für den neuen Krankenhausflügel mußte ich schon sehr unfreundlich werden. Die Finanzen des Golfclubs waren zu regeln. Solche Dinge.«

»Kurz gesagt«, meinte Terry spöttisch, »jeder in Dalton liebt Sie innig wie einen Bruder. Ehrlich, Bill, Sie haben doch nicht wirklich gedacht, daß Sie bei einem solchen Großreinemachen davonkommen, ohne daß jemand Rache will!«

»Letzten Monat, nach der Untersuchung bei den Wasserwerken, waren ein paar üble Schlägertypen hier«, gestand Leonidas und lachte.

»Und was geschah?«

»Ich habe ihnen einunddreißig Dollar beim Rommé abgenommen, und sie aßen zwei Bleche Schokoladenkekse, die Mrs. Mullet für mich gebacken hatte. Ich gehe nachsehen«, sagte er, »wie weit Foster und Maude sind.«

Ein paar Augenblicke später war er an der Gartenbank zurück.

»Wie sieht es aus?« fragte Terry.

»Maudes Nerven flattern, meiner gebrochenen Hüfte wegen«, berichtete Leonidas, »aber noch hält Foster sie davon ab, die Polizei zu rufen.«

»Das würde sie doch nicht tun!«

»Einmal«, sagte Leonidas versonnen, »hat sie ihren gesamten Schornstein abreißen lassen, Stein für Stein, weil etwas darin pochte.«

»Pochte?«

»Genauer gesagt klang es, als klopfe ein Kind. Einer Frau wie ihr ist nichts unvorstellbar, und mir wird wohler sein, wenn sie fort ist. Lange kann es nicht mehr dauern, denn Foster spürt schon ein leichtes Kratzen im Hals und findet, daß er besser gurgeln sollte. Vorhin im Arbeitszimmer, Terry, wollte ich Sie fragen, wie gut Sie Ernest Finger kannten. Natürlich gehen mich Ihre – ähm – Geheimnisse nichts an, aber wir werden nicht weiterkommen, bevor ich nicht mehr über ihn weiß. Ist das schlimm?«

Terry schwieg mehrere Minuten lang.

»Ich habe mir schon gedacht, daß Sie mich früher oder später nach ihm fragen werden«, sagte sie. »Sie haben wahrscheinlich gemerkt, daß er mehr als nur ein – eine flüchtige Bekanntschaft war. Ich habe auch schon überlegt, wie ich damit anfangen soll. Mit einem Satz wie: Jeder macht mal einen Fehler, deshalb gibt's zu jedem Bleistift ein Radiergummi und so weiter.«

»Und er wäre also ein – ähm – Fehler von Ihnen gewesen?«

»Bill, wissen Sie denn wirklich gar nichts über ihn? Nicht einmal, daß er der Stolz und Liebling des Pomfret Inn war?«

»Des Pomfret Inn – die verrufene Spelunke an der Schnellstraße meinen Sie?« fragte Leonidas verblüfft.

»Genau die. Ohne sein Bärtchen sieht er ja ganz anders aus, und natürlich ist er nicht unter dem Namen Finger aufgetreten. Carlos Santos, Schwarm aller Hausfrauen – er hat sogar bei den Bostoner Radiosendern gesungen. Da habe ich ihn auch kennengelernt.« Wieder schwieg sie. »Na, die ganzen Einzelheiten will ich Ihnen ersparen. Ich habe Ernest gut gekannt. Und er hatte ein paar Briefe von mir, die ich schon das ganze letzte Jahr über versucht habe zurückzubekommen.«

»Ähm – Erpressung?«

»Nein, das nicht, Bill. Das ist schwer zu erklären. Erpreßt hat er mich nicht, aber unter Druck gesetzt schon. Es hat mir angst gemacht. Ich habe eine ziemlich gute Arbeit – ich unterrichte an Miss Lowells Mädchenschule. Sie sind ja selbst im Geschäft und kennen Miss Lowell wahrscheinlich.«

»Ihre Schule«, bestätigte Leonidas, »ist ohne Frage die beste Mädchenschule im ganzen Land. Nie ist mir eine gebildetere Frau als Miss Lowell begegnet, und kaum eine intelligentere. Und wenn ihr auch nur die kleinste Kleinigkeit über Ihre Briefe zu Ohren käme, würde der alte Drachen Ihren Ruf für ewig und drei Tage ruinieren.«

»Ich glaube« – Terrys Stimme war äußerst gefaßt –, »in meinem ganzen Leben habe ich noch keinen so verständnisvollen Mann gekannt wie Sie. Ich habe Höllenqualen durchlitten wegen dieser Briefe. Dann rief Ernest mich letzte Woche an und erzählte mir, er sei seriös geworden und habe eine gute Stelle gefunden, und er tue nun all die braven und anständigen Dinge, zu denen ich ihn einst erziehen wollte. Er war ja ein heller Bursche, Bill.«

»Dumm kam er mir nicht vor«, stimmte Leonidas zu.

»Er hatte es nicht nötig, in Löchern wie dem Pomfret Inn zu singen oder sich mit – da kommt mir eine Idee! Die Pomfreter Glücksspiel-Mafia und der Hunderennplatz, haben Sie da auch aufgeräumt?«

»Pomfret gehört nicht zu meinem Revier«, sagte Leonidas. »Sie meinen, Finger hatte bei diesen Sachen seine – ähm – Finger im Spiel?«

»Ja, und Grips genug hatte er ja – ach, der konnte aus allem etwas machen, er mußte nur wollen! Jedenfalls rief er an und wir haben uns getroffen und – tja, das ist gar nicht so leicht zu beschreiben, was für ein Gefühl ich hatte. Vorher hatte ich mir ja nur ausgemalt, was er mit diesen Briefen machen *könnte*, aber nachdem ich ihn gesehen hatte, *wußte* ich, daß er etwas damit machen würde. Da habe ich beschlossen, daß ich den Stier bei den Hörnern packe und versuche, sie zurückzukaufen. Deshalb war ich ja auch froh, als ich mit dem blödsinnigen Auftrag von Franny noch vierzig Dollar extra verdienen konnte!«

»Aber nachdem Sie ihn da in der Tiefkühltruhe liegen sahen«, sagte Leonidas, »sind Sie trotzdem geblieben. Warum? Warum haben Sie da nicht gesehen, daß Sie fortkamen? Warum …«

»Warum ich nicht geradewegs zu seiner Wohnung gelaufen bin und die Briefe geholt habe? Ich glaube, das wäre schon eine Versuchung gewesen«, antwortete Terry, »wenn es *alle* Briefe gewesen wären.«

»Das verstehe ich nicht«, sagte Leonidas. »Gibt es noch andere?«

Terry atmete tief durch. »Wie gesagt, ich hatte versucht, meine Briefe zurückzukaufen. Aber heute nachmittag, kurz bevor ich zu meinem Besuch hier bei Ihnen aufbrach, hatte ich eine andere Idee. Ich habe ihm einen gepfefferten Brief geschrieben, in dem stand, wenn er sie mir nicht zurückgäbe, würde ich geradewegs zum Direktor von Meredith marschieren und ihm verraten, was er da in aller Unschuld als Französischlehrer angeheuert hatte. Den Sinatra von der Schnellstraße, Nebenberuf Gauner und Betrüger. Und so weiter und so fort. Wie alt muß man wohl werden, Bill, bevor man solche Briefe zerreißt, nachdem man sie geschrieben hat?«

»Ich zweifle nicht«, antwortete Leonidas, »daß Methusalem die gleiche Frage stellte, und vermutlich mit der gleichen kummervollen Stimme. Sie – ähm – haben ihm noch weiter gedroht?«

»Mord war noch das Harmloseste, was ich ihm versprochen habe. Im Augenblick, in dem ich das Machwerk in den Briefkasten steckte, kam ich zur Besinnung«, seufzte Terry. »Ich habe versucht, ihn wieder herauszuholen. Ich habe es so verzweifelt versucht, daß meine Hand im Briefschlitz steckenblieb, und ich stand da und zerrte und zappelte und dachte an Leute, die ihre Hände einem Löwen ins Maul stecken. Ein Mann von der Post hat mich schließlich befreit.«

»Und haben Sie ihn denn nicht gefragt …«

»Ge*fragt?* Ich habe gefleht«, antwortete Terry bitter, »daß selbst ein Shermanpanzer zu einer Stahlpfütze zerschmolzen wäre. Und dieser herzlose Kerl sagt einfach nur, ich soll meinem Freund eben einen zweiten schreiben und alles wieder zurücknehmen. Er hat mir alle möglichen Vorschriften zitiert und fand das wohl lustig – warum glauben Leute immer, das Leben wäre ein Zuckerschlecken, nur weil man blonde Haare hat?«

»Genau was Helena einst«, antwortete Leonidas, »und mit demselben Nachdruck, die Trojaner fragte. Hmnja. Da sehe ich ein, daß es kaum noch eine Rolle spielt, ob Sie die anderen belastenden Briefe zurückbekommen, in Anbetracht der Epistel, die morgen früh in Fingers Wohnung eintreffen wird …«

»Gerade so, daß die Bullen sie lesen können. Bill, gibt es denn wirklich kein Mittel, diesen Brief noch abzufangen?«

»Ich fürchte nein. Sie wissen ja, wie das ist. Weder Regen noch Hagel noch finstere Nacht«, sagte Leonidas gerührt, »halten unsere wackeren Postzusteller davon ab, daß sie pflichtbewußt ihre Runde gehen. Das – ähm – sage ich mir jeden Morgen, wenn ich warte, daß unser Mr. Seeley zum Oak Hill heraufgekrochen kommt. Nein, Terry, Ihr Brief läßt sich nicht mehr abfangen. Wir sind doch keine Banditen.«

»Ich hatte mir ja auch nicht vorgestellt, daß wir eine Postkutsche überfallen oder ein Postamt ausrauben oder so etwas!« sagte Terry. »Aber gibt es denn nichts – nichts *Kleineres*, womit wir noch verhindern könnten, daß der Brief ankommt?«

»Es gilt generell als unweise, sich mit der Post anzulegen«, sagte Leonidas. »Aber ich verstehe immer noch nicht, Terry, warum Sie unter diesen Umständen bei mir geblieben sind!«

»Als ich Sie vorhin sah, noch bevor ich wußte, daß Ernest tot ist, da hatte ich sofort das Gefühl, daß Sie genau der Mann sind, den ich immer gesucht habe. Was habe ich mir gewünscht, daß ich einen Onkel oder einen älteren Bruder oder sonst einen Mann hätte, jemanden mit Verstand, der es mit Ernest aufnehmen und die Briefe zurückbekommen könnte! Sie waren genauso redegewandt wie er, und Sie konnten noch eine Menge mehr. Ich beschloß, daß ich mich Ihnen anvertrauen und Sie um Rat bitten würde.« Sie überlegte. »Und wenn Sie es wissen wollen, ich denke nach wie vor, daß Sie sie alle zurückbekommen könnten! Bill, wie war Ernest mit diesen Fingers von nebenan verwandt?«

Leonidas seufzte. »Wer kann das wissen?«

»Er *muß* doch ein Verwandter von ihnen sein! Finger ist schließlich kein häufiger Name!«

»Es mag schon sein, daß die Fingers hierzulande nicht auf den Bäumen wachsen«, entgegnete Leonidas, »aber ich muß sagen, ich habe keine Ahnung, in welchem Verwandtschaftsverhältnis sie zueinander stehen, wenn überhaupt.«

»Das kann doch gar nicht anders sein!«

»Hmnja. Aber sehen wir es, wie Sie vorhin so schön sagten, von der praktischen Seite. Wie wollen Sie aus der energischen Mrs. Finger etwas zu diesem Thema herausbekommen?«

»Na, wahrscheinlich müßten Sie sie einfach nur fragen, das ist alles!«

»Meine liebe Mrs. Finger«, meinte Leonidas beschwingt, »wir fragen uns, ob Sie womöglich eine Verwandte von Ernest Bostwick Finger sind. Tatsächlich! Na, das ist ja ein seltsamer Zufall. Wir haben ihn nämlich hier, drüben in der Tiefkühltruhe, die Sie so sehr bewundern. Ähm – er ist zwar nicht direkt im Wege, aber wir wären doch froh, wenn Sie ihn einfach mitnehmen könnten!«

»Bill, mir stehen die Haare zu Berge!«

»Das wäre ein möglicher Ansatz«, sagte Leonidas. »Ich habe auch überlegt, ob man es brüsk oder realistisch angehen soll. Ich führe sie an die Truhe, öffne sie, zeige und frage: ›Dieser Finger, gehört der zu Ihnen?‹ Selbst an Spiele habe ich schon gedacht.«

»Spiele?«

»Mrs. Finger«, fuhr Leonidas munter fort, »haben Sie eigentlich Spaß an Wortspielen? Freie Assoziation zum Beispiel, immer ein lehrreiches Vergnügen – nehmen Sie Ihren eigenen Namen! Was fällt einem zu Finger alles ein? Zeigefinger, Ringfinger. Sich die Finger verbrennen. Fingerabdruck, Fingerübung. Böser Finger, Langfinger – ähm – Ernest Finger? Kennen Sie zufällig jemanden dieses Namens? Tatsächlich? Erzählen Sie mir alles darüber, Mrs. Finger! Sie haben nicht vielleicht eine Vermutung, wer ihn erstochen haben könnte?«

»Ich dachte, er wäre erschossen worden«, sagte Terry benommen.

»Erstochen.«

»Mit was?«

»Mit etwas, das eine scharfe Klinge hatte«, antwortete Leonidas. »Ein Experte wie der unvergleichliche Lieutenant Haseltine könnte natürlich …«

»Sie meinen Haseltine aus dem Radio? ›Haseltine, da hilft nur *Haseltine*?‹« fiel Terry ihm ins Wort. »Oh, den *liebe* ich!«

»Hmnja. Der luchsäugige Lieutenant hätte natürlich auf Anhieb gewußt, daß es sich bei der Tatwaffe um ein Tranchiermesser handelte«, sagte Leonidas, »und hätte in allen Einzelheiten die Schnitzereien des Horngriffs beschrieben – aber ich könnte wirklich nicht sagen, was für ein Schneidewerkzeug es war, mit dem man ihm den Garaus gemacht hat. Lassen Sie uns es einfach ein äußerst scharfes Messer nennen.«

»Warum betonen Sie so sehr, daß es scharf war?« fragte Terry. »Nicht daß ich sagen will, es sei stumpf gewesen, aber irgendwie hört es sich an, als hätte der Täter es extra geschärft oder so was.«

»Daraus, daß der Stich so glatt durch die Kleider ging«, erklärte Leonidas, »und daraus, daß er kaum geblutet hat, schließe ich, daß das Messer extrem scharf war und daß der Stich sehr kräftig geführt wurde und – ähm – ins Schwarze traf. Ich denke, daß er fast auf der Stelle tot war. Und ich würde auch vermuten, daß der Stich ihn überraschte. Seine Kleider und sein Haar …«

»Das ist mir auch aufgefallen«, bestätigte Terry. »Nicht zerzaust, nichts dergleichen.«

»Genau das. Aber jetzt«, sagte Leonidas, »muß ich noch einmal nach den Haverstraws sehen. Inzwischen sollten sie sich losgerissen haben, und sei es auch nur, damit sie Fosters Hals versorgen können. Was in der großen weiten Welt sie von mir wollten, das weiß der Himmel!«

Aber nun war endlich die Luft rein.

»Gott sei Dank!« rief Terry. »Nichts gegen Ihre Steinbank, aber ich habe schon weicher gesessen. Bill, ich komme immer wieder darauf, daß es eine Verbindung zwischen Ihrer großen Säuberungsaktion, bei der Sie so vielen Leuten auf die Füße getreten haben, und der Tatsache geben muß, daß diese Kühltruhe hier ankommt, mit Ernest drin.«

»Ich könnte mich hinreißen lassen und Ihnen zustimmen«, meinte Leonidas auf dem Weg zurück zur Auffahrt, »wenn jemand anderes in der Truhe wäre und nicht Ernest. Der ehemalige Bürgermeister, sagen wir, oder der frühere Bankpräsident oder der vormalige Verwalter des Altenheims. Aber das einzige Bindeglied zwischen Finger und mir war die Meredith-Akademie, Terry. Und auch diese Bande waren ja nicht gerade eng.«

»Gab es noch einen zweiten Kandidaten für Ernests Posten?« fragte Terry nachdenklich. »Da hätte es jemand mit einem Schlag Ihnen beiden heimzahlen können.«

»Einen anderen Kandidaten?« Leonidas lachte. »Mein liebes Kind, er war der *einzige* Kanddidat! Ich war so überglücklich, daß ich jemanden gefunden hatte, daß ich ihm dafür sogar seinen abscheulichen grünen Anzug mit den weißen Streifen verziehen habe. Ich habe den Mann vom Arbeitsamt zum Essen eingeladen und ihm ein echtes Steak spendiert, so froh war ich! Ich ...«

»Dieser Mann vom Amt – wieso hat er Ernest empfohlen?« fragte Terry.

»Es war George Whatting, den ich schon seit Jahren kenne, und empfohlen hat er mir Ernest nicht. Er kam recht widerwillig auf ihn, nachdem ich auf seinen Vorschlag, mit aller Meredith-Tradition zu brechen und eine Frau einzustellen, nicht eingegangen war. George sagte, der Bursche habe ausdrücklich gefragt, ob nicht eine Stelle bei Meredith zu haben sei. Er wohne in der Nähe. Terry!«

»Was ist?« fragte sie, als er stehenblieb.

»Terry, wenn Ernest Finger der dubiose Geselle war, als den

Sie ihn beschreiben, dann frage ich mich – hmnja, dann frage ich mich, ob er nicht ein zweiter Shurcliff werden wollte! Hmnja, ich glaube, das ist die Antwort! Ich glaube, ich weiß, warum er eine Anstellung bei Meredith wollte! Kleine Jungs aus reichen Familien!«

»Wie meinen Sie das?«

»Vor vielen Jahren«, erklärte Leonidas, »als ich selbst noch unterrichtete, gab es einen Mann namens Shurcliff, einen Mathematiklehrer, der an der Akademie ein kleines Vermögen verdiente, bevor der alte Marcus Meredith ihm auf die Schliche kam. Sehen Sie, Terry, kleine Jungs aus reichen Familien sind die idealen Opfer für einen skrupellosen Zeitgenossen. Die Möglichkeiten sind unbegrenzt. Denken Sie nur an Erpressung.«

Er hörte, wie Terry den Atem anhielt.

»Shurcliffs Masche war es, die Kleinen ein wenig vom rechten Wege abzubringen«, sagte Leonidas, »und dann zu kassieren – von ihnen und von weltfremden Schwestern, Vettern, Tanten. Damals war es ja eine regelrechte Ächtung, wenn man von Meredith verwiesen wurde. Die Schwestern, Vettern und Tanten trennten sich bereitwillig von Diamantenhalsbändern, um ihre Lieben vor der schrecklichen Schmach des unehrenhaften Abgangs zu bewahren, was bedeutet hätte, daß sie auf ein College im Westen gegangen wären statt nach Harvard.«

Terry kicherte.

»Ich gebe zu, es hat seine amüsante Seite«, fuhr Leonidas fort, »aber nach und nach kam eine stattliche Summe an Diamanten zusammen, und Marcus Meredith hatte immer die Vermutung, daß er bestenfalls die Oberfläche von Shurcliffs Sumpf trockengelegt hatte. Verständlicherweise waren die Opfer sehr verschwiegen. Ein neuer Shurcliff würde wohl heute raffinierter vorgehen – und ich frage mich, Terry! Hmnja, ich frage mich, ob mir nicht allmählich aufgeht, welche Rolle Sie und Ihre Briefe in Fingers Plänen spielen sollten!«

»Ich und meine Briefe? Das verstehe ich nicht, Bill«, sagte

Terry, weiter in Richtung Auffahrt unterwegs. »Da sind Sie mir zu schnell vorangeprescht!«

»Hätte Ernest Finger eine attraktive Blondine mit veilchenblauen Augen – nun, sagen wir, zur Verfügung gehabt«, erklärte Leonidas, »und hätte er mit ihrer Hilfe die älteren, wohlhabenderen, eher zu beeindruckenden Jungs ausgenommen, dann hätte sein Profit bei Meredith um sehr viel, um sehr, sehr viel größer sein können als der Lohn, der offiziell vereinbart war.«

»Bill, was für ein – was für ein wirklich abscheulicher Gedanke!« rief Terry.

»Hmnja, vielleicht. Aber haben Sie nicht gesagt, nachdem er seine Lehrerstelle angenommen hatte, hätten Sie es mit der Angst zu tun bekommen, weil Sie das Gefühl hatten, nun werde er wirklich mit Forderungen kommen?«

»Das habe ich gesagt, und so war mir auch tatsächlich zumute. Aber das – das ist doch alles aus der Luft gegriffen, Bill! Sie haben nicht den geringsten Beweis, daß Ernest so etwas vorhatte!«

»Das nicht«, gab Leonidas zu, »aber ich bin mir sicher, daß er sich mit Plänen dieser Art trug. Hmnja. Ich denke, jetzt werden wir als erstes den verlorenen Schuh holen, Terry. Dann befreie ich Sie von dem Talar, und wir machen uns auf den Weg zu Ernest Fingers Wohnung und sehen uns dort einmal um, ob wir nicht greifbare Beweise – warten Sie, Terry, bleiben Sie in Deckung!«

Wieder faßte Leonidas sie am Arm, gerade als sie auf die Auffahrt treten wollte.

Jemand kam den Pfad, den sie vorhin von der Straßenecke genommen hatten, herauf; er konnte die Schritte hören.

Womöglich wieder die Haverstraws?

Mit einer raschen Geste zog Leonidas Terry zurück in den Schatten der Ahornbäume und bedeckte von neuem ihr schimmerndes Kleid mit der weiten schwarzen Robe.

Ein Mann kam in Sicht – nicht Foster Haverstraw, sah Leonidas zu seiner Erleichterung – und trat ein wenig zögernd auf den Kies der Auffahrt.

Leonidas schnellte vor, den Blick gebannt auf die Füße des Mannes geheftet.

Seit Jahren hörte er, wie Leute vom Pfad auf seine Auffahrt kamen, und es war stets derselbe Ton, auch wenn das Tempo nach Eile oder Muße des Betreffenden verschieden ausfiel.

Stets derselbe. Knirsch-knirsch, knirsch-knirsch.

Aber die Schritte dieses Mannes waren anders.

Sie gingen knirsch-wump, knirsch-wump, knirsch-wump!

Er hatte nur einen Schuh!

Kapitel 4

»Bill! Er hat nur einen Schuh!« flüsterte Terry, aber in Leonidas' Ohren klang es wie das Schmettern eines Lautsprechers. »Nur *einen!*«

»Leise!«

»Hinterher, Bill! Wer ist das? Das *muß* doch unser Mann sein! Mit Sicherheit! Sehen Sie nur, wie er immer wieder stehenbleibt und zum Haus hinübersieht …«

»Psst!«

Terry war still, aber sie folgte ihm auf Zehenspitzen, als er den Rasenstreifen seitlich der Auffahrt entlangschlich.

»Bill!«

Sie kniff ihn, recht schmerzhaft in ihrer Aufregung, als das Gesicht des Mannes einen Augenblick lang im Licht der Straßenlaterne aufblitzte, und Leonidas biß heldenhaft die Lippen zusammen, damit er nicht selbst laut aufschrie.

»Bill! Haben Sie gesehen, wer das …«

»Ja doch, ich habe es gesehen! Seien Sie still, Terry! Ich will sehen, was er vorhat!«

Leonidas konnte sich nicht erklären, wieso Mrs. Fingers Sohn Jay durch seinen Garten wanderte, und das mit nur einem Schuh – es sei denn, er suchte nach dem anderen. Er würde ja wohl kaum in solcher Hinkefuß-Manier freiwillig einen Abendspaziergang machen!

»Bill, er …«

»Ich will sehen, ob er nach seinem Schuh sucht!«

Leonidas zischte es mit solcher Heftigkeit, daß Terry nun endlich den Mund hielt.

Immer im Schatten der Bäume folgten sie Jay, der sich in seiner verstohlenen und zögernden Art auf Leonidas' Grundstück umsah.

Schließlich ging er langsam den Weg zur Haustür hinauf.

»Keine Frage, er sucht nach dem Schuh«, murmelte Terry. »Ich wette, er hat gehört, wie ich ihn fallen gelassen habe! Jetzt beugt er sich vor!«

Mit einem Ruck richtete Jay sich wieder auf, machte auf dem Absatz kehrt und stürmte davon wie ein Stafettenläufer.

Galoppierte, korrigierte Leonidas sich in Gedanken, als der junge Mann aus seinem Blickfeld verschwand, das war wohl der bessere Ausdruck für diese Flucht Hals über Kopf.

»Bill, warum sind Sie denn nicht ...«

»Nein!« sagte Leonidas streng.

»Wieso nein?«

»Fragen Sie mich nicht, warum ich ihm nicht nachgelaufen bin«, antwortete Leonidas, »und raten Sie mir auch nicht, es jetzt noch zu tun! Schließlich habe ich schon einmal einen Einschuhigen verfolgt, und es hat sich ganz und gar nicht bewährt. Der einzige, der von dieser nutzlosen Jagd etwas hatte, war Winston Abercrombie.«

»Aber Bill, das war der Mann, den wir suchen! Warum haben Sie denn nicht wenigstens gerufen und ...«

»Terry, war es ein linker oder ein rechter Schuh, den Sie gefunden haben?« unterbrach Leonidas sie.

»Ob es ein linker oder ein rechter – ? Meine Güte, Bill, woher soll ich denn *so* etwas wissen? Schließlich hatte mich gerade erst jemand zu Boden gestoßen, und da habe ich wirklich nicht auf solche Sachen geachtet! Bill, diese Fingers, die *haben* etwas damit zu tun! Ist Ihnen aufgefallen, wie sie die Tiefkühltruhe angesehen hat, und ihre Bemerkung, wieviel da hineingeht und so weiter? Ich habe vorhin schon gedacht, daß sie das – ja, irgendwie mit *Nachdruck* gesagt hat. Mittlerweile denke ich, es war sogar regelrecht *sinister!* Bill, sie weiß es, darauf würde ich wetten! Ich wette, daß sie beide ...«

»Ähm – bevor Sie weiterwetten, Terry«, sagte Leonidas, »würde ich vorschlagen, daß wir nach vorn auf den Rasen gehen und den Schuh suchen, den Sie fallen gelassen haben.

Wenn es ein linker ist, der an Jay Fingers unbeschuhten linken Fuß passen könnte, wird es sich empfehlen, unsere Pläne ein wenig abzuändern und noch ein paar Überlegungen zu unseren neuen Nachbarn einzuschalten. Wo genau haben Sie ihn fallen lassen?«

»Oh, irgendwo da drüben.« Terry wies auf die Stelle.

Leonidas setzte seinen Zwicker auf.

»Ähm – wo?«

»Also im Augenblick sehe ich ihn auch nicht«, antwortete Terry, »aber er ist da. Vielleicht sind Blätter draufgefallen oder der Wind hat ihn zugeweht. Oder er ist in die Büsche dort gerollt. Ich hatte ja schließlich anderes zu tun als zu sehen, ob er eine Punktlandung macht! Er ist hier irgendwo. Er *muß* hier sein! Jay Finger hat sich zwar hinuntergebeugt, aber er hat nichts aufgehoben, da bin ich mir sicher! Wenn wir einfach hier mal ein bißchen wühlen, Bill, dann finden wir ihn schon!«

Leonidas seufzte. »Gut, dann lassen Sie uns wühlen!«

Zehn Minuten später waren sie beim Stadium des feinen Durchkämmens angelangt, als ein Kombiwagen vorfuhr und am Weg zu Leonidas' Haustür hielt.

Leonidas, nach wie vor von dem unguten Gefühl verfolgt, daß alles, was sich ihm näherte, ein Haverstraw war, sah zu seiner Erleichterung, daß der Mann, der ausstieg, nicht die geringste Ähnlichkeit mit Foster hatte.

Er war ein hoch aufgeschossener, freundlich dreinblickender junger Mann, ohne Hut und auf eine lässige Weise gut gekleidet.

Er trug, wie Leonidas noch auffiel, als er näher herankam, eine randlose Brille, und unter dem rechten Arm hatte er eine Aktentasche.

Leonidas, auf allen vieren vor dem Rhododendron, sah mit Sorge, wie dick diese lederne Tasche war. War der Bursche ein Hausierer, ein Rechtsanwalt, ein Versicherungsvertreter, ein neuer Kollege in einem Direktorium oder Aufsichtsrat?

»Mr. Witherall?« fragte der junge Mann ein wenig zweifelnd, als ob er eher damit rechnete, daß Leonidas jemand anderes war. »Mr. Witherall?«

Leonidas reagierte rasch.

»Mr. Witherall ist nicht zu Hause«, sagte er in schönsten Tönen. »Ich werde ihn aber vermutlich später am Abend noch sehen. Gibt es – ähm – vielleicht etwas, was ich ihm von Ihnen ausrichten kann?«

Der junge Mann zögerte, blickte unschlüssig von Leonidas' Doktorhut und weitem Talar zu Terrys Abendkleid und Orchideensträußchen und nahm die Tasche ein wenig verlegen unter den linken Arm.

Inzwischen bedauerte Leonidas seinen voreiligen Schritt schon fast, aber andererseits hatte er wirklich keine Zeit für jemanden mit einer dermaßen überquellenden Aktentasche. Wenn er sich nicht täuschte, war dies der arglose junge Mann, den er in Dalton Centre ausfindig gemacht und den er dazu gebracht hatte, unter Verzicht auf jegliches Honorar die Bücher des Wohltätigkeitsvereins zu prüfen. Es war eine gute und gerechte Sache, aber Leonidas fand, daß seine Zahlen auch noch einen Tag oder zwei warten konnten.

»Nun«, sagte der junge Mann, »also es ist so – ich, nun, ich müßte Mr. Witherall dringend sprechen. Persönlich. Es geht um eine sehr wichtige Angelegenheit.«

»Da wird es ihn um so mehr betrüben, daß er Sie verpaßt hat«, erwiderte Leonidas. »Sie – ähm – können sich wahrscheinlich schon denken, daß wir auf einer Schnitzeljagd sind.«

»Oh. Oh, verstehe. Nun, vielen Dank. Sagen Sie ihm, daß Bedford Scrim hier war. Oder besser, daß Bedford Scrim *noch einmal* hier war.«

Er wandte sich um, ging wieder zu seinem Kombiwagen und fuhr davon.

»Diesmal hatten Sie kein Glück, Bill«, sagte Terry. »Der hat Ihnen kein Wort geglaubt!«

»Meinen Sie?« entgegnete Leonidas. »Ich hatte den Eindruck, er war restlos überzeugt. Bedford Scrim! Das war also der Bedford Scrim, der mich heute schon den ganzen Tag über sprechen wollte! Ich frage mich, ob er wirklich der Buchprüfer war!«

»Wären Sie nicht so neunmalklug gewesen«, tadelte ihn Terry, »dann hätten Sie es herausfinden können! Bedford Scrim – der Name kommt mir bekannt vor! Bedford Scrim. Bedford Scrim. Wo habe ich das nur schon gehört?«

»Ich glaube, es ist ein Vorhangstoff«, sagte Leonidas lachend. »Jedenfalls lautete die Rechnung für meine Gästezimmervorhänge auf ›Vier Garnituren Bedford Scrim‹. Das gibt einem das Gefühl, daß man einen Mann namens Bedford Scrim schon immer gekannt hat. Ein Jammer, daß er beide Schuhe trug.«

»Wieso ein Jammer? Wie meinen Sie das? Warum sollte er denn nicht beide Schuhe anhaben?«

Leonidas rezitierte ihr die Bedford-Scrim-Ballade, die er am Nachmittag verfaßt hatte.

»Ich bleibe dabei«, fügte er hinzu, »einen perfekteren Ganovennamen habe ich nie gehört. ›Da gehst du hin, o Bedford Scrim!‹ Ja, das hat Schmiß. Aber wir werden es wohl ändern müssen, nun wo wir den Burschen gesehen haben. ›Prüfen sollst du, Bedford Scrim, die Bücher warten schon …‹ Terry, sind Sie denn wirklich sicher, daß Sie den verteufelten Schuh hier verloren haben? Jetzt wo Sie noch einmal darüber nachdenken – haben Sie ihn nicht doch in den Regenschirmständer gesteckt?«

»Hier an dieser Stelle habe ich ihn fallen lassen!« beharrte Terry. »Genau hier auf Ihrem Rasen! Wo kann er nur geblieben sein? Haben Sie eine Erklärung?«

»Entweder war sein rechtmäßiger Besitzer schon hier und hat ihn geholt oder die Haverstraws haben ihn gefunden oder Winston Abercrombie hat ihn verschleppt«, schlug Leonidas vor. »Winston hat manchmal Phasen, in denen er Sachen aus Gärten oder von der Türschwelle holt. Lange Zeit war er versessen auf frische Hemden, die der Wäschereifahrer, den er nicht leiden konnte, an die Haustüren hängte. Hmnja, ich würde sagen, die Wahrscheinlichkeit ist fünfzig–fünfzig, entweder Winston oder Maude Haverstraw. Maude ist der Überzeugung, daß ein gepflegter Rasen der Schlüssel zum Paradies ist, oder etwas in dieser Art.«

»Allmählich«, meinte Terry, »hoffe ich wirklich, daß ich Maude nie begegne!«

»Und wenn es doch sein soll«, fügte Leonidas hinzu, »dann flehe ich zum Himmel, daß ich nicht derjenige bin, der erklären muß, wer Sie sind und was Sie hier zu suchen haben. Tja, den Schuh werden wir wohl fürs erste aufgeben müssen. Lassen Sie uns lieber …«

»Jay Finger könnte ihn mitgenommen haben, Bill!«

»Wir haben zwar gesehen, wie er sich vorbeugte, aber ich bin mir so gut wie sicher, daß er nichts in der Hand hatte. So, Terry, jetzt gehe ich ins Haus und ziehe diese alberne Verkleidung aus, und dann holen wir den Wagen aus der Garage und statten der Fingerschen Wohnung einen Besuch ab. Kommen Sie.«

Terry folgte ihm zur Haustür.

Einen Moment lang sah sie ihn fragend an, dann versetzte sie ihm einen kleinen Stoß in die Rippen.

»Bill, was ist? Sind Sie eingeschlafen?«

»Ähm – nein.«

»Ja, dann schließen Sie doch … Bill Shakespeare, soll das heißen, daß Sie keinen Schlüssel haben?«

»Keinen Schlüssel?« erwiderte Leonidas nonchalant. »Mein liebes Kind, ich habe Schlüssel im Übermaß! Ganze Schachteln voller Schlüssel. Allein für diese Tür habe ich bestimmt ein Dutzend. Im Laufe der Jahre habe ich natürlich weitaus mehr nachmachen lassen, aber derzeit existiert, wenn man so sagen darf, wohl nur etwa ein Dutzend. Hmnja, an Schlüsseln besteht kein Mangel. Ich habe sie haufenweise, würde Mrs. Finger vielleicht sagen.«

»Bill, haben Sie hier und jetzt einen Schlüssel zu dieser Tür?«

»Um es kurz zu machen«, entgegnete Leonidas, »ähm – leider nein.«

»Bill!«

»Und schlagen Sie nicht vor, daß wir einbrechen sollen, Terry. Es wäre zum gegenwärtigen Zeitpunkt äußerst unvernünftig, wenn wir auf uns oder das Haus vermeidbare Aufmerksamkeit lenkten.«

»Und sonst hat niemand einen Schlüssel?« fragte Terry.

»Mrs. Mullet.«

»Gott sei Dank! Wo wohnt sie?«

»Ähm – in Pomfret.«

»Und wir müssen natürlich ins Haus, um Ihre Wagenschlüssel …« Sie verstummte, als in der Ferne kurz die Sirene eines Streifenwagens aufheulte, und ein Schaudern lief über ihren Körper. »Puh, das hat mir einen Schrecken eingejagt.«

»Kein Grund zur Sorge«, sagte Leonidas. »Der Wagen ist eine halbe Meile weit fort, unten auf der Hauptstraße. Sie stellen oft die Sirene an, wenn sie Verkehrssünder jagen.«

»Trotzdem ist das ein gräßlicher Ton, da läuft es mir kalt den Rücken herunter. Ich – ich habe mir wirklich alle Mühe gegeben, nicht an die Polizei zu denken, Bill«, fügte Terry hinzu. »Aber ab und zu kommt es doch hoch, und dann wird mir eiskalt. Da gefriert mir das Mark in den Knochen.«

»Alles in allem«, meinte Leonidas, »macht mir der Gedanke an die Haverstraws mehr Sorgen. Mir erscheint das Bild wie im Alptraum, Foster und Maude, wie sie von neuem hier vorfahren, wenn Foster gegurgelt hat.«

»Aber wenigstens können uns die Haverstraws nicht in eine finstere Gefängniszelle stecken!«

»Das ist wahr«, sagte Leonidas. »Da haben Sie recht. Aber nach zehn gnadenlosen Minuten mit ihnen werden Sie sich nach der Zelle sehnen. Nach zwei Minuten in Maude Haverstraws Kreuzverhör werden Sie sich wünschen, daß jemand mit etwas so Grundsolidem wie einem Stück Gartenschlauch kommt. Wenn ich wählen könnte zwischen Maude, die meine Tiefkühltruhe öffnet, und der Folter in der Eisernen Jungfrau, würde ich ohne zu zögern letztere wählen.«

»Wahrscheinlich ist es der Gedanke an die Zeitungen, der mir so zusetzt«, sagte Terry. »Kasten, mit Bild natürlich. ›Sie drohte mit Mord! Die blonde Orchideenschönheit Terry …‹«

»Wo haben Sie diese Orchideen eigentlich her?« fragte Leonidas.

Terry zuckte mit den Schultern. »Franny hat sie mir dagelassen, zusammen mit dem Zettel. Ich nehme an, der, der sie angestellt hat, hat auch die Blumen spendiert. Oh, in den Schlagzeilen wird es vor Orchideen und blondem Haar nur so wimmeln! Zupfen die Frauen im Gefängnis heutzutage eigentlich immer noch Werg, Bill? Oder prägen sie Autokennzeichen?«

»Keins von beiden. Sie waschen Haare.«

»*Was* tun sie?«

»Sie waschen Haare. Ich muß es wissen«, erklärte er. »Ich gehöre dem Komitee für Gefängnisaufsicht an. Viermal im Jahr führt die Vorsteherin mich in einen Raum, in dem die Frauen sich gegenseitig einschäumen wie die Furien, und ich bekomme zu hören, wie gut es ist, daß sie einen nützlichen Beruf erlernen. Haar, erklärt man mir jedesmal, wächst ja nicht nur, es wird auch – wird auch …«

Wieder heulte die Sirene.

Nur klang es diesmal, als heule sie gleich neben ihnen auf der Türschwelle.

Bedächtig setzte Leonidas seinen Zwicker auf und drehte sich um.

Ein Daltoner Streifenwagen in der vertrauten schwarz-weißen Lackierung kam schlingernd am unteren Ende des Weges zum Stehen.

Im gleichen Augenblick bog die nicht minder bekannte Limousine der Haverstraws um die Ecke. Das heisere Husten des angeschlagenen Auspufftopfs kannte Leonidas so gut wie seine eigene Stimme.

»He, Witherall!« Sergeant MacCobble sprang aus dem Wagen und winkte gebieterisch. »Kommen Sie, Witherall! Nun machen Sie schon!«

»Le-o-nidas!« Maude Haverstraw steckte den Kopf zum Fenster heraus, während Foster die Limousine jenseits des Polizeiwagens an den Rinnstein manövrierte. »Hu-hu, Leonidas! Le-o-nidas, hu-hu!«

Terry sah ihn an.

»Puh!« sagte sie, einfach und doch deutlich genug. »Puh!«

»Kommen Sie, Witherall!« Der Sergeant kam den Plattenweg herauf. »Wir nehmen Sie mit!«

»Leonidas!« Maude stieg aus. »*Hu*-hu, ich will zu *Ih*nen! Ich ...«

Leonidas sprang der Zwicker von der Nase, und er fing ihn im Fluge auf.

»Ähm – was ist mit der jungen Dame, Sergeant?« fragte er. »Soll sie auch mitkommen?«

»Wir wollen *Sie*, Witherall! *Sie* nehmen wir mit! Aber wenn sie dabeibleiben will ...«

»Bleibt Ihnen da eine Wahl, Terry?« Lächelnd ließ Leonidas seinen Zwicker kreisen.

Sie atmete tief durch.

»Hennaspülung, Mister?« sagte sie. »Oder doch lieber ein hübsches Proteinshampoo?«

Sogleich nahm Leonidas sie am Arm und folgte Sergeant MacCobble zum Streifenwagen.

»Leonidas!« rief Maude vorwurfsvoll. »Leonidas, ich will ...«

Sie verstummte abrupt, als Terry auf ihre Höhe kam, und auch wenn sie sich sichtlich bemühte, schien sie doch nicht in der Lage, ihren Mund wieder zu schließen.

Wahrscheinlich war es nur eine optische Täuschung, wie ihn etwa ein Eichenzweig produziert, den der Wind im Licht der Laterne wiegt, aber für einen kurzen Augenblick schien es, als hüpften ihre Augen tatsächlich aus den Höhlen, als schlügen sie Loopings und Purzelbäume, bevor sie wieder an ihren alten Platz im Kopf zurückkehrten.

»Guten Abend, Maude!« Der weite Talar wirkte wie der wallende Umhang eines Musketiers, als Leonidas sich vor ihr verneigte.

»Orchideen!« stammelte Maude. »Orchideen – Leonidas, ich will zu Ihnen. Ich will ...«

»Nun machen Sie doch, Witherall!« rief MacCobble ungeduldig. »Trödeln Sie nicht!«

»Tut mir leid, Maude«, sagte Leonidas. »Ähm – wie Sie sehen, habe ich leider schon eine Verabredung mit der Polizei.«

»Wann sind Sie wieder hier?« Maudes Augen waren auf Terry geheftet.

»Wenn ich das nur sagen könnte«, antwortete Leonidas aus tiefstem Herzen. »Wenn ich es nur wüßte! Doch leider ...«

»Sie und die Lady steigen hinten ein!« kommandierte MacCobble. »Schieben Sie die Handschellen beiseite. Die brauchen wir ja bei Ihnen nicht!«

Der Streifenwagen raste bergabwärts davon, die Sirene auf voller Lautstärke.

»Bill!«

Das Röhren des Motors und das Jaulen der Sirene übertönten Terrys Stimme, und schließlich lehnte sie sich zu ihm hinüber und zog ihn am weiten Talarärmel.

»Wie haben sie das herausbekommen, Bill?« brüllte sie.

Leonidas zuckte mit den Schultern und gab ihr mit einer

Handbewegung zu verstehen, daß er nicht das geringste über das Thema wußte.

»Warum *Sie*, Bill, und nicht *ich?*«

Er schüttelte den Kopf.

»Machen Sie sich denn keine Sorgen?« brüllte sie ihm ins Ohr. »Ob Sie sich Sorgen machen? Sor-gen! Nicht?«

Leonidas wies auf die Handschellen und lächelte optimistisch.

»Gefesselt haben sie uns nicht!« brüllte er zurück. »Das ist doch ein gutes Omen! Ein O-men!«

»Was sollen wir jetzt machen?«

»Wir lehnen uns zurück«, antwortete Leonidas in zivileren Tönen, als die Sirene kurz verstummte, »und genießen die Fahrt. Ich bin schon lange nicht mehr mit solchem Tempo gefahren – nicht seit das Benzin rationiert ist.«

Unter weiterem Sirenengeheul fuhren sie vor dem kuppel- und fialengekrönten Brownstonebau des Daltoner Polizeipräsidiums vor.

»Das muß man Ihnen lassen, Witherall«, meinte Sergeant MacCobble mit grimmiger Bewunderung, als er die beiden aussteigen ließ, »angst lassen Sie sich so schnell keine machen! Hätte nie gedacht, daß Sie bei dem Tempo die Nerven behalten!«

»Glauben Sie mir«, erwiderte Leonidas, »für einen Mann mit reinem Gewissen ist die Fahrt in Ihrem Streifenwagen ein wahres Vergnügen!«

»Na, Sie sind mir einer!« sagte MacCobble. »Kann man nur staunen! He, Daley, hier ist er! Kümmerst du dich um ihn? Ich muß noch mal zurück und Carlos Santos holen.«

Leonidas spürte, wie Terrys Arm, auf den er die Hand gelegt hatte, sich anspannte, und Terry fuhr zusammen, so kräftig faßte Leonidas zu.

Daley, einer der wenigen jüngeren Beamten, die nicht im Krieg waren, begrüßte ihn mit einem knappen Nicken.

»Dachte mir, freiwillig kommen Sie nie!« Er stutzte, als er Terry sah. »Donnerwetter! Haben Sie die mitgebracht, Mr. Witherall?«

»Ähm – ja«, sagte Leonidas. »Sie – ähm – wollte die Fahrgelegenheit nutzen.«

»Eine von Carlos Santos' Truppe, was?«

»Nein«, widersprach Leonidas mit Nachdruck. »Sie gehört zu mir!«

Daley grinste. »Na, Sie sind mir ja ein Schwerenöter, Mr. Witherall! Was sagt man dazu! Haben Sie«, fügte er nach einer kurzen Pause noch hinzu, »eigentlich eine Eintrittskarte?«

»Wie – ähm – *wie* bitte?« fragte Leonidas. »Haben Sie nach einer *Eintrittskarte* gefragt?«

»Schon gut, wir lassen Sie auch so rein! Also ich muß schon sagen« – Daley lachte –, »zuerst die Verkleidung, und dann noch die Blondine dazu! Dabei hat Mack gewettet, daß Sie sich heimlich aus der Stadt machen! Na, wir können ja schon mal reingehen, Mr. Witherall, obwohl es erst richtig losgeht, wenn Mack mit Santos wieder hier ist.«

Sie folgten ihm über die ausgetretenen Steinstufen in einen muffigen Vorraum.

»Bill«, flüsterte Terry, »ist Ihnen klar, daß er *Ernest* meint, wenn er Santos sagt?«

»Hmnja, ich weiß.«

»Aber wie haben sie das herausgefunden? Wir waren doch die ganze Zeit da, an Ihrem Haus! Wie ist jemand da hineingekommen? Wie sind sie dahintergekommen?«

»Ich nehme an«, antwortete Leonidas, »Maude Haverstraw kam auf ihrem Besenstiel.«

»Hier geht es lang!« Daley hielt ihnen eine Tür auf. »Hier entlang, wenn ich bitten darf!«

»Aber ich dachte …« Leonidas zögerte. »Ähm – ist es nicht die andere Richtung?«

»Aber wir stecken *Sie* doch nicht zu den gewöhnlichen Gaunern!« Daley schüttelte sich vor Lachen. »Für *Sie* geht es hier entlang, Mr. Witherall! Kommen Sie!«

Er führte sie durch einen langen Gang, dessen abgeschabten graubraunen Wänden die lebensgroßen Fotos ehemaliger Polizeichefs etwas von einer Leichenhalle gaben, und schließlich kamen sie an eine große Eichentür. Daley packte den Griff und warf sie weit für sie auf.

»Da wären wir!« sagte er.

Leonidas setzte seinen Zwicker auf.

Er stand an der Schwelle eines recht großen langgestreckten Saales, der auf seine verblüfften Augen zunächst wie ein kaleidoskopischer Malstrom aus orangefarbenen Bannern wirkte, aus Kreppgirlanden, rotem Herbstlaub und leuchtend gelben Chrysanthemen.

Es gab lange Reihen von Tischen, über die große orangerote Papiertischtücher gebreitet waren, auf denen wiederum Messer und Gabeln, Teller und Gläser prangten, all das bedeckt mit noch mehr Kreppgirlanden, rotem Herbstlaub und leuchtend gelben Chrysanthemen.

Der Raum war voller Menschen.

Es mußten Hunderte sein, und sie redeten alle wild durcheinander. Auch sie waren mit Kreppgirlanden, rotem Herbstlaub und leuchtend gelben Chrysanthemen bedeckt – oder nein, doch nicht. Leonidas schüttelte den Kopf. Sie waren nur kostümiert.

Drüben in der gegenüberliegenden Ecke stimmte ein fünfköpfiges Frauenorchester eifrig seine Instrumente.

»Was *ist* das?« flüsterte Terry ihm ins Ohr. »Eine besondere Form von Folter?«

Leonidas wandte sich an Daley.

»Das – ähm –«, sagte er streng, »muß ein Mißverständnis sein!«

»Da staunen Sie, was?« entgegnete Daley stolz. »Kann ich mir vorstellen.«

»Staunen ist noch ein mildes Wort«, antwortete Leonidas. »Ehrlich gesagt, ich bin fassungslos.«

»Das werde ich den Jungs erzählen«, sagte Daley. »Das wird sie freuen. Die haben sich mächtig ins Zeug gelegt. Hätten Sie nie gedacht, daß wir soviel aus dem bißchen Geld machen können, stimmt's? Die Jungs haben ganz schön geschuftet, das können Sie mir glauben. Und sieht doch prima aus, oder? Da kommt keiner auf den Gedanken, daß es die alte Sporthalle ist!«

»Es ist schier unglaublich!« stimmte Leonidas ihm aus vollem Herzen zu. »Eine unglaubliche Leistung.« Er studierte durch seinen Zwicker das große Transparent, das in der Mitte gefährlich über die gesamte Breite des Saales hing, und als er weitersprach, strahlte seine Stimme plötzlich vor Wärme und Herzlichkeit. »Hmnja, Daley, ich bin sehr beeindruckt! Hervorragende Arbeit! Wunderbar! Nicht zu fassen, das kann man wirklich sagen! Und auch noch alles, wenn ich mir das Kompliment erlauben darf, so geschmackvoll!«

Terry legte den Kopf schief und sah ihn von der Seite an.

»Bill, Ihnen fehlt doch ni ...«

»Wie gut«, unterbrach Leonidas sie eilig, »die Transparente zur Geltung kommen, finden Sie nicht auch, Terry?« Er faßte sie an den Schultern und drehte sie so, daß sie zu dem großen orangefarbenen Banner blickte, wo in riesigen schwarzen Lettern das Motto der Veranstaltung stand. »Wie gut sie unser – ähm – Bestreben in Worte gefaßt haben! Wie prägnant! ›Euer Vergnügen – unser Gewinn!‹ Können Sie den Rest von hier aus entziffern, Terry?«

»›W–Wohlfahrtsverein für die Polizeiwitwen und -waisen!‹« Terry klang, als sei ihr gerade etwas im Halse steckengeblieben. »›Erstes jährliches Herbstdinner mit Tanz und Tombola. Musik von Sullys Minstrels. Solist – Solist Carlos Santos. Versteigerung. Bingo. Tausend Überraschungen.‹ J–ja, das ist wirklich gut formuliert, nicht wahr? Bringt alles auf den Punkt. Faßt es in zwei Worten zusammen. Tausend Überraschungen.«

»Ich glaube«, sagte Leonidas, »ich habe Ihnen nicht erzählt, daß ich der Vorsitzende dieser Organisation bin. Es – ähm – war mir entfallen.«

»Der beste, den wir je hatten!« lobte Daley. »Wir hatten schon eine lange Reihe von Vorsitzenden, und viele davon prominente Leute hier in der Stadt, aber so was hat sich noch keiner einfallen lassen!«

»Mr. Witherall hat es sich einfallen lassen?« fragte Terry in den süßesten Tönen. »Es war seine Idee?«

»Nicht doch«, protestierte Leonidas, »ich habe nur geholfen.«

»Aber sicher war das seine Idee!« rief Daley. »Auf der Sitzung vor vierzehn Tagen. Da hat Mr. Witherall gesagt, wir müßten mal eine Veranstaltung machen, damit die Leute überhaupt erfahren, daß es uns gibt. *Er* hat uns das vorgeschlagen, einen Tanz und tausend Überraschungen, mit fröhlichen Farben und Kostümen und Musik. Aber ehrlich, Mr. Witherall, ich hätte es nicht geglaubt!«

»Ähm – was?« fragte Leonidas.

»Na, daß Sie wirklich kommen würden! Sie hatten es uns ja, als Mack bei Ihnen war, versprochen, aber wir dachten, Sie versetzen uns doch noch! Wir hätten nie gedacht, daß Sie uns die Ehre antun und sogar verkleidet und mit – mit einer Freundin kommen! Natürlich *hatten* Sie gesagt, wir müßten Sie schon mit dem Streifenwagen holen – also, wir hätten ja ein richtiges Begrüßungskomitee auf die Beine gestellt, wenn wir wirklich gedacht hätten – aber …« Inzwischen war Daley puterrot vor Verlegenheit – »also, Sie sind wirklich in Ordnung, Mr. Witherall!«

»Danke«, sagte Leonidas. »Aber dachten Sie denn wirklich, ich würde mein Wort nicht halten? – Wie bitte, Terry? Wollten Sie etwas sagen?«

»Ich habe gesagt, meine Kniee reagieren allmählich. Sie werden weich. Da hinten steht etwas Kleines, Goldenes, das aussieht wie ein Stuhl, Bill. Wenn man ihn mir unterschöbe, könnte ich mich vielleicht daraufsetzen.« Sie wandte sich mit einem bezaubernden Lächeln an Officer Daley. »Sie haben doch nichts dagegen, wenn wir hineingehen und uns setzen?«

»Aber nein! Selbstverständlich!« Er führte sie zu zwei goldfarbenen Stühlen in der Ecke. »Ich muß noch ein paar Sachen erledigen, aber ich bin gleich wieder bei Ihnen. Sie sitzen natürlich oben am Honoratiorentisch – vielleicht werden Sie später ein paar Worte sprechen, Mr. Witherall? Das wüßten die Jungs sicher zu schätzen!«

»Mit Freuden, mein Lieber!« antwortete Leonidas. »Mit Freuden! Hmnja.«

Terry hatte einen verträumten Ausdruck in den Augen, als sie Daley nachsah.

»Ich komme dich dann mit dem Streifenwagen holen, Schatz«, sagte sie leise. »Stell' dich auf viertel vor acht ein. Und nicht wieder trödeln, Schatz – Bill Shakespeare! Wie *können* Sie!«

»Ich bin zerknirscht«, sagte Leonidas aus vollem Herzen. »Offenbar hatte ich ihnen versprochen zu kommen und habe es dann ganz und gar vergessen – ich habe zwei sehr anstrengende Wochen hinter mir, und ich habe einer Unzahl von Leuten eine Unzahl von Dingen versprochen, nur damit sie mich in Frieden lassen.«

»Nennen Sie das hier etwa Frieden?« Terry machte eine Handbewegung, die die ganze lärmende Masse umschloß. »Bill, was *machen* wir denn jetzt bloß? Und dauernd reden sie von Ernest.«

»Denken Sie an das Transparent«, sagte Leonidas. »Er sollte für sie singen.«

»Und sie wissen nicht, was geschehen ist?«

»Nein, sonst würden sie nicht so harmlos davon sprechen, daß sie ihn holen fahren.«

»Mit Ernest in der Kühltruhe in Ihrer Küche«, fragte Terry,

»finden Sie denn da wirklich, daß das hier der richtige Platz für uns ist?«

»Ich denke«, antwortete Leonidas, »es ist ein ausgezeichneter Platz, um etwas über Wesen und Wirken des Carlos Santos in Erfahrung zu bringen. Die Polizei« – er hielt inne und schnüffelte – »kennt doch immer die merkwürdigsten und interessantesten Einzelheiten aus dem Leben der Menschen. In diesem Falle vielleicht sogar aufschlußreiche Einzelheiten. Hmnja, meine Liebe. Hühnchen in Sahnesoße auf Toast.«

»Was reden Sie denn da für einen Unsinn, Bill? Wir können nicht hierbleiben! Unmöglich! Und Sie sagen ihm auch noch, daß Sie ein paar Worte zu den Jungs sprechen!«

»Warum nicht? Ich will sehen, was ich an Informationen aus ihnen herausbekommen kann«, sagte Leonidas, »und außerdem gibt es Hühnchen in Sahnesoße auf Toast. Ich rieche es. Sie haben mir doch schon vor einer Ewigkeit erzählt, daß Sie halb verhungert sind, nicht wahr?«

»Aber was werden sie machen, wenn sie Ernest nicht finden?« fragte Terry. »Was geschieht dann?«

»Die meisten hier stammen aus irischen Familien« – Leonidas sah sich forschend im Saal um –, »und da werden sie schon einen finden, der ihnen ein Lied schmettert. Jedenfalls werden sie nie im Leben auf den Gedanken kommen, Ernest in meiner Küche zu suchen. Jedenfalls käme ich an ihrer Stelle nicht darauf – ah, da ist der Chef der Verkehrspolizei – ob ich ihn frage? Ob er vielleicht etwas – hmnja, das könnte doch ...«

»Ich weiß, wie es weitergeht«, sagte Terry. »Noch ungefähr zwei Sekunden, dann höre ich einen lauten Knall und bin wieder auf Ihrem Flur und hebe gerade einen braunen Schuh auf. Ich war einfach nur kurz weggetreten, das ist alles. Kleine Ohnmacht. Es ist nicht wahr, daß ich auf dem Goldstuhl eines Beerdigungsunternehmers sitze, beim jährlichen Ringelpiez der versammelten Daltoner Bullenschaft, die mich eigentlich in den Kerker werfen müßte und es nur noch nicht weiß. In Wirklichkeit liege ich auf Ihrem Shiraz-Teppich und drücke mir einen braunen Herrenschuh an die Brust – hören Sie eigentlich zu, Bill?«

»Hmnja. Anderson!« Leonidas rief den Chef der Verkehrspolizei zu sich. »Guten Abend, Anderson, schön Sie zu sehen – und was für einen prachtvollen Piraten Sie abgeben! Anderson, ich frage mich, ob Sie mir eine Auskunft zu Lastwagen geben können. Zu – ähm – roten Lastwagen.«

Anderson, der wie in Trance Leonidas' Barett angestarrt hatte, fragte, was Mr. Witherall über rote Lastwagen wissen wolle.

»Ich dachte«, sagte Leonidas lässig, »Sie könnten mir vielleicht helfen, den Besitzer eines Lastwagens ausfindig zu machen, der vor ein paar Tagen meinen Wagen angefahren hat. Nichts Schlimmes, nur eine kleine Beule im Kotflügel«, fügte er hinzu. »Ich will keine große Sache daraus machen, aber ich dachte, ich schreibe dem Fuhrunternehmer und mache ihn darauf aufmerksam.«

»Haben Sie die Nummer?«

»Das Nummernschild war nicht zu lesen«, erklärte Leonidas, »und der Wagen fuhr eilig davon, ohne daß der Fahrer und sein Beifahrer sich um den Schaden kümmerten. Deswegen – ähm – wollte ich mich ja beschweren. Ich finde, so etwas tut man nicht.«

Er wußte, daß das auch Andersons Meinung war.

»Die werden wieder mal frech, die Lastwagenfahrer«, schnaubte er. »Von Zeit zu Zeit schlagen sie über die Stränge, und dann müssen wir die Schraube für eine Weile ein bißchen fester anziehen. Ist Ihnen was an dem Laster oder dem Fahrer aufgefallen – irgendwas, was uns weiterhelfen könnte?«

»Ja, durchaus«, antwortete Leonidas. »Ich konnte den Fahrer und seinen Kumpanen recht deutlich sehen – zwei äußerst schmutzige Gesellen. Ich glaube, heute habe ich sie in der Stadt wiedergesehen. Aber die zwei werden wohl kaum zu identifizieren sein. Sie nannten sich Matt und Shorty.«

Anderson lachte laut.

»Ich dachte mir schon«, sagte Leonidas, »daß Sie es lustig fin …«

»Aber sicher kenne ich Matt und Shorty«, unterbrach ihn Anderson. »Die kennt doch jeder!«

Diesmal sprang der Zwicker ab, bevor Leonidas auch nur die Chance hatte, ihn zu fangen.

»Ähm – tatsächlich?«

»Sicher, die fahren für Ferguson, nur daß sie die halbe Zeit« – Anderson mußte noch einmal lachen – »nur daß sie die halbe Zeit herumlungern, immer auf der Suche nach ein paar Dollar, die sie sich nebenbei verdienen können. Sie bringen Ferguson fast um den Verstand, aber er findet keine anderen, und 's gibt auch wirklich keine, die die Arbeit so gut machen wie die zwei – nur daß sie eben immer noch was nebenbei verdienen wollen. Die beiden sind in Ordnung, Mr. Witherall. Wenn die Sie angefahren haben, dann war es wahrscheinlich wirklich ein Unfall. Und wenn sie weitergefahren sind, dann haben sie's nicht gemerkt. Mit Matt und Shorty, da habe ich nie Ärger.«

»Wenn Sie es sagen«, meinte Leonidas, »dann will ich gern glauben, daß es – ähm – Prachtburschen sind. Wohnen sie in Dalton?«

»Drüben in Lower Falls. Aber wenn sie nicht für Ferguson unterwegs sind«, sagte Anderson, »dann hängen sie meistens vor Charleys Palace-Bar herum, unten am Platz. Wissen Sie was, Mr. Witherall, ich werde mal mit Ferguson reden. Er soll den Burschen sagen, daß sie sich benehmen sollen.«

»Das ist sehr freundlich von Ihnen, Anderson«, sagte Leonidas. »Haben Sie vielen, vielen Dank!«

Er wandte sich um und wollte sehen, wie Terry die Nachricht aufnahm, daß Matt und Shorty doch keine Betrüger waren, aber er mußte feststellen, daß sich inzwischen die Mehrzahl der Männer im Saal um sie versammelt hatte.

Am Rande dieser Menschentraube fühlte er sich mit einem Male allein wie auf einer einsamen Insel. Das Orchester, das einen mitreißenden Marsch angestimmt hatte, schien weit fort, ebenso die Polizei, die orangefarbenen Spruchbänder, das Herbstlaub, die Chrysanthemen und alles andere; er stand da, ließ seinen Zwicker kreisen und überlegte.

Der erste Funken Vernunft war in die ganze bizarre Finger-Geschichte gekommen, und damit war sie nun nicht mehr ganz so hoffnungslos. Sie nahm allmählich Formen an.

Matt und Shorty existierten. Sie waren also doch keine Phantome. Es gab sie. Man konnte sie finden. Man konnte die beiden nach dem Kombiwagen fragen, von dem sie die Kühltruhe übernommen hatten, und auch nach dessen Fahrer.

Das war doch immerhin ein Anfang.

Er ertappte sich dabei, wie er nachdenklich Terrys blonden Schopf betrachtete. Er mochte dieses Mädchen. Er wollte glauben, was sie ihm erzählt hatte, jedes Wort davon.

Aber die Geschichte von der Blondine als Geburtstagsgeschenk, war das nicht doch zuviel?

»Da fragt man sich!« sagte er. »Da fragt man sich!«

Er entwischte unbemerkt auf den Korridor, über den Daley sie zum Saal gebracht hatte, und sah sich nach einer Telefonzelle um.

Fünf Minuten später war er wieder zurück.

Auf ihre säuerliche Art war Miss Lowell voll des Lobes über Terry gewesen. Obwohl sie so gut aussehe, sei sie eine intelligente junge Frau.

Sergeant MacCobble bahnte sich einen Weg durch die Menge und kam auf Leonidas zu. Er schüttelte ärgerlich den Kopf.

»Ich habe ja gleich gesagt, ein irischer Tenor, mehr brauchen wir nicht. So, jetzt aber los!«

»Ähm – Schwierigkeiten mit Santos?«

»Daley, sag Bescheid, alles auf die Plätze!« MacCobble hörte Leonidas' Frage gar nicht. »Sag den Mädels von der Kapelle, ich will zwei Strophen Nationalhymne, und dann kann Pater Riley loslegen. Und dazu der Obstsalat!«

Als der Obstsalat aufgetragen wurde, ließ MacCobbles Anspannung nach, und er lächelte wieder.

»Die Parade am Sankt-Patricks-Tag ist nichts im Vergleich dazu!« sagte er. »Meiner Schwester habe ich heute morgen noch gesagt, wenn ich es bis zur Vorspeise durchstehe, dann ist es geschafft. Ich weiß nicht, was mit Santos ist. Entweder hat er es vergessen, oder er war schon unterwegs.« Er senkte die Stimme. »Und mir ist es auch egal.«

»Soll ich daraus schließen, daß Sie – ähm – nicht gut auf ihn zu sprechen sind?«

»Die junge Dame – ich habe den Namen nicht verstanden –, gehört die auch zu seinen Verehrerinnen?«

»Ich habe ihn schon singen gehört«, antwortete Terry. »Aber ich war nicht sehr beeindruckt.«

»Geht mir genauso«, sagte MacCobble, »und ich bin froh, daß Pat Riley einspringt, wenn der Bursche nicht doch noch auftaucht. Verstehe gar nicht, was die Frauen an ihm finden. Aber alle schwärmen für ihn. Meine eigene Schwester geht in diese Spelunke in Pomfret und schreit wie ein Banshee, wenn der Kerl den Mund aufmacht. Mää! Määää! Wenn Sie mich fragen, der blökt wie ein Schaf!«

»Aber die Frauen sind verrückt nach ihm?«

»Oh, Mr. Witherall, da muß man schon ein Professor wie Sie sein«, meinte MacCobble, »daß man nicht weiß, was für Unheil der in Dalton und Pomfret und Carnavon und Framfield stiftet! Für eine Karriere in der Stadt ist er nicht gut genug. Aber hier draußen! Da müssen sie die Schulmädchen in Scharen bändigen, und die Damen vom Bridgeclub fallen reihenweise in Ohnmacht! Sogar bei Ihnen in Oak Hill gibt es respektable Frauen, die ihm von morgens bis abends nachlaufen und ihre Männer damit zur Verzweiflung treiben! Denken Sie doch nur an Ihre eigenen Nachbarn!«

»Nachbarn?« fragte Leonidas. »*Meine* Nachbarn?«

»Na, Mrs. Haverstraw! Die ist doch – oh, haben Sie sich verschluckt, Mr. Witherall?« fragte MacCobble besorgt, als Leonidas um Atem rang.

»Doch nicht an Ihrem ausgezeichneten Obstsalat!« krächzte Leonidas. »Ein – ähm – leichter Hustenreiz, der mich bisweilen plagt. Bitte um Verzeihung – aber, MacCobble, Mrs. Haverstraw ist tatsächlich eine Verehrerin von Carlos Santos?«

»Unter uns gesagt, das ist sogar der Grund, warum Mr. Haverstraw nach Hurlborough gezogen ist«, vertraute MacCobble ihm an. »Das ist weit genug weg, da kann Mrs. Haverstraw nicht mehr rund um die Uhr diesem Santos nachlaufen – aber jetzt wird abgeräumt, Mr. Witherall; wäre das nicht die Gelegenheit für ein paar Worte?«

Der Sergeant stellte ihn vor, und Leonidas blickte in ein Meer von Gesichtern, die ihn mit allenfalls höflichem Interesse ansahen.

Leonidas lächelte. Wer es gelernt hatte, mit der Abschlußklasse der Meredith-Akademie fertigzuwerden, für den gab es kein Publikum, das nicht zu gewinnen war.

Er wartete, bis die Stühle aufgehört hatten zu knarren, dann griff er lässig nach einem Zweig mit künstlichem Herbstlaub und steckte ihn sich an das Barett.

Als sich Kichern breitmachte, hob er an und erzählte die ersten beiden Polizistenwitze, die ihm in den Sinn kamen.

Als das Hühnchen in Sahnesoße verschwunden und das Orangensorbet serviert war, nannte Sergeant MacCobble ihn schon Leonidas, manchmal sogar Lonny.

Und Leonidas erfuhr mehr, als er je zu hoffen gewagt hätte, über Carlos Santos alias Ernest Bostwick Finger.

Nach MacCobbles Berichten war es nie Santos selbst, der der Pomfreter Polizei schlaflose Nächte bescherte, sondern es waren die Frauen, die er in Aufruhr brachte. Maude Haverstraw war auf den Polizeiwachen aller umliegenden Bezirke als glühendste Santos-Verehrerin Daltons bekannt. Davon könnten sie alle ein Lied singen, fügte er mit einiger Heftigkeit hinzu, denn schließlich ließe sie ihr Auto an den unmöglichsten Stellen stehen, nur um einen Blick auf ihren Helden zu erheischen. Direkt vor Hydranten, mitten auf der Trolleybusspur der Hauptstraße, quer auf der Kreuzung gleich neben der Feuerwache – nichts scherte Maude Haverstraw, wenn sie sich in den Kopf gesetzt hatte, dort zu parken!

»Und es ist Ihnen nie gelungen, sie – ähm – zu bändigen?« fragte Leonidas.

»Hat schon mal jemand den Niagara gebändigt?« kam von MacCobble als Antwort. »Die bricht durch eine Polizeikette, als wären wir überhaupt nicht da, und wenn jemand sie aufhalten will, dann sagt sie einfach nur, daß sie die Vorsitzende vom Frauenverein von Dalton Centre ist oder von der Wählerinnenliga oder der Republikanersektion Oak Hill, und damit kommt sie überall durch. Sicher, wir geben ihr Strafzettel. Dutzende. Aber was sind für eine Frau wie Mrs. Haverstraw schon zwei Dollar?«

»Vielleicht«, schlug Leonidas vor, »würde eine schärfere Maßnahme …«

»Leonidas, Sie sind kein Politiker«, sagte MacCobble zu ihm wie ein Vater. »Deshalb haben Sie hier in der Stadt ja auch so gut aufräumen können. Sicher. Aber glauben Sie mir, das zahlt sich nicht aus, wenn man die weibliche Wählerschaft vor den Kopf stößt. Zwei strenge Worte zu Mrs. Haverstraw, und sie sabotiert uns den ganzen Laden, verlassen Sie sich drauf!«

»Sie – ähm – sabotiert ihn?«

»Das Telefon steht nicht mehr still. Jungen spielen auf der Straße, Scheiben werden zu Bruch gehen, kann die Polizei bitte etwas dagegen tun; kann die Polizei bitte etwas gegen die Kinder tun, die ein Feuer angezündet haben und noch die ganze Stadt in Brand stecken werden; da lungert ein Mann an der Straßenecke, der verdächtig aussieht, kann die Polizei sich darum kümmern – und wenn wir nicht darauf eingehen, hetzt sie die ganzen Frauen auf, und sie beschweren sich, daß wir nichts tun. Die hält uns auf Trab. Und mit Santos macht sie's genauso. Am Ende hat er Oakes, den Polizeichef drüben in Pomfret, gefragt, ob er ihm die Frau nicht vom Leibe halten könne – Daley, sag' den Mädels, sie sollen mit diesem Gedudel aufhören und was spielen, was man mitsummen kann!«

»Ich nehme an, Captain Oates mühte sich vergebens?« fragte Leonidas. Das Orchester verstummte nach einem letzten melancholischen Ton und setzte gleich darauf zu einer munteren irischen Weise an.

»Na, das ist doch schon besser!« MacCobble sang ein paar Takte mit. »Ich mag Lieder, wo man mitsummen kann. Nein, Leonidas, Oakes konnte nicht das geringste ausrichten. Obwohl er sogar hier war und mit Mr. Haverstraw geredet hat. Aber Sie wissen ja, wie Haverstraw ist – ein netter Bursche, aber hilflos irgendwie. Er hat zu Oakes gesagt, er sieht es als eine Art Krankheit, und vielleicht würde sie es eines Tages überwinden, und die Strafzettel soll er einfach ihm schicken, er würde das schon regeln. Und dann hat er ihm eine Kiste mit ellenlangen Corona Coronas geschenkt. Wundert mich, daß sie heute abend noch nicht aufgetaucht ist. Ich hätte ja gedacht – wie wär's, wenn Sie uns noch ein paar von Ihren Geschichten erzählen würden, Leonidas? Vielleicht singen Sie sogar ein Liedchen?«

Vor dem Liedchen schreckte Leonidas denn doch zurück, aber seine Geschichten waren ein voller Erfolg.

Terry schüttelte den Kopf, als er sich schließlich unter donnerndem Applaus wieder setzte.

»Bill, wenn Sie so weitermachen, lassen die uns hier nie wieder raus! Noch eine halbe Stunde, und sie machen Sie zum Ehrenhäuptling. Kommissar Plattfuß!«

»All mein Streben«, erklärte Leonidas, »gilt der Zukunft, für die ich uns soviel Sympathie wie möglich erwerben will. Wir werden sie vielleicht brauchen. Wir wollen – ähm – zwei der ihren geworden sein, bevor sie sich gegen uns stellen können. Ich habe unsere Pläne ein wenig geändert, Terry, aber machen Sie sich keine Sorgen. Wir ziehen bald weiter.«

Aber schon auf die Ankündigung eines baldigen Aufbruchs hagelte es Proteste von allen Seiten, und MacCobble stürzte es geradezu in Verzweiflung.

»Aber ich weiß ja, wie das bei Ihnen ist«, sah er widerstrebend ein. »Sie sind ein vielbeschäftigter Mann. Wahrscheinlich müssen Sie noch rüber zu den Bankiers oder – gütiger Himmel, da ist sie!«

Leonidas blickte in die Richtung, in die MacCobble wies, und erkannte in der Tür am anderen Ende des Saales Maude Haverstraws Hut mit der fuchsienroten Feder.

»Ich weiß nicht, was schlimmer wird«, klagte MacCobble. »Zuerst wird sie ein Geschrei machen, daß sie nicht ohne Eintrittskarte reindarf, und wenn sie drin ist, wird sie uns vorhalten, daß er noch nicht da ist – Sie wollen doch nicht wirklich schon gehen?«

»Wir verschwinden einfach über den Korridor«, sagte Leonidas. »Ich bedaure, daß wir nicht bleiben können. Es war ein großartiges Abendessen und wir haben uns wunderbar amüsiert, und wenn es irgend möglich ist, kommen wir später am Abend noch einmal vorbei. Die ganze Veranstaltung war ein Riesenerfolg, Sergeant. Ich bin stolz auf – ähm – die Jungs!«

Das große Feilschen, rief Terry Leonidas zu, als sie eilig den Saal verließen, habe schon begonnen.

»Mit Schwester Haverstraw, meine ich. Ich glaube, sie wollen sie überreden, daß sie ein ganzes Dutzend Karten kauft. Aber das beweist doch, Bill, daß sie nichts über Ernests Schicksal weiß – sonst käme sie doch nicht her und wollte ihn singen hören!«

»Unglaublich!« brummte Leonidas. »Meine eigene Nachbarin, meine nächste Nachbarin, und ich wußte nicht das geringste von diesem – diesem Doppelleben, könnte man sagen. Aber ich denke, Terry, ich wäre ebenfalls gekommen.«

»Wohin?«

»Hierher, um Ernest singen zu hören«, sagte Leonidas nachdenklich, »auch wenn ich gewußt hätte, daß er tot ist. Wie könnte ich besser aller Welt zu verstehen geben, daß ich *nichts* darüber weiß? Terry« – er hielt ihr die Tür des muffigen Vorraums auf, und sie gingen gemeinsam die ausgetretenen Steinstufen hinunter –, »ich glaube, statt in Ernests Wohnung werden wir uns zuerst in Charleys Palace-Bar umschauen …«

»Bill!« Terry faßte ihn am Arm. »Sehen Sie, da an der Laterne!«

»Doch nicht Maude, hoffe ich!« Leonidas suchte nach seinem Zwicker. »Oh. Hmnja, ich sehe.«

Bedford Scrim, der an den Laternenpfahl gelehnt gestanden hatte, kam nun auf sie zu.

»Ich glaube …«

»Ah. Guten Abend!« begrüßte Leonidas ihn herzlich. »Guten Abend, Mr. Scrim. Ich habe Ihre kleine Nachricht an Mr. Witherall nicht vergessen!«

»Aber …«

»Wie schön, Sie wiederzutreffen. Eine lauschige Nacht, nicht wahr?« Und Terry zischte er zu: »Gehen Sie ein wenig schneller, bitte!«

»Aber …« Bedford Scrim hob die Stimme.

»Einen schönen Abend!« rief er ihm über die Schulter zu. »Terry, wir müssen uns beeilen!«

Fast schon im Laufschritt bogen sie um die nächste Ecke.

»Was jetzt?« fragte Terry atemlos. »Haben Sie gemerkt, daß er uns *folgt?*«

»Immer weitergehen!« raunte Leonidas. »Er kann uns nicht nachlaufen – das würde zu sehr auffallen. Achten Sie auf Ihre Absätze, Terry, und stolpern Sie nicht über Ihr Kleid! Wir nehmen die Gasse hier rechts!«

Es war eine Gasse, die er gut kannte, denn am anderen Ende lag sein liebstes Antiquariat.

Er faßte Terry am Ellenbogen und steuerte sie zielsicher um Packkisten, Mülltonnen und leere Kartons.

»Das ist ja ekelhaft hier! Bill, ich glaube, Scrim folgt uns immer noch!«

Leonidas hatte es schon bemerkt.

»Ein hartnäckiger Bursche«, sagte er nur.

»Aber warum sollte er …«

»Hier hinein, rasch! Vorsicht Stufe!«

Er öffnete die Tür des Buchladens, schubste Terry beinahe hinein und führte sie sogleich zum anderen Ende des Ladens, wo die mit Büchern vollgestopften Regale bis zur Decke reichten.

Ein verhutzelter alter Mann, der einen grünen Augenschutz trug, blickte in aller Seelenruhe von einem Tisch in der Ecke auf.

»'n Abend, Mr. Witherall«, sagte er, als sei es eine Selbstverständlichkeit, daß Leonidas in Talar und Barett und in Begleitung einer Blondine mit einem Orchideensträußchen eintrat.

»Guten Abend«, sagte Leonidas. »Ähm – Mr. Crowninshield, würden Sie wohl gestatten, daß wir uns ein paar Augenblicke lang zwischen Ihren Büchern verstecken?«

»Aber gewiß doch. Gern, Mr. Witherall. Suchen Sie sich einen Platz. Ganz nach Belieben. Biographien wären wohl das beste.«

Er wandte sich wieder seinem Buch zu, und Leonidas schob Terry hastig in den Gang zwischen zwei Biographienregalen.

Fast im gleichen Moment öffnete sich die Ladentür.

Mr. Crowninshield erhob sich von seinem Tisch.

»Was kann ich für Sie tun, Sir?«

»Also, ich – ja – haben Sie eine junge Dame und einen Herrn gesehen?« hörten sie Bedford Scrim zögernd fragen. »Die Dame im Abendkleid, der Herr in Doktorhut und Talar?«

»Leider nein«, antwortete Mr. Crowninshield. »Eine ungewöhnliche Kombination«, fügte er versonnen hinzu.

»Und Sie haben die beiden nicht gesehen? Wirklich nicht?«

Scrim klang mehr als nur ein wenig unglücklich, fand Leonidas. »Sind sie denn nicht hier hereingekommen?«

»Dies ist ein Buchladen«, erklärte Crowninshield. »Ein Paar, wie Sie es beschreiben, verirrt sich selten in ein Antiquariat. So gut wie nie.«

»Oh. Na, trotzdem danke.«

»Gern geschehen«, sagte Crowninshield.

Terry und Leonidas hörten, wie die Tür zuschlug, dann ein Rascheln und Knarren, als Crowninshield an seinen Platz zurückkehrte und sich wieder setzte.

»Noch nicht!« Leonidas gebot Terry mit einer Handbewegung Einhalt, als sie wieder hinter dem Regal hervorkommen wollte. »Ich glaube, wir warten noch einen Moment.«

»Was um alles in der Welt will der Mann von ... Bill, meinen Sie, er hat wirklich da vor der Polizeiwache auf *uns* gewartet?«

»Niemand, da bin ich sicher, könnte dem Streifenwagen in seiner halsbrecherischen Fahrt von meinem Haus zum Präsidium gefolgt sein«, antwortete Leonidas. »Aber die ohrenbetäubende Sirene hätte natürlich als Orientierung gereicht. Wartet er noch draußen, Crowninshield?«

»Ja.«

Zehn Minuten vergingen, bis Bedford Scrim aufbrach, und Leonidas wartete noch einmal fast zehn weitere, bis er Terry wieder zwischen den Biographien hervorkommen ließ.

»Sehr freundlich von Ihnen, Crowninshield«, sagte er. »Haben Sie vielen Dank.«

»Nichts zu danken, Mr. Witherall!« sagte Crowninshield. »Stets erfreut, Sie zu sehen.« Er verneigte sich tief vor Terry. »Gute Nacht!«

Bevor sie wieder hinaus auf die Straße traten, nahm Leonidas noch seinen Hut ab und klemmte ihn sich zusammen mit dem weiten Umhang unter den Arm.

»Davon habe ich jetzt aber genug!« sagte er. »So. Als nächstes ...«

»Bill, was für ein kurioser kleiner Mann!« sagte Terry. »Aber warum um alles in der Welt verfolgt uns Bedford Scrim?«

»Crowninshield ist Sanskritforscher, er betrachtet die Welt mit großem Gleichmut«, sagte Leonidas. »Was Bedford Scrim dazu bringt, uns nachzustellen, ist mir ein Rätsel.«

»Jedenfalls weiß er, daß Sie Witherall sind! Das habe ich Ihnen ja schon vorhin am Haus gesagt!« Plötzlich überlief sie ein Schaudern. »Nein, mir ist nicht kalt«, sagte sie, als Leonidas ihr wieder den Talar anbieten wollte. »Das hat nur irgendwie was Sinistres, wenn einem jemand so nachschleicht, finden Sie nicht auch? Haben Sie denn gar keine Vorstellung, was er von Ihnen will?«

Leonidas zuckte mit den Schultern. »Wer immer er sein mag und was immer er will, ich habe jetzt keine Zeit für ihn. Wir biegen hier ab und gehen quer über den Platz zur Charleys Palace-Bar. Ich glaube, das ist das Lokal gleich neben dem Minturn-Club …«

»Zu Charley?« fragte Terry. »Was wollen Sie denn *da?*«

»Wir suchen nach Matt und Shorty.«

»Was soll das nun schon wieder?«

»Das haben Sie ja vorhin gar nicht gehört«, fiel Leonidas wieder ein, »was Anderson Aufschlußreiches über die beiden zu sagen hatte.« Er faßte es ihr kurz zusammen. »Und deshalb gehen wir jetzt …«

»Bill Shakespeare, Sie werden doch nicht so naiv sein zu glauben, die zwei stünden ausgerechnet jetzt vor dem Lokal, nur weil Anderson das gesagt hat?«

»Wenn sie nicht dort sind«, entgegnete Leonidas, »werden wir zumindest jemanden finden, der uns genauere Auskünfte über sie geben kann – Terry!«

»Na«, meinte sie spöttisch, als sie einen Schritt hinter ihm auf die Straßenecke zukam, »ich nehme an, die braven Jungen stehen da und warten auf Sie wie ein Weihnachtspäckchen?«

»Genau das.«

»Also wirklich …«

»Sehen Sie doch, da ist Matt, an der Laterne!« Leonidas wies auf die gegenüberliegende Platzecke. »Beeilen Sie sich, Terry!« Er machte immer längere Schritte. »Schnell! Da steht auch der rote Lastwagen am Rinnstein, und der Motor läuft …«

Ohne jede Rücksicht auf den Verkehr stürmte Leonidas über den Daltoner Marktplatz.

Er erreichte wohlbehalten den Bürgersteig am anderen Ende und hatte den Mund schon geöffnet, um Matt etwas zuzurufen, da spürte er, wie er an beiden Armen gepackt und unsanft in die andere Richtung gezerrt wurde.

»Endlich haben wir Sie! Wurde aber auch Zeit, Witherall!«

Vergebens versuchte Leonidas, sich aus dem Griff zweier kräftiger Männer zu befreien, die er noch nie im Leben gesehen hatte, und mußte hilflos mit ansehen, wie Matt in das rote Führerhaus sprang. Bekümmert blickte er dem Wagen nach, als er die Straße hinunter davonrumpelte.

Kapitel 5

Fünf Minuten später stand er an einem chrysanthemenbeladenen Tisch im Speisesaal des Minturn-Clubs, starrte auf die Damasttischdecke, auf der seine Hände beiderseits eines Goldrandtellers mit *Poulard royal* ruhten, und versuchte zu begreifen, wie er dorthin gekommen war.

Immerhin wußte er, wo er war.

Und er hatte auch eine vage Ahnung, um was für ein Bankett es sich handelte.

Es hatte etwas mit der durchaus lobenswerten Idee zu tun, daß doch guter Wille und Gemeinschaftsgeist die Direktorien der versammelten Daltoner Banken verbinden sollten. Obwohl es, dachte Leonidas, mit seinem eigenen guten Willen oder gar einem Gefühl der Gemeinschaft mit den beiden Gorillas von der Genossenschaftsbank Wemberley-Süd, die ihn vor dem Portal des Clubs gepackt und ins Haus gezerrt hatten, derzeit nicht weit her war. Nur weil ein geplagter Bankdirektor ihnen aufgetragen hatte, draußen Ausschau nach dem alten Witherall zu halten – dem mit dem Bärtchen, der aussah wie Shakespeare –, hatten sie, fand Leonidas, noch lange nicht das Recht, ihn geradewegs von der Straße zu kidnappen.

Mit einem Seufzen holte er seinen Zwicker hervor und fragte sich dabei, wie vielen Versammlungen er wohl noch seine Teilnahme zugesagt und es dann wieder vollkommen vergessen hatte, damals, als er noch versucht hatte, dreihundertundfünfzehn zusammenhängende Seiten über den wackeren Lieutenant zu Papier zu bringen!

Auch wenn, hoffte er, auf seinem Gesicht ein Ausdruck gespannter Aufmerksamkeit stand, hörte er in Wirklichkeit doch nur mit halbem Ohr auf die weitschweifige und entsetzlich ungrammatische Ansprache des Zeremonienmeisters, der ihm, als die beiden Schläger aus Wemberley ihn noch immer protestierend in den Speisesaal geschleppt hatten, auf den Rücken geklopft hatte wie einem Baseballspieler, dem gerade ein besonders riskanter Wurf gelungen war.

»Sie kommen hier ans Kopfende«, sagte er herzlich. »Bleiben Sie einfach stehen, bis ich den Jungs erklärt habe, wer Sie sind, Leonidas! Setzen Sie sich gar nicht erst!«

Und so stand Leonidas da, lauschte, wie der Zeremonienmeister Adjektive zu so bizarren und unglaublichen Kombinationen aufhäufte, wie nicht einmal die Oberkläßler von Meredith sie gewagt hätten!

»Ich will, daß die Jungs hier wissen, mit wem sie es zu tun haben!« hörte Leonidas ihn noch begeistert sagen. »Ich will, daß sie das *wirklich* wissen!«

Träge setzte Leonidas seinen Zwicker auf und sah sich die Galerie von rosa Eierköpfen zwischen den Chrysanthemenblüten an und überlegte, wie wenig ihm persönlich daran lag zu wissen, wer die Jungs waren. Zweifellos war jeder einzelne davon ein braver und verantwortungsvoller Mann, aber die beiden einzigen Jungs, die er gern gesehen hätte, waren Matt und Shorty!

Er warf einen Blick auf die Speisekarte und fand es amüsant, daß selbst eine Versammlung von Bankdirektoren sich kein anderes Menü einfallen ließ als Obstsalat – zwar auf Eisbett, aber Obstsalat blieb es doch – und Hühnchen in Sahnesoße – auch wenn es hier Champignons enthielt und Poulard royal à la Minturn-Club hieß – sowie zum Nachtisch Orangensorbet. Zugegeben, mit gefüllten Riesenoliven (ausländisches Produkt), feinen Sellerieherzen und frischem grünen Salat mit Vinaigrette nach Art des Hauses waren sie der Daltoner Polizei ein klein wenig voraus. Und jemand hatte sich die Mühe gemacht, alle Gerichte, die einen Hauch Zwiebel enthielten, mit einem Sternchen zu versehen.

Plötzlich fiel ihm sein eigener Name am unteren Ende der Karte auf.

»Leonidas Witherall.«

Dann kam eine Reihe von Doppelpunkten.

Und an deren Ende hieß es: »Ansprache.«

Darauf also lief dieser Wortschwall hinaus! Die Jungs sollten wissen, wer ihnen die Tischrede hielt!

Nun hörte Leonidas dem Zeremonienmeister zu, als sei jedes seiner Worte von purem Gold.

»Und diesen Mann möchte ich euch Jungs nun vorstellen, einen Mann, von dem ich weiß, daß er uns etwas zu sagen hat, daß er eine Botschaft hat, die wir so schnell nicht wieder vergessen werden, ein Mann, von dem ich stolz bin, daß wir ihn in unserer Mitte haben, und von dem es mir eine Ehre ist, daß ich ihn heute abend hier vorstellen darf, ein Mann, dem der Respekt und die Wertschätzung der ganzen Gemeinde gilt, die sich glücklich schätzen kann, einen Bürger mit soviel Sinn für das Wohl unserer Stadt zu den ihren zu zählen, und der nebenbei bemerkt, so wie ich ihn kenne, später auch gerne bereit sein wird, Fragen über all die Untersuchungsausschüsse und so weiter zu beantworten, aber jetzt sollten wir ihm erst einmal danken, daß er sich als vielbeschäftigter Mann trotzdem die Zeit genommen hat, uns trotz all seiner anderen Verpflichtungen heute abend eine kleine Rede zu halten, und hier ist er also, werte Kollegen, Mr. Leonidas Witherall aus dem angesehenen Oak-Hill-Viertel unserer Stadt!«

Es gab nur einen einzigen Ausweg, und Leonidas nahm ihn sogleich.

Er setzte seine schönste Professorenmiene auf und hielt ihnen eine hübsche kleine Rede, die keinerlei Inhalt hatte und doch praktisch alles lobte, die Vertrauen in die Zukunft trotz aller Unwägbarkeiten vermittelte und mit väterlichem Wohlwollen ein goldenes Zeitalter ausmalte, in dem schon bald alle leben konnten, wenn nur jetzt jeder tüchtig mit anpackte.

Anschließend erzählte er noch, einer plötzlichen Eingebung folgend, seine Polizistenwitze, dann setzte er sich.

Den beiden Gorillas aus Wemberley liefen vor Lachen die Tränen über die Wangen, sie schlugen ihm auf die Schultern und versicherten ihm immer wieder, wie großartig er war, einfach großartig! Und Leonidas dankte ihnen höflich und überlegte, was wohl aus Terry geworden war.

Selbst wenn sie gesehen hatte, was mit ihm geschehen war, hätte sie keine Chance gehabt, ihm zu folgen, denn Frauen war der Zutritt zu den heiligen Hallen des Minturn-Clubs untersagt. Das war die oberste Regel, und die Wände wären beinahe eingestürzt, als so viele Kellner in den Krieg zogen, daß weibliche Bedienung unumgänglich wurde. Es galt als ungeschriebenes Gesetz, daß nur Mädchen dafür in Frage kamen, deren Eltern noch nie von Zahnspangen gehört hatten und die selbst zur Fehlsichtigkeit neigten. So kam es, daß sämtliche Minturn-Kellnerinnen Brillen trugen und Zähne hatten, so schief wie die Grabsteine auf einem alten Friedhof. Es war zwar, wie der alte Professor Skellings sagte, nicht zu übersehen, daß sie keine Männer waren, aber man nahm sie doch auch nicht als Frauen wahr.

Diejenige, die ihn heute am Honoratiorentisch bediente, war eine so unerhörte Ausnahme von dieser Regel, daß Leonidas sich, als sie ihm Wasser nachgoß, dabei ertappte, wie er sie offen anstarrte.

Sie war ein keckes, rothaariges Mädel mit blitzenden blauen Augen und Zähnen wie aus der Zahnpastareklame, mit einem Lächeln, das sofort ansteckte.

Sie strahlte Leonidas an, sagte »Hallo!«, als kenne sie ihn schon seit Jahren, und Leonidas strahlte zurück.

Wenn er sich in den nächsten fünf Minuten nicht mit Anstand verabschieden konnte, beschloß er und nahm sich eine gefüllte Riesenolive, würde er dem Mädchen einen Dollar geben und sie bitten, dafür draußen nach Terry Ausschau zu halten. Aber so wie er als vielbeschäftigter Mann vorgestellt worden war, sollte er sich eigentlich ohne weiteres schon bald davonmachen können!

»Der Mann drei Plätze weiter will mit Ihnen reden, Mr. Witherall!« sagte die kecke Kellnerin. »Rechts.«

»Oh! Oh, danke! Was gibt es, Mason?« Leonidas lehnte sich vor und blickte den Präsidenten der Daltoner Bank an.

»Ich wollte nach Bedford Scrim fragen«, sagte Mason zu seiner Verblüffung.

»Scrim? Ähm – Bedford Scrim?« Leonidas spielte auf Zeit und hoffte, daß er kein gar zu verdutztes Gesicht machte. »So, über Scrim wollten Sie reden?«

»Ich habe Sie vor ein paar Wochen nach Ihrer Meinung gefragt – Scrim ist im Direktorium als Nachfolger für Berry im Gespräch, falls Berry wieder nach Washington gerufen wird. Sie hatten mir damals gesagt, Sie machten sich selbst Ihre Gedanken über Scrim.«

Wahrscheinlich hatte Leonidas an die Vorhänge in seinem Gästezimmer gedacht.

»Hmnja. Hmnja, das ist wahr. Scrim. Ich weiß nicht, was ich von ihm halten soll«, sagte Leonidas nachdenklich. »Ich weiß es wirklich nicht. Wie – ähm – wie schätzen Sie persönlich ihn denn ein?«

»Tja, ich kann mich nicht entscheiden«, antwortete Mason, »ob er denn nun ist wie sein Onkel oder nicht.«

Da Leonidas nicht die leiseste Ahnung hatte, wer Bedford Scrims Onkel war, half ihm das nicht viel weiter.

»Das weiß man nie«, entgegnete er. »Vielleicht ist er ganz anders. Aber wer kann sich da sicher sein, Mason? Womöglich ist er seinem Onkel ähnlicher, als man denkt.«

Mason nickte heftig. »Genau, was mir auch durch den Kopf geht. Aber Berry und Carson schwören, daß er anständig und aufrichtig ist. Sie sagen sogar, er ist ein feiner Kerl. Aber wie er Privatsekretär von diesem Gauner gewesen sein kann und von allem nichts gewußt haben will – Sie müssen doch mit ihm zu tun gehabt haben, bei Ihren Ermittlungen, Witherall!«

»Ich habe im Zuge meiner diversen Ermittlungen mit einer

langen Reihe von Leuten zu tun gehabt«, sagte Leonidas – und mit vielen hatte er wahrlich schwer zu tun gehabt –, »aber nicht – ähm – mit Bedford Scrim. Ich kenne den jungen Scrim nur flüchtig, könnte man sagen.«

»Aus den Drohungen ist nichts geworden, oder?« fragte Mason.

»Ähm – welchen Drohungen?« fragte Leonidas zurück.

»Na, sein Onkel hatte doch gedroht, daß er es Ihnen heimzahlt. Aber das hätte er sich wohl doch nicht getraut. Ich muß schon sagen, Witherall, Sie sind sehr anständig zu Scrim. Ich an Ihrer Stelle hätte härter geurteilt; aber wenn Sie bei den Ermittlungen nicht auf ihn gestoßen sind, dann ist vielleicht doch etwas dran an dem, was Berry und Casron sagen. Sie sind überzeugt, daß er nichts von ...«

Jemand am anderen Tischende forderte Masons Aufmerksamkeit, und er ließ den Satz unvollendet.

Leonidas kniff die Augen zusammen.

Mit einem Ruck wandte er sich zur anderen Seite und tippte einem der beiden Gorillas von der Wemberley-Bank auf die Schulter.

»Sagen Sie«, fragte er, »Sie kennen nicht zufällig Bedford Scrim?«

»Nur vom Sehen. Nicht persönlich. Aber das mit dem Bullen im Luftschutzbunker, das war zum Schießen! Können Sie mir das noch mal erzählen, damit ich mir's merke? Da muß man genau aufpassen, wie man's erzählt, sonst geht der Witz verloren ...«

»Gern«, sagte Leonidas. »Aber – ähm – zuerst zu Scrim. Arbeitet er im Augenblick hier in Dalton, wissen Sie das?«

»Sicher, der ist wieder zurück auf seinem alten Posten, Geschäftsführer in der Tuchfabrik. Hätte nie weggehen sollen. *Ich* denke ja«, fügte er vertraulich hinzu, »sein Onkel hat ihm da was angehängt, und dann hat er sich verpflichtet gefühlt. Bei solchen Sachen war er doch ein Künstler, der feine John. Da kann ich Ihnen übrigens nur gratulieren, Witherall – mit dem feinen John, da haben Sie aufgeräumt!«

Das Lächeln, das Leonidas aufsetzte, fühlte sich an, als werde es gleich Risse bekommen und ins Orangensorbet rieseln.

Es gab nur einen einzigen in Dalton, den alle den feinen John nannten.

Und das war John Scudder.

Der feine John, bis vor kurzem Bürgermeister der Stadt.

Leonidas' Zwicker legte an Tempo zu.

Und Scrim, Bedford Scrim, war sein Sekretär gewesen, und er war sein Neffe!

Was der feine John an Drohungen ausgestoßen hatte, war zwar nie offen zu hören gewesen, aber es war Leonidas doch zu Ohren gekommen. John fand, daß kein Schicksal grausam genug war für den Vorsitzenden der Liga gegen Amtsmißbrauch, der ihn zum Rücktritt gezwungen hatte.

Aber wie Mason hätte auch Leonidas nie gedacht, daß John es wagen würde, tatsächlich Vergeltungsmaßnahmen zu ergreifen. Auch wenn er vermutlich so wenig fein war, wie ein John nur sein konnte, war der feine John doch kein Dummkopf!

Aber Terrys spöttischer Kommentar kam ihm wieder in den Sinn.

»Verstehe, Bill Shakespeare, keinerlei Feinde. Jeder in Dalton liebt Sie innig wie einen Bruder!«

Konnte die ganze Geschichte mit der Kühltruhe und Ernest Finger denn tatsächlich ein Racheakt sein?

Schließlich hatte Scrim sie verfolgt!

Wenn man es sich recht überlegte, verfolgte Scrim sie schon den ganzen Tag über!

»Sie wollen doch nicht schon gehen!« protestierte der Gorilla von der Wemberley-Bank, als Leonidas seinen Stuhl zurückschob. »Das können Sie nicht! Nicht bevor Sie mir noch mal erzählt haben, was der Bulle in dem Luftschutzbunker zu dem Mädchen gesagt hat!«

»Ich bedaure!« sagte Leonidas. »Aber dringende – ähm – Geschäfte rufen mich. Ich habe jemanden zu Hause, um den ich mich unbedingt kümmern muß. Natürlich würde ich mit Freuden bleiben, aber Sie wissen ja, wie das ist – die Pflicht …«

Der Mann aus Wemberley rief zum Zeremonienmeister hinüber, daß Witherall nach Hause wolle, der Zeremonienmeister antwortete dem Mann aus Wemberley etwas, und plötzlich brüllten offenbar alle am Honoratiorentisch durcheinander.

Mitten in diesem Getöse faßte die kecke Kellnerin Leonidas am Arm.

»Wissen Sie, wo Ma ist, Mr. Witherall?«

»Ähm – wie bitte?«

»Ich frage«, brüllte sie, »wo Ma ist!«

Genau das hatte Leonidas auch beim erstenmal verstanden, aber er begriff nicht, was sie sagen wollte.

»Ma?« fragte er. »Ähm – *Ma?*«

»Ist sie noch bei Ihnen im Haus? Ist sie noch in der Küche?«

Leonidas fühlte sich ein wenig erleichtert, daß sie wenigstens nicht gefragt hatte, ob Pa noch in der Küche war!

»Ähm – Ihre Mutter?«

»Aber sicher, Mr. Witherall. Ich bin Sonja. Mrs. Mullets Tochter.«

»Sonja?«

»Na, vielleicht spricht sie von Gerty, wenn sie von mir erzählt, aber ich nenne mich jetzt Sonja. Hatte Ma noch länger bei Ihnen zu tun?«

»Aber nein. Im Gegenteil, sie ist sogar früher gegangen«, antwortete Leonidas. »Ich – ähm – wußte nicht, daß Sie ihre Tochter sind.«

»Ma ist nicht nach Hause …«

»So, Witherall, wir haben einen Wagen gefunden, der Sie zurückbringen kann!« Der Zeremonienmeister kam so stürmisch heran, daß er Sonja alias Gerty hinwegfegte. »Wenn Sie denn wirklich weitermüssen, dann kommen Sie!«

»Danke, aber ich brauche keinen Wagen!« Leonidas sah es vor Augen, wie Terry draußen auf ihn wartete, wie er erklären mußte, wer sie war, wie Augenbrauen sich hoben, wie alles furchtbar kompliziert wurde.»Danke, nein!«

»Mason hat seinen Chauffeur abkommandiert, damit er Sie nach Hause fährt. Das ist doch das mindeste, was wir für Sie tun können, Witherall, nach dieser wunderbaren Ansprache, die Sie für uns gehalten haben!« Er faßte Leonidas am Ellbogen und steuerte ihn nach draußen. »Das war sehr anständig von Ihnen, daß Sie gekommen sind, obwohl Sie so viel zu tun haben, und wenn Sie es nicht so eilig hätten, hätte ich ja noch dafür gesorgt, daß Sie eine ordentliche Dankesrede bekommen – Sie waren großartig! Einfach großartig! Wir müssen uns einmal unterhalten, ob Sie nicht beim Staatsbankett sprechen können – hatten Sie einen Mantel?« Er verweilte kurz im Vestibül. »Ah, einen Umhang!« rief er, als die Garderobiere Leonidas Talar und Barett aushändigte. »Also, lassen Sie sich das mit dem Staatsbankett einmal durch den Kopf gehen – Masons Wagen wartet schon vor der Tür.« Alles Widerstreben war vergebens, Leonidas wurde in die tiefen Polster einer langen schwarzen Limousine gedrückt. »So – da wären wir! Birch Hill Road Nummer vierzig, Edward. *Birch Hill Road«* – er brüllte es dem Fahrer regelrecht ins Ohr – »*Nummer vierzig!* Verstanden?«

Leonidas fühlte sich ganz und gar außer Atem, obwohl er kein einziges Wort hatte anbringen können; nun, wo der Wagen anfuhr, beugte er sich vor und wandte sich an den Chauffeur.

»Halten Sie bitte einfach an der nächsten Ecke!«

Die Limousine passierte die nächste Ecke, und Leonidas beugte sich von neuem vor.

»Bitte halten Sie an der *nächsten* Ecke!« Er hob die Stimme und sagte es sehr deutlich.

Nach vier Blocks erhob er sich und brüllte dem Mann halb stehend, halb kauernd ins Ohr.

»ANHALTEN!«

»Jawohl, Sir«, erwiderte der Chauffeur in aller Ruhe. »Ich weiß Bescheid. Machen Sie sich keine Sorgen. Birch Hill Road Nummer vierzig.«

Nichts, mußte Leonidas schließlich einsehen, als ihn ein Hustenanfall schüttelte, konnte seine Lage ändern. Es sei denn, er wollte die Tür bei voller Fahrt öffnen und sich hinaus auf die Straße werfen. Selbst das war bei näherem Hinsehen unmöglich, denn im Inneren von Masons Luxusvehikel war nirgends ein Türgriff zu sehen. Nicht einmal ein Knopf, den er hätte drücken können.

So ließ er sich denn still und sanft nach Hause fahren, als wäre er eine Chinavase aus der Ming-Zeit, zurück in die Birch Hill Road Nummer vierzig.

»Richtig, Sir, nicht wahr?« fragte der Mann, von stillem Stolz erfüllt, als er ihm die Wagentür aufhielt.

»Danke«, entgegnete Leonidas heiser und ging zu seinem Haus.

Nur ein wirklich starrköpfiger Mensch, fand er, nur ein stahlharter Bursche wie Lieutenant Haseltine würde Kräfte mit dem vergeblichen Versuch verschwenden, ein freundliches Wort an Masons Chauffeur zu richten!

Aber wahrscheinlich hatte sich alles sogar gut für ihn ergeben. Er brauchte ja seinen eigenen Wagen, wenn er später nach Pomfret fahren und sich dort Zugang zu Ernest Fingers Wohnung verschaffen wollte. Jetzt würde er sich endlich von Talar und Barett befreien, dann zum Marktplatz zurückfahren, würde sehen, was aus der armen Terry geworden war, und noch einmal versuchen, Matt und Shorty zu fassen zu bekommen.

»Ich frage mich«, murmelte er, »ob es wohl eine Verbindung zwischen Bedford Scrim und Ernest Finger gibt? Das frage ich mich wirk ...«

Abrupt blieb er vor seiner Haustür stehen.

Er hatte nach wie vor keinen Schlüssel!

Und die teuflischen Schutzgitter, die kein Mensch abbekam,

prangten vor allen Erdgeschoßfenstern außer den beiden über der Küchenspüle.

Ohne auch nur den Schatten eines Zweifels würde, wenn er versuchte, in seine eigene Küche einzubrechen, einer der vielen Fingers von nebenan – das poetisch veranlagte Rosinchen vermutlich, das sehnsüchtig vom Schlafzimmerfenster zum Mond hinaufblickte – ihn dabei sehen und die Polizei rufen.

Und auch wenn er noch so viel guten Willen aufgebaut hatte, wollte Leonidas doch nicht mit seinen Pfunden wuchern.

Aber es ging nicht anders. Er brauchte den Wagenschlüssel!

Er warf sich den Talar über die Schulter und ging auf die Rückseite des Hauses.

Als er sich endlich unter Mühen auf die Fensterbank gehievt hatte, hörte er jemanden hinter sich husten.

Erschöpft drehte er sich um.

Dann kniepte er mit den Augen.

Es war kein Finger.

Maude und Foster Haverstraw standen hinter ihm wie aus dem Äther aufgetaucht.

Leonidas kletterte wieder nach unten.

»Guten Abend!« sagte er, auch wenn er spürte, daß das nicht gerade eine geistreiche Eröffnung war; aber ihm fiel einfach nichts anderes ein. »Ähm – guten Abend!«

»Ich wußte ja gar nicht, daß Sie eine Nichte haben, Leonidas!« kam Maude auf ihre übliche kompromißlose Art gleich zur Sache. »Mrs. Finger sagt, die Blondine war Ihre Nichte! Sie haben mir *nie* erzählt, daß Sie einen Bruder haben!«

»Der – ähm – Name meines Bruders« – Leonidas erholte sich allmählich – »kommt mir nicht über die Lippen. Es ist ein Thema, das außerordentlich schmerzlich für mich ist, und da werden Sie mir verzeihen, daß ich nicht – ähm – in die Einzelheiten gehen will. Seine Tochter hingegen ist ein bezauberndes Mädchen. Ähm – wollten Sie denn nicht ...«

Während er noch überlegte, wie er taktvoll sagen konnte,

daß er geglaubt hatte, sie sei gut aufgehoben auf dem Herbstball der Polizeiwitwen, ohne daß er umständlich erklären mußte, wieso er wußte, daß sie dort gewesen war, und was er selbst dort zu suchen hatte, räusperte Foster sich und meldete sich zu Wort.

»Haben sich ausgeschlossen, was?«

»Ähm – nein, Foster«, beteuerte Leonidas rasch. »Der Eindruck täuscht. Ich wollte nur sehen, ob das Fenster auch verschlossen ist, das ist alles. Ich ...«

»Ich *wette*, Sie sind ausgesperrt!« beharrte Foster mit einem zufriedenen Grinsen.

»Überhaupt keine Frage!« Maudes hohes Lachen klang wie das Klirren einer eingeschlagenen Fensterscheibe. »Männer! Immer schämen sie sich zuzugeben, daß sie vergessen haben, ihre Schlüssel einzustecken! Kommen Sie, Leonidas, *ich* schließe Ihnen auf!«

»Ähm ...«

»Ich habe immer noch den Schlüssel, den Sie uns einmal gegeben haben, als Sie ein Paket erwarteten.« Maude ging schon auf die Haustür zu. »Und wenn Sie noch auf der Polizeiparty gewesen wären, hätten Foster und ich uns einfach selbst aufgeschlossen.«

»Ähm – was Sie nicht sagen!« Sie wußte also, wo er gewesen war!

»Auf dem Ball«, fuhr Maude fort, »sollen Sie ja großartig gewesen sein, wunderbar, hieß es! Wir sind nicht lange geblieben; als sich erst einmal herausstellte, daß Ca...«

»Hast du den Schlüssel?« fragte Foster hastig.

»Hier zur Hand.« Statt daß sie ihn Leonidas reichte, steckte Maude den Schlüssel ins Schloß, drehte ihn beherzt und ging hinein.

Mit einem recht beklommenen Gefühl vermerkte Leonidas, daß sie dabei unwillkürlich dem Knauf einen kleinen Ruck gab, was verhinderte, daß der Schlüssel sich im Schloß verkantete.

Es war, auch wenn er zu diesem Schluß noch so ungern kam, offensichtlich nicht das erstemal, daß sie seine Haustür aufschloß!

»Bezaubernde Leute, diese Fingers«, sagte Maude, als er und Foster ihr ins Haus folgten. »Sie werden Ihnen gefallen. So anders! Sie haben noch einen zweiten Sohn – Foster, fandest du das nicht auch merkwürdig?«

»Warum sollten sie keinen zweiten Sohn haben? Ist doch nicht verboten!«

»Ich meine die Art, wie sie und Jay über ihn gesprochen haben. Sie haben nicht gesagt, wie er heißt, oder über*haupt* etwas über ihn verraten. Als *wollten* Sie nicht über ihn reden, fand ich. Als ob es da etwas zu verbergen gebe!«

»Ähm – war die Rede …« Aber bevor Leonidas fragen konnte, wie alt dieser zweite Sohn der Fingers war, schniefte Foster und sagte, ihm sei nichts Merkwürdiges daran aufgefallen.

»Ein solches Durcheinander, da hätte man gar nichts merken können! So ein Durcheinander habe ich im Leben noch nicht gesehen!«

»Tja, ordentlich ist sie nicht, aber schließlich ist sie ja auch Literatin – wußten Sie, daß sie schreibt, Leonidas?«

»Nein. Ähm …« Er stellte sich Maude in den Weg, als sie und Foster geradewegs die Küche ansteuerten. »Möchten Sie vielleicht ein Glas Wasser?«

»Wir kommen nur schnell unsere Sachen holen«, sagte Foster, und schon waren sie an ihm vorbei. »Lassen Sie nur. Wir wissen, wo der Lichtschalter ist …«

Leonidas biß die Zähne zusammen und fegte die Delfter Vase mit solcher Vehemenz vom Flurtisch, daß sie am Treppenpfosten zerschellte.

»Oh!«

Maude und Foster blieben stehen und blickten sich um.

Das Opfer, dachte Leonidas grimmig, war also zumindest nicht ganz vergebens gewesen!

Wenigstens für den Augenblick hatte er sie am Betreten der Küche gehindert.

Denn wenn sie erst einmal in der Küche war, konnte keine Macht auf Erden Maude von jener Kühltruhe abbringen.

»Oh!« rief Maude noch einmal, »Ihre Delfter Vase! Was für ein Jammer – wie *konnte* das geschehen! Sie ist in tausend Stücken!«

»Ich bin«, erklärte Leonidas bekümmert, »mit dem Ärmel daran hängengeblieben – ob Sie mir wohl helfen würden, die Scherben aufzulesen?«

»Das ist ein Fall für den Besen«, meinte Foster.

»Diese Vase«, sagte Leonidas mit fester Stimme, »zählte zu meinem liebsten Besitz, und ich werde sorgfältig die Überreste einsammeln und sie wieder kitten lassen. Ähm – Foster, sind Sie wohl so gut und heben das Stück neben Ihrem Fuß auf, bevor Sie es zertreten? Natürlich kann ich mir vorstellen«, fügte er mit gekränktem Ton hinzu, »daß es für andere keine so große Katastrophe ist, wenn ein solches Mißgeschick einem Stück widerfährt, das *mir* am Herzen lag. Aber so ist es. Ganz entschieden. Die Vase – ähm – gehörte meiner lieben Mutter.«

Tatsächlich hatte er sie aus einem Trödelladen, aber Leonidas vermerkte mit Freuden, daß der Zug zum Mütterlichen bei Foster seine Wirkung tat.

»Nun komm schon, Maude, und hilf ihm! Ein Jammer, Witherall. Großes Pech. Eine Schande. Komm, Maude, wir lesen die Scherben auf!«

»Was waren das für Sachen« – Leonidas wartete, bis sie beide auf Händen und Knien waren, und dann schob er sich Stück für Stück zwischen sie und die Küchentür –, »was waren das für Sachen, die Sie holen wollten, Foster?«

»Wir würden doch unsere guten Gartengeräte nicht den Möbelpackern anvertrauen! – hat Mrs. Mullet Ihnen nicht gesagt, daß wir sie unten haben? Daß wir die guten Stücke gestern bei Ihnen im Keller untergestellt haben?«

»Ähm – nein.« Selbst wenn Mrs. Mullet ihn davon in Kenntnis gesetzt hatte, hatte er es auf der Stelle wieder vergessen, dachte Leonidas und grämte sich darüber, daß der Weg zum Keller durch die Küche führte. »Nein, das hat sie nicht. Ich gehe eben nach unten und hole die Sachen für Sie …«

Sofort war Foster auf den Beinen.

»Die können Sie unmöglich alle alleine tragen!« rief er. »Auf keinen Fall. Unersetzliche Stücke. *Ich* gehe …«

»Wir gehen alle drei!« verkündete Maude mit einem Ton, der keine Widerrede duldete, und rappelte sich auf.

»Unbedingt, lassen Sie uns zusammen gehen«, stimmte Leonidas verzweifelt zu. »Gemeinsam geht alles besser, wie man so schön sagt. Aber« – er lächelte melancholisch – »lassen Sie uns zuerst die Scherben der Delfter Vase auflesen, an der Mutter so hing.«

Er traute sich zu, Foster von der Tiefkühltruhe fernzuhalten, aber bei Maude half bestenfalls das Chaos. Sie durfte nicht in die Küche, unter keinen Umständen! Er mußte sich etwas einfallen lassen!

Als die letzte blaue Scherbe vom Flurboden aufgelesen war, wandte er sich an sie mit einer Unterwürfigkeit, die jeden Feinsinnigeren sofort mißtrauisch gemacht hätte.

»Ich will Ihnen nicht zur Last fallen, Maude, aber ich frage mich, ob ich nicht die Gelegenheit nutzen sollte, Sie um Rat zu einer Frage zu bitten, die mich beschäftigt.«

Maude biß an. Mit Freuden werde sie ihm Rat geben, wenn sie Rat wisse.

»Es geht um die Vorhänge im Gästezimmer«, sagte Leonidas. »Und Sie haben doch immer ein solches Geschick bei Vorhängen, Maude. Ich weiß nicht, wie Sie das machen, aber jeder Ihrer Vorhänge *paßt*. Würden Sie – wäre das zuviel verlangt, wenn Sie einmal einen Blick auf mein Gästezimmer werfen würden? Es – ähm –, wenn ich es so formulieren darf, *studierten* und mir dann Ihre ungeschminkte Meinung sagten?«

Einen Moment lang befürchtete er, daß er übertrieben hatte, aber Maude quittierte es mit einem begeisterten Lächeln, dessen gebleckte Zähne ihn irgendwie an Winston Abercrombie in seinen verspielteren Augenblicken denken ließen.

»Das werde ich gerne tun, Leonidas!« sagte sie. »*Ich* habe ja schon immer gefunden, daß ich ein Händchen für Vorhänge habe, aber ich hätte nicht gedacht, daß ein *Mann* es bemerkt!«

»Oh doch, meine Liebe«, beteuerte Leonidas. »Selbst ein bloßer Mann spürt die Hand des Meisters. Ich kann mich nicht entsinnen, ob Sie je in meinem Gästezimmer waren – aber würden Sie für mich hinaufgehen und sich Ihre Gedanken machen? Ich kann Ihnen gar nicht sagen, wie dankbar ich bin!«

Er stieß einen langen Seufzer der Erleichterung aus, als sie die Treppe nach oben nahm.

»So, Foster«, sagte er flott, »wir beide gehen jetzt die Gartengeräte aus dem Keller holen, nicht wahr? Obwohl ich überlege, ob es wirklich vernünftig war, sie dort unten zu lassen. Womöglich werden sie feucht, und dann rosten sie ...«

Unter stetem Wortschwall steuerte er Foster durch die Küche, in der gleichen Art, in dem im Minturn-Club der Zeremonienmeister ihn hinaus auf die Straße gesteuert hatte.

Foster bemerkte die Kühltruhe gar nicht!

»Seien Sie vorsichtig auf der Treppe, Foster!« fuhr er fort und schaltete das Kellerlicht ein. »Die Ecke ist ein wenig unglücklich, und die unterste Stufe ist kürzer und bringt einen aus dem Tritt. Mrs. Mullet warne ich immer wieder von neuem, daß sie sich vorsehen soll, aber ich fürchte, eines Tages wird die gute Frau – die – ähm –gute ...«

Der Rest des Satzes wurde nie gesprochen, und Leonidas kam mit einem Ruck am Fußende der Treppe zu stehen.

Denn dort, gleich neben dem Heizkessel, saß die gute Frau höchstpersönlich.

In einem Schaukelstuhl.

Gefesselt!

Geknebelt!

Die Augen verbunden!

Leonidas schluckte.

Damit war er erledigt. Foster würde nach Maude rufen. Maude wäre unten wie der Blitz. Polizei. Tiefkühltruhe. Ernest Finger.

Wumm! dachte Leonidas.

Er drehte sich zu Foster um, damit er es hinter sich brachte.

Aber Foster war in der Ecke ganz mit seinen heiligen Gartengeräten beschäftigt.

Foster hatte Mrs. Mullet noch gar nicht gesehen!

Konnte er – der Gedanke war so unglaublich, daß Leonidas sich kaum traute, ihn zu denken – konnte er womöglich dafür sorgen, daß Foster sie auch weiterhin nicht sah?

Er konnte es versuchen!

»Nichts verrostet, hoffe ich, Foster?« Seine eigene Stimme kam ihm vor, als stecke er in einem leeren Bierfaß und flüstere durch den Spund.

Aber Foster fiel anscheinend nichts auf.

»Keinerlei Rost. In bestem Zustand. Einen Moment lang hatte ich mir Sorgen gemacht, als Sie vom feuchten Keller sprachen, aber sie sind makellos.«

»Wunderbar!« rief Leonidas. »Großartig!«

Aus dem Regal hinter dem Heizkessel riß er einen alten Quilt, mit dem Mrs. Mullet manchmal Möbel abdeckte. Mit einer raschen Handbewegung breitete er ihn über Mrs. Mullet, mit Stuhl und allem.

In seinem Herzen hoffte er zutiefst, daß Mrs. Mullet am Ende verstehen würde, daß es einfach unmöglich war, sie in diesem Augenblick zu retten!

»*Die* trage ich wohl am besten selbst.« Foster hielt etwas in Händen, was für Leonidas' Augen wie eine ganz gewöhnliche Hacke aussah, doch er faßte sie so zärtlich, als liebkose er Kronjuwelen. »Sie nehmen den Rechen ...« Er stutzte. »Der Quilt da!«

»Ähm – was ist damit?«

»Genau was wir brauchen! Wir legen die besten Stücke hinein und machen ein Bündel daraus.«

»Das würde ich nicht riskieren, Foster! Mit so einem mottenzerfressenen alten Quilt!« Leonidas' Entsetzen bei dem Gedanken war ungespielt, es kam aus den Tiefen seiner Seele. »Wenn dieser mottenzerfressene alte Quilt auf halbem Wege zerreißt – nun, Foster, Sie haben ja selbst gesagt, daß Ihre Gartenwerkzeuge unersetzlich sind! *Ich* finde, die sollten von Hand getragen werden.«

»Der Quilt sieht kein bißchen mottenzerfressen aus«, erwiderte Foster kritisch. »Sieht aus, als ob er das aushalten würde.«

»Foster, meine Versicherung würde es nicht zahlen, wenn in meinem Haus wertvolle Werkzeuge durch Fahrlässigkeit zu Schaden kämen!« Leonidas schüttelte mit ernster Miene den Kopf. »Wir sollten nicht leichtsinnig sein! Seien wir vernünftig! Ich bin sicher, Maude würde nicht wollen, daß Sie ein Risiko mit diesen prachtvollen Stücken eingehen.«

»Tja, da haben Sie wohl recht. Dann müssen wir sie doch einzeln nach oben schleppen. Vermutlich das Beste.«

Bis er Foster und die Werkzeuge aus dem Keller manövriert hatte, vorbei an Mrs. Mullet, die Treppe mit ihrem gefährlichen Winkel hinauf, durch die Küche und an der Kühltruhe vorüber, standen Leonidas die Schweißperlen auf der Stirn.

»Wissen Sie was?« meinte Foster, als das letzte Stück vorsichtig an den Treppenpfosten gelehnt stand. »Ich glaube, Sie brauchen dringend ein paar Stunden in der Sporthalle. Das darf doch nicht sein, daß Sie so außer Atem sind, nur weil Sie ein paar Hacken getragen haben! Nehmen Sie sich ein Beispiel an mir!«

»Ich habe«, antwortete Leonidas, »einen recht anstrengenden Tag hinter mir. Nervenaufreibend, könnte man sagen.«

»Zu träge, das ist das Schlimme bei Ihnen, Leonidas. Sie bewegen sich nicht genug. Sie bräuchten mal etwas, das Sie richtig in Schwung bringt«, erklärte Foster. »Sie müßten raus aus Ihrer Stube, mal was unternehmen. Sie sitzen viel zuviel in Ihren Direktoriumssesseln, all das. Es wird Zeit, daß Sie etwas erleben. Na, dann lassen Sie uns mal einen Blick auf Ihre Vorhänge werfen. Habe ja selber meinen Sinn dafür, fast ein Hobby, könnte man sagen. Obwohl ich gedacht hätte, Sie sind jemand, dem solche Sachen vollkommen egal sind. Hier hinauf?«

Zwanzig Minuten darauf debattierten Maude und Foster noch immer die Dekoration in seinem Gästezimmer, und Leonidas mußte bitter einsehen, daß er mit den Vorhängen doch zu weit vorgeprescht war.

Als sie sich endlich auf Chintz geeinigt hatten, denselben Chintz wie den, den sie auch in ihrem eigenen Gästezimmer hatten, fühlte Leonidas sich wie durch die Mangel gedreht.

Als der letzte wertvolle Rechen sorgsam im Wagen verstaut war, spürte er selbst den Schmerz nicht mehr.

Und als er, nachdem er ihnen noch nachgewunken hatte, die Haustür schloß, war er selbst für einen Seufzer der Erleichterung zu erschöpft.

Sogar die Schläge der Uhr im Wohnzimmer zu zählen war eine körperliche Anstrengung, und als er zu Ende gezählt hatte, konnte er nicht glauben, daß es nur elf gewesen sein sollten.

»Es sei denn«, murmelte er, »es wäre elf Uhr vormittags!«

Inzwischen konnte er die Hoffnung begraben, daß Terry noch am Portal des Minturn-Clubs auf ihn warten würde. Wo immer sie sein mochte, sie mußte sehen, wie sie zurechtkam. Er konnte es nicht ändern.

Und auch bei Matt und Shorty konnte er nicht mehr ernsthaft hoffen, daß er sie nun noch finden würde.

Selbst wenn er gewußt hätte, wo die drei geblieben waren, selbst wenn er auf Adlerschwingen zu ihnen hätte fliegen können, hätte er sich doch zuerst um Mrs. Mullet kümmern müssen.

Und wenn er *sich* fragte, würde das keine freundliche Unterhaltung werden!

Er straffte die Schultern und machte sich auf den Weg in Richtung Keller.

Aber bevor er auch nur die Küche erreichte, klingelte es an der Haustür.

»Wenn Foster und Maude ein Schäufelchen vergessen haben«, sagte Leonidas zu sich mit finster drohender Stimme, »dann ramme ich es ihnen in den Bauch!«

Er öffnete die Tür.

Draußen stand Sonja Mullet, in Hosen und engem weißen Pullover. Die roten Locken steckten unter einem paillettenbestickten Kopftuch.

Neben sich hatte sie einen jungen Mann, wie Leonidas ihn athletischer selten gesehen hatte, das Bild, das ihm die Trainer der Meredith-Akademie oft sehnsüchtig beschrieben – nur einen einzigen solchen Jungen bräuchten sie, und die Mannschaft würde gewinnen, ganz gleich in welchem Sport.

Er trug eine Navy-Uniform, und das breite Gesicht blickte Leonidas so forschend an, daß er beinahe hastig »Gut Freund!« gerufen hätte.

»Hallo, Mr. Witherall!« sagte Sonja. »Das ist Chuck. Chuck, sag Hallo.«

»Hallo«, sagte Chuck brav.

»Sehr erfreut«, erwiderte Leonidas.

»Mr. Witherall, ich mache mir Sorgen wegen Ma. Sie ist immer noch nicht nach Hause gekommen.«

»Ähm – immer noch nicht?« Allmählich fand Leonidas Chucks unerbittlich grimmiges Starren sehr beunruhigend.

»Nein. Ist sie denn wirklich nicht hier bei Ihnen?«

Konnte er, fragte Leonidas sich in aller Eile, konnte er eingestehen, daß ihre Mutter in diesem Augenblick in einem Schaukelstuhl im Keller saß, neben dem Heizkessel, gefesselt, geknebelt, die Augen verbunden, abgedeckt mit einem alten Patchworkquilt?

Er sollte es tun.

Er würde es tun.

Er hätte es beinahe getan, verbesserte er sich, wenn Chuck nicht gar so finster dreingeblickt hätte und wenn er nur ein klein wenig kleiner gewesen wäre – einen halben Meter vielleicht.

»Das tut mir leid«, antwortete er höflich. »Ich habe sie am Nachmittag früher nach Hause geschickt. Gegen vier Uhr muß es gewesen sein. Ähm – haben Sie überlegt, ob sie vielleicht Freunde oder Verwandte besucht?«

»Da waren wir auch drauf gekommen«, antwortete Chuck, »aber wir haben schon überall gefragt, und keiner hat sie gesehen – sie hat Ihnen nicht vielleicht gesagt, ob sie was Besonderes vorhatte?«

Leonidas schüttelte den Kopf. »Ich war recht beschäftigt, als sie ging. Haben Sie denn alle Möglichkeiten ausgeschöpft? Ich meine, haben Sie bei allen gefragt, die Ihnen eingefallen sind? Ich bin sicher, ihr ist nichts geschehen«, fügte er hinzu, »sonst hätten Sie es längst erfahren.«

»Das hat Chuck auch gesagt …« hob Sonja an.

»*Ich* sage nur zweite Runde!« unterbrach Chuck.

»Ähm – wie bitte?«

»Chuck meint, sie ist ins Kino«, erklärte Sonja. »Da läuft ein Haseltine, und nach denen ist Ma ja ganz verrückt. Vielleicht ist sie einfach sitzengeblieben und hat ihn sich noch ein zweitesmal angesehen. Na, wir werden wohl noch warten, bis die letzte Vorstellung vorbei ist. Bis dann, Mr. Witherall – sagen Sie!«

»Ja?«

»Sagen Sie, *ich* weiß, wem Sie ähnlich sehen! Ma zerbricht sich doch schon seit Ewigkeiten den Kopf deswegen! *Shakespeare!* Sieh dir das an, Chuck! Shakespeare!«

»Klar«, antwortete Chuck. »Hab' ich gleich gesehen. Ich kenn' doch Shakespeare, wenn ich ihn sehe. Gute Nacht!«

Er verabschiedete sich mit einem zackigen Salut, und dann waren die zwei wieder verschwunden.

»Ich frage mich«, murmelte Leonidas, als er die Tür hinter ihnen schloß, »ob ich es ihnen nicht doch hätte sagen können! Aber jetzt ist es zu spät. Und wenn ein Junge eine bestimmte Größe überschreitet …«

Als erstes, überlegte er, als er sich nun auf den Weg in den Keller machte, würde er ihr die Heimfahrt im Taxi versprechen. Mrs. Mullet liebte Taxis. Dann überschwengliche Entschuldigungen dafür, daß so etwas in seinem Hause geschehen konnte. Das Versprechen, die Polizei zu holen, den schändlichen Übeltäter zu jagen, bis er gefaßt war.

Natürlich war, notierte er in Gedanken, dieser Übeltäter derselbe, der später seinen Schreibtisch durchwühlt hatte. Das konnte nicht anders sein. Es konnten doch nicht zur gleichen Zeit zwei Einbrecher unabhängig voneinander im Haus gewesen sein!

Wenn er dafür sorgte, daß Mrs. Mullet nicht zu Wort kam, beschloß Leonidas, dann gab es Hoffnung, daß er sich aus der Klemme herausmanövrieren konnte. Er würde ihr einfach keine Gelegenheit lassen zu fragen, warum er sie nicht befreit hatte, als er mit Foster im Keller gewesen war. Er würde so tun, als hätte es diese Episode gar nicht gegeben.

Sieben Stunden hatte sie dort unten gesessen – denn was er für ihr ärgerliches Murmeln und das Klappern der Töpfe gehalten hatte, mußten die Laute gewesen sein, unter denen sie überwältigt und gefesselt worden war. Nach sieben Stunden Starre, Düsternis und Angst war sie zweifellos viel zu erschöpft, sich noch groß um eine Tiefkühltruhe oder deren Inhalt zu kümmern. Er konnte sie einfach daran vorbeisteuern.

Auf Zehenspitzen ging er zum Keller hinunter, zum Schaukelstuhl, und zog behutsam den Quilt ab.

Dann nahm er ihr den Knebel aus dem Mund – eins seiner eigenen Taschentücher mit Monogramm, fiel ihm auf, aus dem Korb mit ungebügelter Wäsche, der bei den Bottichen stand.

In Erwartung eines Stroms von Worten trat er fast automatisch einen Schritt zurück. In den Haseltine-Romanen reagierten Leute, denen der Knebel aus dem Mund genommen wurde, entweder mit einem kaum stillbaren – in der Regel höchst informativen – Redefluß, oder sie würgten mitleiderregend und baten mit erstickter Stimme um Wasser.

Mrs. Mullet tat keins von beiden.

Sie reagierte einfach überhaupt nicht.

Mit zitternden Fingern knotete Leonidas die Augenbinde auf – ebenfalls eins von seinen Taschentüchern.

Mrs. Mullets Augen waren fest geschlossen.

Nun schon sehr erschrocken, beugte Leonidas sich vor und horchte.

Sie atmete. Wenigstens war sie am Leben!

Hatte man ihr ein Mittel gegeben?

Er brauchte mehrere Minuten, bis ihm aufging, daß Mrs. Mullet schlief. Daß sie tief eingeschlafen war.

Er nahm ihr die Wäscheleine ab, mit der Hand- und Fußgelenke gefesselt waren, wartete noch einen Moment und hustete dann.

»Ahemm!« sagte er.

Mrs. Mullet rührte sich nicht.

Er stieß sie sanft an.

Nichts geschah.

Schließlich packte er sie an beiden Schultern und schüttelte sie kräftig.

Mrs. Mullet schlug die Augen auf, gähnte ausgiebig und sah ihn an.

»Also wenn Sie mich fragen, Mr. Witherall«, meinte sie zwischen Gähnern, »Sie haben ganz schön lange gebraucht, bis Sie hier unten aufgekreuzt sind!«

»Mrs. Mullet, mir fehlen die Worte! Ich weiß wirklich nicht, was ich sagen soll über dies unglaubliche Mißgeschick! Was ist geschehen? Sind Sie verletzt?« Leonidas' Sorge kam von Herzen.

Mrs. Mullet strich sich ein paar graue Haarsträhnen aus dem Gesicht, reckte sich, wiegte sich ein paarmal hin und her und lächelte.

»So gut habe ich schon seit Jahren nicht mehr geschlafen!« antwortete sie. »Ich leide nämlich furchtbar unter Schlaflosigkeit, müssen Sie wissen. Das muß ich sagen, Mr. Witherall. Ich habe geschlafen wie noch nie. Und ich weiß, wer es war!«

»Sie – Sie wissen es? *Wer,* Mrs. Mullet?« rief Leonidas. »Wer war es?«

»Na, Sie hatten mich ja ausgesperrt, als ich Ihnen von diesen Fingers erzählen wollte, und wollten nicht hören – wie spät ist es eigentlich?« Sie schüttelte den Kopf, als sie es erfuhr. »Da wird meine Gerty krank vor Sorge um mich sein! Tja, ich bin dann wieder in die Küche gegangen, und wenn Sie mich fragen, muß der Bursche hinter der Tür gelauert haben, und wahrscheinlich hat er gedacht, da sehe ich ihn nicht. Aber als ich zu dem Schrank neben der Tür ging und meine Schürze hineinhängen wollte, da wurde er nervös. Da hat er sicher gedacht, er riskiert lieber nichts, und hat mich beiseite geschafft. Ich habe noch«, meinte sie versonnen, »wenn ich das sagen darf, Mr. Witherall, ich habe noch gedacht, na, das ist ja nicht gerade die Art, wie man mit einer Dame umgeht!«

Leonidas stimmte ihr zu. »Aber wer *war* er? Wer war der Mann, der Sie geschlagen hat?«

»Geschlagen hat er mich nicht. Er hat mir irgendwas von hinten um den Hals gelegt. Ich habe gespürt, daß da etwas war, und schon im nächsten Augenblick denke ich, ich ersticke.«

»Hm. Garrottiert«, sagte Leonidas nachdenklich.

»Ich weiß nicht, wie man das nennt, aber es war ziemlich hinterhältig. Haben Sie eigentlich Mullet noch gekannt? – Nein, das können Sie ja nicht. Der war schon tot, als Sie nach Dalton kamen. Aber Mullet, der konnte zuschlagen, und ein wenig habe ich mir von ihm abgeschaut, wie man seine Fäuste gebraucht, und glauben Sie mir, Mr. Witherall, wenn der Kerl mich angegriffen hätte wie ein Mann und versucht hätte, mir eins zu verpassen, dann hätte der eine ordentliche Abreibung bekommen!«

»Ich hätte es zwar zutiefst bedauert, wenn er Ihnen – ähm – eins verpaßt hätte«, meinte Leonidas galant, »aber ich wünsche doch fast, er hätte es versucht und sich Ihnen – ähm – männlicher genähert. Aber nun sagen Sie mir, Mrs. Mullet, wer *war* es?«

»Oh, gesehen habe ich ihn nicht!« antwortete Mrs. Mullet. »Richtig angesehen, meine ich. Aber trotzdem kenne ich ihn genau!«

»Verstehe.« Leonidas konnte die Enttäuschung nicht ganz aus seiner Stimme verbannen. »Sie sind sich sicher, daß Sie ihn wiedererkennen würden. Sie wollten nicht sagen, daß Sie ihn jetzt in diesem Augenblick kennen. Hmnja, verstehe.«

»Doch, ich kenne ihn genau! Den würde ich in jeder Menschenmenge erkennen oder wenn er einfach nur die Straße langgeht. Sogar im Dunkeln. Ich weiß nicht, wie ich Ihnen das erklären soll, Mr. Witherall, aber wenn man von jemandem die Treppe runtergetragen wird und gefesselt und so weiter, lernt man ihn schon ziemlich gut kennen!«

Zumindest, dachte Leonidas, als er Mrs. Mullets üppige Gestalt nun mit praktischem Auge musterte, zumindest konnte man vermuten, daß es ein recht kräftiger Bursche war!

»Er ist stark«, sagte Mrs. Mullet. »Bestens trainiert. Kein einziges Mal außer Atem, nicht einmal als …«

Leonidas mußte plötzlich an Foster Haverstraw denken. Foster war bestens trainiert. Immer. Foster schob den lieben langen Tag lang volle Schubkarren durch den Garten, und er sang dazu, damit alle Welt hörte, daß ihn nicht einmal das außer Atem bringen konnte.

»Er hatte keine Schuhe an«, fuhr Mrs. Mullet fort, »und er trug weiße Socken. Oben in der Küche muß ich sofort weggewesen sein, aber ich bin so halb wieder zu mir gekommen, als er mich hier nach unten trug. Ich konnte nur keinen Alarm schlagen, dazu tat mir der Hals zu weh – und ich glaube, ich hätte noch so brüllen können, Mr. Witherall. Sie wollten ja nichts hören. Jedenfalls bin ich, als er mich fesselte, wieder halbwegs zu mir gekommen. Ich konnte wieder denken, aber die Gedanken kamen und gingen. Fließend irgendwie.«

»Hmnja«, sagte Leonidas. »Ein Dämmerzustand.«

»Was Sie immer für schöne Ausdrücke haben, Mr. Witherall!« sagte Mrs. Mullet. »Na, jedenfalls konnte ich durch die Augenbinde doch noch etwas sehen. Ich sah seine Füße. Seine Socken. Er hatte weiße Wollsocken an, handgestrickt, Zopfmuster. Mit dem Muster kenne ich mich aus. Ich habe es einmal Mrs. Haverstraw beigebracht.«

»Was Sie nicht sagen!« rief Leonidas. »Was Sie nicht sagen!«

Ihm fiel wieder ein, daß auch Jay Finger weiße Socken getragen hatte. Er sah den bestrumpften Fuß noch vor sich, wie er durch den Kies seiner Auffahrt gestapft war.

»Ähm – diese Fingers, Mrs. Mullet«, fuhr er fort. »Ähm – haben Sie …«

»Oh, diese Fingers! Die haben mich den ganzen Tag lang zur Verzweiflung gebracht, Mr. Witherall! Sie würden gar nicht glauben, wie oft die vor der Tür standen. Mrs. Haverstraw, die hat geredet, bis mir die Ohren abfielen, und mir Fragen gestellt, bis ich reif für die Klapsmühle war, aber man mußte nie etwas anderes sagen als ›Hm-hm‹ oder ›Ach, tatsächlich?‹, und den ganzen Rest, den hat sie gemacht. Aber diese Mrs. Finger, die erwartet, daß man ihr antwortet! Und dann diese Kleine! Rosine – liebe Güte! Die kennt noch mehr seltsame Worte als Sie! Mr. Witherall«, fragte Mrs. Mullet unvermittelt, »was ist hier eigentlich los?«

Leonidas gestand ihr freimütig, daß er keine Ahnung hatte.

»Aber ich bin sicher, es war eine Qual für Sie, Mrs. Mullet, und ich kann Ihnen gar nicht sagen, wie leid es mir tut, daß so etwas in meinem Hause geschehen ist. Ähm – sind Sie denn gleich eingeschlafen, nachdem er Sie hier abgesetzt hatte?«

»Anscheinend ja – jedenfalls ziemlich schnell. Gestern abend war ich auf einer Whist-Party, müssen Sie wissen, und da war hinterher die Schlaflosigkeit besonders schlimm, und dann haben mich den ganzen Tag diese Fingers von der Arbeit abgehalten – ich kann Ihnen sagen, ich war erledigt! Aber jetzt bin ich wieder taufrisch. Haben sie ihre Goldfische und die Muscheln und die Butter bekommen? Ich hatte ja befürchtet, daß Sie das nicht verstehen.«

»Da hatten Sie recht«, antwortete Leonidas, »aber die Fingers haben sie trotzdem …«

»Nervensägen sind das!« Mrs. Mullet schüttelte den Kopf. »Die Haverstraws, die haben zwar den halben Haushalt geborgt, aber wenigstens standen sie nicht alle fünf Minuten vor der Tür! Was hat er denn hier gesucht, Mr. Witherall, der Kerl, der mich gefesselt hat?«

»Ach, hier gibt es ja nichts, was das Mitnehmen lohnte«, antwortete Leonidas lässig. »Er hat meinen Schreibtisch durchwühlt, aber ich denke mir, er hatte sich einfach im Haus vertan. Er wollte zu einem anderen. Nun, Mrs. Mullet, wenn Sie sich wieder auf den Beinen halten können, dann sollten wir …«

»Also wenn Sie mich fragen«, unterbrach Mrs. Mullet, »für einen, der im falschen Haus war, wußte er aber ziemlich genau, was er wollte! *Ich* glaube nicht, daß er im falschen Haus war! Ich denke, der wußte, wo er war und wonach er hier suchte! Was hat er mit Ihrem Schreibtisch gemacht?«

»Oh, nur ein wenig durchwühlt«, versicherte Leonidas ihr harmlos. »Ein bißchen durcheinander. So, wenn Sie jetzt wieder stehen können, helfe ich Ihnen nach oben, und dann rufen wir ein Taxi, und im Handumdrehen sind Sie zu Hause. Ähm – auf Kosten des Hauses natürlich. Das mindeste, was ich für Sie tun kann.«

»Ein *Taxi?*«

»Aber ja! Sie werden doch nicht glauben, Mrs. Mullet, daß ich Sie mit dem Bus nach Hause schicke, nach allem, was Sie durchgemacht haben?« Leonidas schnalzte mit der Zunge. »Ts-ts-ts! Nein, meine Liebe, *Sie* fahren mit dem Taxi! Die Polizei verständige ich später – da müssen Sie nicht auch noch mitten in der Nacht Fragen über sich ergehen lassen. Zumal Sie ja auch kaum etwas zu erzählen hätten. Um all diese Dinge kümmern wir uns morgen früh. Jetzt – ah, schön! Sie *können* stehen! Wunderbar! Großartig! Dann bestellen wir das Taxi!«

»Das will ich nicht«, entgegnete Mrs. Mullet. »Ich *will* kein Taxi!«

»Aber« – Leonidas fühlte sich ein wenig eingeschüchtert von der Vehemenz ihres Protestes –, »aber ich dachte immer, Sie fahren so gern Taxi!«

»Sicher, Taxis sind was Feines. Aber ich fahre nicht nach Hause!«

»Ähm – nicht?«

»Es ist das erstemal«, erklärte Mrs. Mullet ihm, »daß ich in eine Abenteuergeschichte gerate, und da will ich auch weiter dabeisein! Das ist ja, habe ich gedacht, als der Bursche mich verschnürt hat, das ist ja wie bei Haseltine! Aber wahrscheinlich kennen Sie Haseltine überhaupt nicht, Mr. Witherall!«

»Doch, das schon, aber ...«

»Ehrlich? Ach, wenn Sie doch nur solche Geschichten schreiben könnten statt diesem trockenen Zeug – ja, ich weiß, Sie haben mir gesagt, ich darf nicht die Papiere ansehen, die Sie auf Ihrem Schreibtisch haben, aber einmal habe ich es doch getan, und das war gräßlich langweilig. Immer ging es nur um Worte!«

»*Worte?*« Leonidas runzelte die Stirn, dann kräuselten sich seine Lippen. Mrs. Mullet mußte auf seine alte Abhandlung über die Lautverschiebungen des elften Jahrhunderts gestoßen sein, die er vom Dachboden geholt hatte, um sie Professor Skellings zu zeigen. »Hmnja, das ist nicht gerade leichte Lektüre!«

»Aber ich fürchte, wenn man nun einmal so etwas schreiben muß«, meinte Mrs. Mullet, »dann kann man nicht anders. Aber nach Hause will ich nicht, Mr. Witherall! Ich will herausfinden, was dieser Bursche wollte und was hier vorgeht!«

Leonidas betrachtete sie einen Moment lang nachdenklich und ließ seinen Zwicker kreisen. Er hatte nicht nur Maude Haverstraw unterschätzt, gestand er sich ein. Noch viel mehr hatte er Mrs. Mullet unterschätzt.

»Ich will ehrlich zu Ihnen sein«, sagte er schließlich. »Genau das möchte ich ebenfalls. Auch wenn es schier unglaublich ist, was sich das Schicksal alles einfallen läßt, um meine Bemühungen zu vereiteln, versuche ich doch auf meine eigene bescheidene Art, Licht in diese Affäre zu bringen. Deshalb möchte ich, daß Sie ein Taxi nach Hause nehmen und – ähm – die ganze Angelegenheit fürs erste aus Ihren Gedanken verbannen. Und natürlich bekommen Sie die Überstunden bezahlt, anderthalbfacher Lohn, und dazu einen Bonus für – ähm – den heroischen Einsatz weit über Ihre Pflichten hinaus.«

»Sie sind in Schwierigkeiten, stimmt's?« Mrs. Mullet nickte wissend.

Wenn er es abstritt, würde sie nur darauf beharren. Wenn er es zugab, bekäme er sie nicht mehr aus dem Haus!

»Ähm – im Augenblick nicht, Mrs. Mullet. Aber ich werde in Schwierigkeiten kommen, wenn es mir nicht gelingt, bestimmte Dinge zu klären! Wollen Sie denn nicht ein Taxi nehmen und nach Hause fahren?«

»Sie sind in Schwierigkeiten, und da sollte man Sie nicht allein lassen!«

Leonidas seufzte.

»Mrs. Mullet, kommen Sie mit nach oben in mein Arbeitszimmer. Ich zeige Ihnen etwas, und ich glaube, dann werden Sie mich besser verstehen!«

Als Haseltine-Verehrerin würde sie für den Schöpfer von Haseltine vielleicht tun, was sie offensichtlich für ihren Chef nicht zu tun bereit war, dachte Leonidas, als sie die Kellertreppe hinaufstiegen. Er mußte ihr beweisen, daß niemand anderer als er Morgatroyd Jones war.

Einerseits war es ihm gar nicht recht, daß sie es erfuhr; andererseits wußte er, welche Unbeirrbarkeit jemand, der Haseltine in zu hohen Dosen zu sich nahm, entwickeln konnte. Jetzt wo offensichtlich das Feuer der Abenteuerlust in ihr entfacht war, war gar nicht auszudenken, in welch schwindelerregende Höhen Mrs. Mullet sich noch aufschwingen oder es zumindest versuchen würde. Als Leonidas Witherall würde er ein gewisses Maß an Zurückhaltung wahren müssen, und er würde nichts erreichen. Als Morgatroyd Jones hingegen konnte er sie überzeugen, daß es ihre oberste Pflicht war, den Dingen ihren Lauf zu lassen. Morgatroyd, kurz gesagt, konnte sie nicht nur im Taxi nach Hause schicken. Morgatroyd konnte auch dafür sorgen, daß sie den Mund hielt.

Er spürte, wie sie stutzte, als sie die Kühltruhe erblickte, aber er scheuchte sie weiter ins Arbeitszimmer, bevor sie die Chance hatte, etwas dazu zu sagen.

»Oh, sehen Sie sich das doch nur an!« rief sie unglücklich. »Die schöne neue Schreibunterlage. Und auch noch auf den Teppich – und meine Güte, beinahe wäre es auf Ihre Blätter gelaufen!«

Leonidas holte aus der Manuskriptschachtel das Titelblatt zu Haseltine und hielt es ihr hin.

»Würden Sie sich das bitte einmal durchlesen?«

»Mr. Witherall!« Als sie wieder zu ihm aufblickte, war ihr Gesicht ein einziges Lächeln. »Mr. With-erall! Mis-ter *With*-erall!«

»Hmnja. Jetzt wo Sie wissen, daß ich der Verfasser der Haseltine-Romane bin«, sagte Leonidas, »werden Sie mir vielleicht eher glauben, daß ich weiß, was ich sage, wenn ich Ihnen erkläre, daß ich eine reichlich verwickelte Geschichte aufzulösen habe, nicht wahr? Und Sie werden nach Hause fahren, damit ich mich dieser Arbeit widmen kann. Damit Sonja – ähm, Gerty, meine ich – nicht noch einmal den weiten Weg hierher machen muß, aufgelöst vor Sorge um ihre Mutter.«

Er legte soviel Mitgefühl in seine Stimme, daß die kecke Sonja oder Gerty die Züge einer armen kleinen Streichholzverkäuferin annahm, die durch den Schnee stapft, keine Schuhe an den erfrorenen Füßen.

»So, Gerty war hier und hat sich nach mir erkundigt? Tja, ja!« Mrs. Mullet schien geschmeichelt. »Gerty ist ein gutes Mädchen, Mr. Witherall!«

»Ein bezauberndes Mädchen«, bestätigte Leonidas. »Ihre Mutter kann stol ...«

»Mit wem war sie hier, Jimmy oder Ed?«

»Einem kräftigen Burschen namens Chuck. So, Mrs. Mullet, und wenn Sie jetzt ...«

»Ach, dieser Chuck!« rief Mrs. Mullet. »Ist der wieder zu Hause? Donnerwetter, Mr. Witherall, wenn *der* heute nachmittag hiergewesen wäre, dann wäre von dem Kerl nichts mehr übrig außer seinen weißen Wollsocken! Dem hätte es Chuck gegeben, da können Sie sich drauf verlassen!«

»Ohne jeden Zweifel«, stimmte Leonidas zu, »das hätte Chuck. Aber nun können Sie mir wirklich am besten helfen, indem Sie ...«

»Hat Lady Alicia das je getan?«

»Ähm – wie bitte?« fragte Leonidas. »Hat sie jemals *was* getan?«

»Haseltine verlassen.«

»Oft«, erwiderte Leonidas prompt. »Ich weiß das. Sie hat ihn – ähm – auf meiner eigenen Reiseschreibmaschine verlassen.«

»Aber doch nicht, wenn er in Schwierigkeiten war! Nein, Sir! Sie wissen ja nicht, was der Bursche bei Ihnen gesucht hat, Mr. Witherall, und ob er nicht wiederkommt – da kann man Sie doch nicht hier allein lassen! Sie brauchen jemanden wie Lady

Alicia, der Sie warnt, wenn es gefährlich wird, und Ihnen auch hilft, irgendwie. Eine, die sagt, wenn sie verdächtige Geräusche hört oder eine Hand am Fenster sieht und solche Sachen. Nein, Sir, eine Lady Alicia läuft nicht davon, nur weil es vielleicht ein wenig stürmisch werden könnte!«

Leonidas atmete tief durch. Darauf, daß Mrs. Mullet sich mit der bildhübschen Lady Alicia identifizieren würde, wäre er nie gekommen!

»Mrs. Mullet, ist Ihnen vorhin die Tiefkühltruhe in der Küche aufgefallen?«

»Ja, und jetzt hört es sich gerade an, als ob …«

»Mrs. Mullet, in dieser Kühltruhe« – er senkte effektvoll die Stimme – »liegt die Leiche eines Mannes! Jemand hat ihn ermordet und in die Truhe gesteckt! Er …«

Leonidas hielt inne.

Auch er hörte die verdächtigen Geräusche nun.

Er griff sich das Schüreisen vom Kamin, dann stürmte er zur Küche, und Mrs. Mullet folgte ihm mit kleinen aufgeregten Schritten.

Wieder wehten die Vorhänge am Klappfenster über der Spüle.

Wieder stand die Hintertür weit offen.

Und durch die Tür verschwand eben das letzte Ende der Tiefkühltruhe.

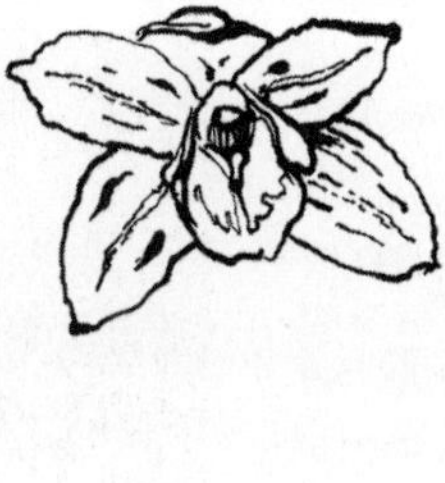

Kapitel 6

In dem Sekundenbruchteil, den Leonidas brauchte, bis er an der Tür war, drehte sich sein Verstand wie ein einziger großer Wirbel.

In diesem einen winzig kleinen Augenblick verwarf er den Gedanken, erst einmal stehenzubleiben, seinen Zwicker aufzusetzen und verblüfft der Kühltruhe nachzusehen, wie sie zur Küchentür hinaus verschwand. Er wußte, daß er sich den Zwikker sparen konnte. Die plötzliche Leere in der Küche bewies ihm, daß die Truhe fort war und daß sie folglich auf dem Weg an einen anderen Ort sein mußte.

Er verwarf auch den Gedanken, laut zu rufen, daß das doch nicht wahr sein könne, daß so etwas doch nicht in seiner eigenen Küche geschehen könne. Er wußte, daß es geschah.

Er verwarf die absurde Idee, sich, wie Haseltine es bisweilen tat, wenn er sich einen Überblick über die möglichen Motive verschaffen wollte, erst einmal hinzusetzen und die Gründe aufzuschreiben, die jemand dafür haben mochte, diese teuflische Tiefkühltruhe just zu diesem Zeitpunkt aus seiner Küche zu entfernen. Gründe? Ein einziger hätte ihm genügt, wenn jemand ihn aus einem Zylinder hätte zaubern können, ohne daß er dabei von Horden von Kaninchen zu Tode getrampelt wurde!

Und schließlich verwarf er die Frage, wer dafür verantwortlich sein konnte. Einerseits hätte er es gern gewußt, andererseits aber wollte er es auch auf keinen Fall wissen. Was sich da an Möglichkeiten auftat, daran wollte er nicht einmal denken.

Als er am Ende des Sekundenbruchteils an der Hintertür angelangt war, schaltete er statt dessen das Außenlicht ein.

Irgendwie hatte er sich ausgemalt, er würde die Truhe in der Ferne entschwinden sehen wie einen Expreßzug im Film, den man nur noch am Ende eines langen Schienenstrangs erkennt.

Statt dessen stand sie dort auf dem Gartenweg auf ihrem Wägelchen, nur ein paar Schritte entfernt.

Matt stand auf der einen Seite.

Shorty auf der anderen.

Beide sahen ihn mit einem irren Grinsen an.

Leonidas lehnte sich an den Türpfosten, und selbst wenn kein Türpfosten dagewesen wäre, hätte er sich lehnen müssen und wäre wohl hilflos zu Boden gegangen. Er hatte jeden Sinn für Gleichgewicht verloren.

»Matt!« sagte er. »Shorty!«

In Gedanken skizzierte er in dem Stilleben, das er vor sich sah, dem irren Grinsen noch die stieren Augen hinzu, als Mrs. Mullet sich neben ihm in die Tür zwängte.

»Ts, ts!« Sie schnalzte mit der Zunge. »Wieder mal die Beine schneller als der Verstand! Was glaubt ihr zwei denn, was ihr da macht?«

»Mensch, Annie!« sagte Shorty. »Mensch, Annie!«

»Matt«, kommandierte Leonidas, »kommen Sie her!«

Mit der Würde eines Admirals bei der Flotteninspektion kam Matt auf ihn zu.

Nach zwei Schritten blieb er unter leisem Schwanken stehen und neigte grazil das Kinn.

»Kumpel«, sagte er mit einer Heftigkeit, als wollte er das Wort in zwei Hälften beißen, »Kumpel, wir hätten das nicht mit Ihnen machen dürfen!«

Mit der gleichen steifbeinigen Würde kam Shorty hinzu.

»Da hat er recht!« sagte er. »Da hat er recht. Wir wollten sie ja schon viel früher wieder abholen, stimmt's, Matt?«

»Ganz genau«, bestätigte Matt. »Aber jetzt holen wir sie, Kumpel. Gleich sind Sie das Ding wieder los.«

Sie wandten sich wieder ihrem Wägelchen zu und schoben die Truhe den Gartenweg hinunter.

Es hätte nicht viel gefehlt, und Leonidas hätte sich ihnen in den Weg geworfen.

»Jungs«, flehte er, »sollen wir uns nicht erst einmal hinsetzen und darüber reden?«

Matt schüttelte den Kopf.

»Kommt nicht in die Tüte«, sagte er. »Wir hätten sie nicht hierlassen dürfen, und das wußten wir auch, Kumpel. Hat uns große Sorgen gemacht. Das war wirklich nicht anständig von uns, daß wir die bei einem netten alten Herrn wie Ihnen gelassen haben, der genauso einen Bart hat wie mein Alter – stimmt's nicht, Annie, daß mein alter Herr genauso einen Bart hatte?«

Mrs. Mullet bestätigte es und stellte sich dabei vor die Truhe.

»Das hatte er, Friede seiner Asche; und jetzt bringst du das Ding wieder zurück in Mr. Witheralls Küche, hörst du?«

»Mein alter Herr« – Matts Stimme wurde lauter –, »war der beste alte Herr, den je ein Mensch gehabt hat, und wenn einer was anderes sagt, kriegt er's mit mir zu tun!«

»Ihr Vater«, versicherte Leonidas ihm, »war ein wundervoller Mann, ein *pracht*voller Mann. Aber jetzt fahren Sie die Tiefkühltruhe …«

»Ha!« rief Matt triumphierend. »Sie geben es zu! Aber hören Sie, Kumpel, Sie haben ihn doch überhaupt nicht gekannt!«

»Dein Vater und Mr. Witherall waren wie zwei Brüder!« versicherte ihm Mrs. Mullet. »Und dein Vater, Matt Shay, hätte gewollt, daß ihr zwei diese Kühltruhe jetzt auf der Stelle wieder zurück in die Küche bringt.«

Matt schüttelte den Kopf. »Mein Alter hätte *nicht* gewollt, daß ich die einfach bei jemandem stehenlasse, der sie überhaupt nicht haben will. Das tun wir ihm nicht an. Komm, Shorty!«

»Vielleicht war sie ja doch für mich bestimmt!« Leonidas nahm einen neuen Anlauf. »Sie haben mir nicht gesagt, wo Sie sie bekommen haben.«

»Wir haben sie von einem Kerl mit einem Kombi, das haben wir Ihnen doch erzählt, Kumpel. Hat uns zehn Dollar dafür gegeben. Hat gesagt, fahrt die von hier zur Nummer vierzig …«

»Von *wo* zur Nummer vierzig?« fiel Leonidas ihm ins Wort.

»An der Ecke Schnellstraße und Linden, da hat er gestanden!«

»Mit anderen Worten«, sagte Leonidas nachdenklich, »direkt vor der Meredith-Akademie? Der Jungenschule?«

»Genau da, Kumpel. Fahrt die zur Vierzig, sagt er, und schreibt es uns auf einen Zettel.«

»Wer war es, Matt?« Leonidas bemühte sich um einen lässigen Ton. »Was war das für ein Bursche?«

Matt zuckte so dramatisch mit den Schultern, daß er beinahe das Gleichgewicht verloren hätte. »Keine Ahnung, Kumpel. Wechselte gerade seinen Reifen. Gesicht schmutzig, Hände schmutzig. Hätte man nichts erkennen können. Fahrt die zur Vierzig, hat er gesagt. Stimmt's, Shorty?«

Plötzlich prusteten beide los.

»Was ist denn da so komisch dran, daß ihr zwei euch überhaupt nicht mehr einkriegen könnt?« fragte Mrs. Mullet.

»Annie, in Wirklichkeit hatte der sich vertan!« erklärte Matt. »Er meinte hundertundvierzig, verstehst du? Und deshalb fahren wir sie jetzt da hin. Zur *Hundert*vierzig.«

»Oh nein!« rief Leonidas. »Alles, bloß nicht dahin!«

»Oh *doch!*« erwiderte Matt. »Das hat uns nämlich den ganzen Abend gequält. Die ganze Zeit haben wir überlegt. Wir bringen sie einem Mann mit einem Bart, wie mein Alter ihn hatte, und das war der beste Alte, den überhaupt jemand ...«

»Das hast du ihm doch schon erzählt«, erinnerte ihn Shorty.

»Habe ich ihm auch erzählt, daß wir geweint haben?«

»Nein. Erzähl's ihm.«

»Das hat uns solche Sorgen gemacht, Kumpel, daß wir geweint haben«, sagte Matt, und die Schlichtheit machte es noch ergreifender. »Weil's nicht anständig von uns war, daß wir sie hiergelassen haben. Sie wollten sie nicht. Falsche Adresse. Und wir haben sie trotzdem hiergelassen. Und jetzt fahren wir sie nach *ne*-benan, nach *ne*-benan, nach *ne*-benan ...«

»Aber die wollen sie nebenan nicht!« Leonidas mußte brüllen, damit er den Gesang, den Matt angestimmt hatte, übertönte. »Bringen Sie sie zurück in meine Küche! *Ich* will sie haben! Bringen Sie sie zurück!«

»Jetzt mach schon, Matt Shay!« stimmte Mrs. Mullet ein. »Sei ein braver Junge, bring sie uns zurück!«

Matt versetzte ihr einen übermütigen Schubs, der sie fast umgeworfen hätte.

»Unsinn, Annie Mullet!« rief er. »Unsinn! Kann sein, daß sie sie nebenan nicht wollen, aber sie *kriegen* sie, sie *kriegen* sie, sie *kriegen* sie, und dann müssen *Sie*, wo Sie doch so ein lieber alter Mann mit einem Bart sind, sie nicht mehr länger behalten!«

»Matt!« rief Leonidas in seiner Verzweiflung. »Fünfzig Dollar, wenn Sie sie wieder in meine Küche bringen! Fünfzig pro Nase!«

»Wer ein Freund von meinem Alten war, der ist auch ein Freund von mir, Kumpel, und von dem nehme ich keinen Pinny! Das kost' Sie keinen Pinny, Kumpel! Keinen einzigen!«

»Penny«, korrigierte Shorty. »Penny. Nicht Pinny.«

»Keinen Pinny-Penny. Das geht auf uns!« Matt klopfte Leonidas gutmütig auf die Schulter und half ihm dann galant vom Rasen auf, wischte ihm ein paar Grashalme vom Anzug und zog ihm die Schleife zurecht. »Wissen Sie was, Kumpel?« erklärte er ihm brüderlich. »Sie haben ein Gläschen zuviel getrunken, das ist alles! Legen Sie sich einfach ins Bett, dann merkt keiner was. So, Shorty, jetzt müssen wir aber weiter. Machen Sie Platz, Kumpel! Platz da, Annie! Wollen ja nicht, daß einer unter die Räder kommt. Wir fahren Ihnen über die Füße, wenn Sie da stehenbleiben. Nach *ne*-benan, nach *ne*-benan, nach *ne*-benan …«

»Haben *Sie* eine Idee?« wandte Leonidas sich mit resignierter Stimme an Mrs. Mullet, als Matt und Shorty beiderseits des Wägelchens mit der Tiefkühltruhe Aufstellung nahmen. »Ähm –

was meinen Sie, außer einem Blitz aus heiterem Himmel, gäbe es sonst noch etwas, was die beiden aufhalten könnte?«

Sie schüttelte den Kopf. »Ich kenne die zwei, Mr. Witherall. Wenn die sich etwas vorgenommen haben, da bringt sie keiner mehr von ab. Nicht mal Chuck könnte die beiden noch aufhalten. Nicht mal *zwei* Chucks …«

»Und jetzt mit *Schwung!*« rief Matt.

Unisono stießen die beiden einen Juchzer aus und nahmen Anlauf.

Mit der gleichen beherzten Tüchtigkeit, die Leonidas am Nachmittag, als er die beiden zum erstenmal gesehen hatte, so beeindruckt hatte, rollten sie nun die Kühltruhe die Auffahrt hinunter davon.

So unglaublich präzise, wie sie zuvor seine eigene Hintertür angesteuert hatten, nahmen sie nun Kurs auf die Hintertür von Nummer hundertvierzig. Leonidas konnte sich nicht erklären, was die beiden antrieb. Ohne jeden Zweifel besaßen sie die Gabe des zweiten Gesichts.

Bekümmert sah er Matt und Shorty nach, wie sie mit der Kühltruhe den Pfad hinunter verschwanden. Er fühlte sich hilfloser als je zuvor in seinem Leben; noch nie war ihm so sehr jeder Weg, jede Möglichkeit verbaut gewesen, war jeder Versuch, Boden unter die Füße zu bekommen, ihm so vereitelt worden.

Hätte er unbegrenzt Zeit und eine Schreibmaschine vor sich gehabt, sagte Leonidas sich bitter, dann hätte er die Sache bewältigt. Wäre Haseltine je in einer so unglaublichen Sackgasse gelandet, hätte der wackere Lieutenant sich schon zu helfen gewußt!

Aber der wackere Lieutenant hatte es noch nie mit zwei freundlich betrunkenen Starrköpfen zu tun gehabt, die es zusammen auf die Stärke von zehn Männern brachten. Das waren keine Schurken, die man mit ein paar Salven aus der Maschinenpistole liquidierte. Außerdem agierte Haseltine stets in weiten, offenen Landschaften, in der endlosen Prärie, dem gespenstischen Moor, dem goldsandigen Strand. Haseltine konnte sich bewegen. Er war nicht eingezwängt in die biedere Vorstadt Oak Hill, wo jeder Versuch, Matt und Shorty doch noch zu überrumpeln, jeden biederen vorstädtischen Hausbesitzer in Hörweite auf den Plan gerufen hätte und die Telefonleitung vor Anrufen bei der Polizei heißgelaufen wäre.

Mrs. Mullet hatte recht. Keine zwei Chucks hätten die beiden aufhalten können, nicht einmal ein Dutzend Chucks. Und selbst wenn sie es konnten, würde die Prügelei nur noch früher den schrecklichen Augenblick kommen lassen, in dem die Daltoner Polizei den schweren Deckel der Kühltruhe hob und Schellfischfilets, Lammkeule und Ernest Finger fand.

Leonidas wand sich vor Qualen, als Matt und Shorty die Truhe durch sein Gartentor hinausrollten und damit den mondbeschienenen Weg zum Nachbarhaus nahmen.

»›Der Finger fährt fort, indem er schreibt‹«, sagte er. »Hmnja. ›Und kein Gebet, kein Geistesblitz und keine Träne, die du weinst, löscht auch nur eine Zeile aus.‹ Hmnja. Hmnja, wie wahr!«

»Das klang aber schön!« fand Mrs. Mullet. »Das kommt bestimmt aus einem Gedicht. Haben *Sie* das geschrieben, Mr. Witherall?«

»Ähm – nein. Es stammt von einem gewissen Omar Khayyam«, erklärte Leonidas. »Zwar dachte er dabei nicht an diesen speziellen Finger, aber es paßt doch wunderbar.«

»Wer ist es?« fragte Mrs. Mullet.

»Ähm – wer ist wer?«

»Vorhin im Arbeitszimmer haben Sie gesagt, es wäre eine Leiche drin. Wer ist es? Jemand«, fügte sie noch als Nachgedanken hinzu, »jemand, den ich kenne?«

»Ein Mann namens Ernest Bostwick Finger.« Leonidas war zu bedrückt von diesem schicksalhaften Abgang der Tiefkühltruhe, als daß er sich noch groß gewundert hätte, wie lässig sie die Nachricht über deren Inhalt aufnahm. »Das Schicksal ist grausam, Mrs. Mullet. Wenn ich mir vorstelle, daß ich jetzt, sozusagen fünf Minuten nach zwölf, wo jeden Moment – ähm – die Bombe platzen wird, erfahre, daß Matt und Shorty die Truhe praktisch vor der Tür der Meredith-Akademie übernommen haben, und daß derjenige, der sie ihnen angedreht hat, mit Schmutz und Wagenschmiere getarnt war – weh, wenn Sie mir die Wendung erlauben, weh mir!«

»Wo gehen Sie hin?« fragte Mrs. Mullet, als Leonidas, nachdem er noch einmal geseufzt hatte, auf dem Absatz kehrtmachte und zur Küche zurückschlurfte.

»Wohin? Wie leer«, meinte er gedankenverloren, »wie seltsam leer dieser Raum nun ohne die Kühltruhe wirkt! Hmnja, ich hatte mich schon fast an sie gewöhnt, ich betrachtete sie schon beinahe als meine eigene. Wohin ich gehe?« Nachdenklich ließ er seinen Zwicker am Bande baumeln. »Ich weiß es nicht, Mrs. Mullet, ich weiß es wirklich nicht. Ich glaube, ich werde sehr plötzlich auf eine lange, lange Reise gehen.«

»Sie wollen *jetzt* verreisen?«

»Ist Ihnen klar« – Leonidas sprach mit der Ruhe der absoluten Verzweiflung –, »was binnen der nächsten vier oder fünf Minuten geschehen wird? Matt und Shorty werden sich mit ihrer Kühltruhe Zugang zur Nummer hundertvierzig verschaffen. Mrs. Finger, die mir mit eigenen Worten gesagt hat, daß sie sich nichts sehnlicher wünscht als eine solche Truhe, wird sie nehmen. Mit Gusto. Da sie, selbst als die Truhe noch hier stand, am liebsten hineingekrochen wäre, dürfen wir davon ausgehen, daß sie den Deckel aufklappen wird, noch bevor die beiden zur Tür hinaus sind. Und dann wird sie – ähm – den anderen Finger finden.«

»Einer von ihnen?« fragte Mrs. Mullet interessiert.

Leonidas zuckte mit den Schultern. »Ich hoffe immer noch, daß er es nicht ist, aber es könnte gut ihr zweiter Sohn sein, von dem die Haverstraws vorhin sprachen. Mrs. Finger weiß, daß die Truhe von hier kommt. Sie weiß – Mrs. Mullet, wo kommt das Schild her?«

Er wies auf ein längliches Schildchen aus blaßblauer Pappe, das auf dem Fensterbrett über der Spüle lag.

»Ach, das? Das habe ich eben aufgehoben, bevor ich zu Ihnen an die Tür kam«, sagte sie. »Es lag hier mitten auf dem Fußboden.«

Leonidas inspizierte das Schild genau, obwohl er auf Anhieb gesehen hatte, daß es einer der offiziellen Anhänger war, mit denen das Inventar von Meredith gekennzeichnet war.

»Könnte mir vorstellen, daß es unter der Kühltruhe war.« Mrs. Mullets Worte waren ein Echo seiner Gedanken. »Vielleicht war es irgendwo angebunden und ist abgefallen, als Matt und Shorty die Truhe nach draußen brachten. Oder steckte irgendwo drin oder so was.«

»Wenn diese Kühltruhe von Meredith kommt«, sagte Leonidas nachdenklich, »wenn das eine von unseren eigenen Tiefkühltruhen aus der Schulküche ist, wenn …«

Einen Moment lang stand er noch da und starrte das Schildchen in seiner Hand an.

»Warum nicht?« murmelte er schließlich. »Hmnja, warum sollte es nicht so sein? Mrs. Mullet!« Er sah sie an und sagte es schnell und entschieden. »Holen Sie Ihren Hut und Ihren Mantel, und dann fort mit Ihnen! Laufen Sie, bis Sie zu Hause sind. Laufen Sie, um Haseltine zu zitieren, um Ihr Leben!«

»Wieso?«

»Wieso? Ich habe Ihnen«, sagte Leonidas mit mehr als nur einer Spur Ungeduld, »doch beschrieben, was geschehen wird! Mrs. Finger findet die Leiche, ruft die Polizei – und peng! Sie gehen jetzt nach Hause, bevor unsere Freunde und Helfer das Haus umstellen!«

»Und was machen *Sie?*«

»Ich«, antwortete Leonidas flott, »werde ein Gesetzloser, ein Geächteter. In Jahren werden Sie gewiß von mir erzählen hören, dem abgerissenen Mann, der auf einer Pazifikinsel das Strandgut sammelt, dem bärtigen Landstreicher, der vor einer

Lehmhütte irgendwo in den entfernteren Gegenden der Karibik sitzt – beeilen Sie sich, Mrs. Mullet! Verschwinden Sie von hier, solange es noch geht!«

Sie folgte ihm auf den Flur und sah ihm zu, wie er aus dem Schrank seinen leichten Mantel und den besten schwarzen Homburg holte.

»Nehmen Sie nicht den Wagen?« fragte sie, als er aus dem Ständer einen Malakkastock mit silbernem Knauf nahm.

»Nein. Ich habe weder das Benzin für eine weite noch die Reifen für eine schnelle Fahrt«, antwortete Leonidas. »Und ich fürchte auch, daß ein Wagen für die Art von Unternehmung, die mir vermutlich bevorsteht, eher hinderlich wäre. Ein Mann allein kann sich leicht hinter einem Baum verstecken oder über einen Zaun klettern, aber ein Mann im Automobil hat keine so einfachen …« Er verstummte. »Meine liebe Mrs. Mullet, würden Sie jetzt *bitte* …«

»Sie wollen also zu Fuß gehen?« unterbrach sie ihn.

»Ja. Und wenn Sie so freundlich …«

»Aber mit Vergnügen«, sagte Mrs. Mullet. »Ein schöner Spaziergang wird mir guttun, wo ich die ganze Zeit gesessen habe. Genau das Richtige.«

Leonidas wußte, daß sie mit Absicht mißdeutet hatte, was er sagen wollte, und sich ganz darauf verlassen hatte, daß er keine Zeit für Einwände hatte. Was ja auch die Wahrheit war.

»Schnell!« sagte er nur.

Schließlich würde doch jemand, der fest entschlossen war, sich den Fängen der Daltoner Polizei zu entziehen, bis er Fingers Mörder gefunden hatte, auch in der Lage sein, Mrs. Mullet abzuschütteln, wenn sie erst einmal ein Stück vom Haus fort waren!

Zwei Minuten später war er eiligen Schrittes unterwegs, den Oak Hill hinab, und sie spazierte neben ihm her. Ihr stets wirres Haar war unter einem Filzhut verschwunden, die Feder wippte munter bei jedem Schritt, und in ihrer hübschen blauen Jacke statt der gewohnten Schürze war aus Mrs. Mullet eine ganz andere Frau geworden als die immer ein wenig unordentliche Gestalt, die Leonidas tagaus, tagein in seiner Wohnung sah. Beinahe übermütig schwang sie das Netz, in dem sie ihre Handtasche, ihre Gummischuhe und die letzte Melone aus seinem Garten hatte.

Gemeinsam traten sie unwillkürlich in den Schatten am Rande des Bürgersteigs, als das Heulen einer Polizeisirene durch die klare Herbstluft drang.

»Na, die hat aber keine Zeit verloren, was?« meinte Mrs. Mullet.

»Nein. Nach meiner kurzen Begegnung mit Mrs. Finger würde ich sie als Frau einschätzen, die nicht lange zögert. Mrs. Mullet, ich habe mein Bestes getan, Ihnen klarzumachen, daß dies kein harmloser Spaziergang ist. Es ist nicht das erstemal, daß ich in eine brenzlige Lage gerate, aber das hier, das ist – ähm – das ist …«

»Der wahre Jakob?« schlug sie vor.

»Sie sagen es. Ich bin, wie Haseltine in solchen Fällen sagt, ein Gejagter, nach dem sich …«

»Rundum im Dunkel der Arm des Gesetzes reckt. Ich weiß. Aber solange Lady Alicia Haseltine zur Seite steht, geschieht ihm nie etwas wirklich Schlimmes«, tröstete Mrs. Mullet ihn. »Mr. Witherall, wo hat der Kerl, der mich gefesselt hat, der in den weißen Socken, wo hat der diesen Finger umgebracht? Bei Ihnen im Haus oder anderswo?«

»Ob er Fingers Mörder ist«, antwortete Leonidas, »darüber ließe sich diskutieren. Wenn die Kühltruhe von Meredith stammte, worauf das Schild ja zu deuten schien, dann würde ich vermuten, daß der Mord auch in der Schule verübt wurde. Man würde doch zum Beispiel kaum einen Mord in Pomfret begehen und dann unter Mühen das leblose Opfer all den Weg nach Dalton in die Meredith-Akademie schaffen – schließlich ist der Transport von Leichen ja keine angenehme Aufgabe«, fügte er als Randbemerkung hinzu, »eine, die Haseltine und mir schon manchen Kummer bereitet hat. Manchmal rollen wir die Leiche in einen Teppich, der dann irgendwo angeliefert wird, was dem Empfänger stets einen ordentlichen Schrecken einjagt, und manchmal nehmen zwei Männer den Toten zwischen sich und tun so, als sei er betrunken – was *mir* einen Schrecken einjagt. Und selbst wenn wir einmal die praktischen Schwierigkeiten des Leichentransports außer acht lassen, warum sollte jemand einen Toten von anderswo nach Meredith bringen und ihn dort in eine Tiefkühltruhe der Schule stecken?«

»Man wundert sich immer, was Leute alles tun«, meinte Mrs. Mullet, »aber *ich* würde mir so eine Mühe nicht machen!«

»Ich auch nicht. Soviel«, sagte Leonidas, »zu dem, was wir die Leiche-in-Bewegung-Theorie nennen könnten. Die andere Möglichkeit wäre natürlich die Kühltruhe-in-Bewegung-Theorie.«

»Wie sähe die aus?«

»Nun – ähm –, wir könnten uns vorstellen, daß die Kühltruhe aus der Schule fortgeschafft wurde und irgendwann jemand die Leiche hineinsteckte. Aber ich wüßte keinen Grund, warum jemand mit einer schuleigenen Kühltruhe unterwegs gewesen sein sollte«, sagte Leonidas. »Und wenn doch, wäre es doch seltsam, daß er dabei anhielt, jemanden umbrachte, ihn in die Truhe warf und dann dafür sorgte, daß beides zusammen zu mir geliefert wurde. Beide Theorien ergeben Verwicklungen ohne Ende. Ich denke mir, sofern die Tiefkühltruhe tatsächlich der Schule gehört, können wir davon ausgehen, daß auch der Mord in der Schule geschah, und erst danach wurde die Truhe von dort fortgeschafft.«

»Und selbst das«, meinte Mrs. Mullet, »ist ja nicht gerade das, was man *einfach* nennen würde.«

Leonidas gab es gern zu.

»Nichts an dieser Geschichte«, sagte er, »ist bisher einfach gewesen. Und wenn etwas auch nur zwei Sekunden lang aussah, als könne es einfach sein, hatte das Schicksal nichts Eiligeres zu tun als mich davon abzuhalten, daß ich es weiterverfolgte, und schubste mich Hals über Kopf in gleich zwei andere Richtungen. Ich muß ehrlich sagen, allmählich fühle ich mich sehr zermürbt.«

»Würde es helfen, wenn Sie mir davon erzählen?« fragte Mrs. Mullet. »Bei Haseltine ist die Lage jedesmal kristallklar, wenn er sie für Lady Alicia ...«

Beide blieben einen Moment lang stehen, als sie die Polizeisirene eine Straße weiter hörten.

»Keine Gefahr.« Mrs. Mullet ging weiter. »Sie sind zur Schnellstraße gefahren. Aber vielleicht sollte ich lieber außen gehen, Mr. Witherall, und Sie sollten den Mantelkragen hochschlagen, damit man Ihren Bart nicht sieht. So ist es besser. Und jetzt fassen Sie mir alles zusammen!«

Leonidas lächelte. »Auf der Polizeifeier, auf der ich am Abend für eine kleine Weile war, fragte mich Sergeant MacCobble, ob ich die Probleme der Nachkriegszeit in ein paar Worten zusammenfassen könne. Ich mußte feststellen, daß ich dazu nicht in der Lage war, und beinahe genauso außerstande fühle ich mich, Ihnen die Ereignisse des Abends zusammenzufassen.«

»Aber natürlich können Sie das, Mr. Witherall! Die Probleme der Nachkriegszeit kann man doch in einem einzigen Wort zusammenfassen! Das könnte *ich* ja sogar!«

»Ähm – tatsächlich?«

»Sicher. Ich sage nur Soja.«

»Ähm – *Soja?*«

»Sojabohnen. Wir müssen nur Henry Ford seine Sojabohnen zurückgeben«, sagte Mrs. Mullet mit vollem Ernst, »und *alles* ist wieder in Ordnung. Soll er seine Autos draus bauen, wenn er will. Er kann alles damit machen, was er will. Hauptsache *wir* sind sie los und ich muß keine Süßigkeiten aus Sojabohnen mehr essen und keine Würstchen aus Sojabohnen und keine

Strümpfe aus Sojabohnen mehr tragen und muß nicht mehr auf alten Stühlen aus Sojabohnen sitzen! Nein, Mr. Witherall, ich habe mir das lange durch den Kopf gehen lassen, und wenn Sie mich fragen, im selben Augenblick, in dem dieser Unsinn mit den Sojabohnen aufhört, ist das ganze Land über den Berg. So, und jetzt sind Sie dran!«

Leonidas fand, daß er es zumindest versuchen konnte. Es war schließlich noch eine gute Meile bis zur Schule, und wenn der Streifenwagen ihn aufgriff, bevor er dort ankam, war es nur gut, wenn er schon einmal geübt hatte, die Geschichte seiner Irrfahrten zu erzählen.

Er begann mit Matt und Shorty, die trotz seiner Proteste die Kühltruhe bei ihm in der Küche zurückgelassen hatten.

»Also wenn die beiden Ihnen zweimal von dem Mann mit dem Kombiwagen erzählt haben, der ihnen die Truhe gegeben hat, damit sie sie zu Ihnen bringen«, sagte Mrs. Mullet, »dann stimmt das auch. Ob nüchtern oder betrunken, die beiden sind ehrlich. Das weiß ich.«

»Woher kennen Sie sie eigentlich?« fragte Leonidas.

»Sie wohnen bei meiner Schwester nebenan am Murphy Vista. Aber jetzt weiter.«

Er erzählte ihr alles über Terry, Terrys Briefe an Finger und darüber, wie er erfahren hatte, daß Ernest Finger Carlos Santos war.

»Ist denn das die Möglichkeit!« rief Mrs. Mullet. »Da habe ich gedacht, ich hätte den Namen Finger bis zum heutigen Tag noch nie gehört, und jetzt scheint es, daß jeder, der einem begegnet, Finger heißt! So, so, das ist also das Geheimnis von diesem Sänger Santos, und die Blondine ist eine Tatverdächtige. Ich *liebe* es, wenn die Verdächtigen blond sind!«

»Sie könnte verdächtig sein, würde ich sie gerade in einen Haseltine-Roman hineinschreiben«, sagte Leonidas, »aber ich persönlich käme nicht auf die Idee, sie zu verdächtigen.«

»Sie hat doch ein Motiv für den Mord!«

Leonidas konnte es nicht bestreiten.

Er erzählte ihr von dem Polizeiball und davon, wie er von Anderson erfahren hatte, daß es Matt und Shorty wirklich gab, und von dem Dinner der Bankdirektoren, auf dem er Sonja kennengelernt hatte.

»Von wegen Sonja! Gerty heißt sie, und wenn sie sich diese Sonja-Flausen nicht bald aus dem Kopf schlägt, bekommt sie was zu hören!«

»Während – ähm – Gerty mich im Minturn-Club mit gefüllten Riesenoliven verwöhnte«, sagte Leonidas, »erfuhr ich, daß Bedford Scrim für den feinen John Scudder ...«

»Und *habe* ich nicht versucht, Ihnen das zu sagen?« unterbrach sie ihn. »Ich habe doch *gesagt*, Sie kennen seinen Onkel – und Sie wollten, daß er hängen soll und dieser ganze Unsinn. Dabei ist er so ein netter junger Mann, Mr. Witherall!« versicherte sie ihm. »Jeder in Dalton weiß, daß der feine John ihn aufs Kreuz gelegt hat, daß er ihn hinters Licht geführt und ihm was angehängt hat!«

»Das mag sein, aber die Tatsache, daß er Johns Neffe ist, gibt ihm doch ein Motiv«, sagte Leonidas. »Entweder er will sich im eigenen Interesse rächen, oder er tut es für seinen Onkel. Wenn sein Onkel den jungen Scrim zu seiner Arbeit als Sekretär zwingen konnte, hat er vielleicht auch jetzt noch Einfluß auf ihn. Jedenfalls hat er Terry und mich verfolgt. Uns nachgestellt!«

Er erzählte ihr von der Flucht zum Buchladen und davon, wie sie sich zwischen den Biographien versteckt hatten.

»Hmnja, Mrs. Mullet, so ist es. Meine Gedanken kehren immer wieder zu Scrim zurück. Überlegen Sie doch nur, wie oft er heute am Hause war!«

Das konnte Mrs. Mullet nicht leugnen. »Und so ein Jammer!« sagte sie. »Ich habe nicht auf seine Socken geachtet!«

»Immerhin habe ich seine Schuhe gesehen«, sagte Leonidas. »Er trug zwei davon, und sie waren beide schwarz – und Terry sagt, der Schuh, den sie gefunden hat, sei braun gewesen.

Ähm – oh je, diese Episode habe ich Ihnen noch gar nicht erzählt, nicht wahr? Das war zwischen der ersten Haverstraw-Invasion und dem Polizeiball. Terry und ich suchten gerade nach dem braunen Schuh ...«

»Was denn für ein Schuh?«

Leonidas schüttelte den Kopf. »Ich hatte Sie gewarnt«, sagte er, »daß diese Zusammenfassung keine einfache Sache wird. Ich gehe noch einmal zurück an den Punkt, an dem jemand, der vielleicht zuvor Sie gefesselt hatte, meinen Schreibtisch durchwühlte und, wenn wir Terry glauben wollen, einen braunen Schuh zurückließ.«

Er erzählte ihr von der nutzlosen Verfolgungsjagd und dem Zwischenspiel mit Winston Abercrombie.

»Dann kam die erste Haverstraw-Invasion, und danach suchten Terry und ich nach dem Schuh, den sie fallen gelassen hatte, als sie die Verfolgung aufnahm. Wir wühlten noch danach, als Scrim kam. Er trug zwei Schuhe. Schwarz. Ich ...«

»Vielleicht hatte er noch ein zweites Paar im Wagen!« rief Mrs. Mullet aufgeregt. »Womöglich war *er* das, der den braunen verloren hat, und dann kam er zurück und holte ihn, als Sie und Terry noch im Garten darauf warteten, daß die Haverstraws abzogen! Und dann hat er die schwarzen angezogen, um Sie zu verwirren!«

»Seien Sie ehrlich«, erwiderte Leonidas. »Ist Ihnen jemals ein Mensch begegnet, der ein Paar Ersatzschuhe dabeihatte, für – ähm –, für den Fall, daß er einen der anderen verliert?«

»Also wenn Sie *mich* fragen, man kann *nie* sagen, was Leute alles tun!« Mrs. Mullet sagte es mit Nachdruck. »Gut möglich, daß er den braunen Schuh geholt hat, nachdem die Haverstraws abgefahren waren und bevor Sie und Terry aus Ihrem Versteck im Garten zurückkamen. Dann warf er beide weg, weil er ja wußte, daß jemand ihn daran erkennen könnte, und zog seine schwarzen an! Etwas ganz Ähnliches hat Graf Casimir mal in einem Haseltine mit Halstüchern gemacht!«

»Ich fürchte, Mrs. Mullet«, sagte Leonidas, »Sie nehmen die Haseltine-Geschichten zu ernst. Aber jetzt weiter. Als ich vom Minturn-Club zurückkehrte, kam die zweite Invasion der Haverstraws. Sie tauchten auch beim Bankett der Polizeiwaisen auf, unmittelbar bevor wir es verließen – Sie wußten womöglich, daß Maude Haverstraw eine Verehrerin von Carlos Santos war?«

»Ob ich das wußte! Ach, Mr. Witherall, Sie haben dieser Tage so viel um die Ohren, da merken Sie gar nicht mehr, was vor Ihrer eigenen Nase vorgeht! Und damit hätten Sie ja nun noch zwei Verdächtige mehr!«

Leonidas blieb stehen.

»Hören Sie, Mrs. Mullet!« sagte er. »Sie können doch nicht die Haverstraws verdächtigen!«

»Also wenn Sie mich fragen, die haben Sie genauso verfolgt wie Bedford Scrim, Mr. Witherall. War es denn nicht Mrs. Haverstraws eigener Bruder – der mit dem fliehenden Kinn, der immer irgendwelche windigen Sachen gemacht hat –, der seinen faulen Posten räumen mußte, als Sie und Ihr Komitee bei den Wasserwerken aufgeräumt haben?«

»Was?«

Leonidas hatte plötzlich wieder Maude vor Augen, wie sie seine Haustür aufschloß und dabei dem Knauf genau den kleinen Ruck gab, den er brauchte.

»Sie haben das nie erfahren, aber Mrs. Haverstraw mußte ihm Geld geben, damit er sich an der Westküste eine neue Stellung suchen konnte, und sie hat gekocht vor Wut! Ist das etwa kein Motiv – daß sie es Ihnen dafür heimzahlen wollte?«

»Aber …«

»Hat Mrs. Haverstraw mir nicht erzählt, daß ihr *nichts* auf der Welt so viel bedeutet wie Carlos Santos?« hieb Mrs. Mullet weiter in die Kerbe. »Hat Mr. Haverstraw sich nicht beinahe an meiner Schulter ausgeweint, als ich neulich die Bettwäsche draußen aufgehängt habe und er mich fragte, was ich tun würde, wenn meine Tochter einem Schnulzensänger nachliefe und kreischen würde wie ein Banshee, jedesmal wenn er den Mund aufmacht – wenn Santos den Mund aufmacht, meine ich, nicht Mr. Haverstraw.«

»Möglich, aber …«

»Hat Mr. Haverstraw mir nicht gesagt, die ganze Sache treibt ihn zur Verzweiflung? Und«, schloß sie triumphierend, »war *ich* es nicht, die Mrs. Haverstraw das Zopfmuster beigebracht hat, wie bei den weißen Socken, und dann ist sie hingegangen und hat Mr. Haverstraw welche gestrickt, weil er doch so gerne Stricksocken hat, und sie wußte, daß er sich freuen würde und daß sie ihm dann das Auto abluchsen und damit zu den Auftritten von Santos fahren konnte?«

»Da haben Sie zweifellos recht«, sagte Leonidas, als sie zum Atemholen innehielt, »aber …«

»Sie könnte ihn aus Eifersucht umgebracht haben, weil er sich überhaupt nicht um eine alte Schach … na, um eine Frau wie sie gekümmert hat. Und Mr. Haverstraw könnte ihn aus Verzweiflung umgebracht haben, weil er nicht mehr wußte, was er sonst tun sollte. Da hätten Sie Ihre Motive. Und nicht zu vergessen – der Kombiwagen!«

»Welcher Kombiwagen?«

»Haben die Haverstraws denn nicht einen alten Kombiwagen? Und haben Matt und Shorty nicht gesagt, der Mann, der ihnen die Kühltruhe angedreht hat, hätte sie in einem Kombiwagen gehabt? Wirklich, Mr. Witherall, für jemanden, der Haseltine-Romane schreibt, sind Sie manchmal wirklich schwer von Begriff!«

»Hmnja«, gab Leonidas zu, als sie sich der Schnellstraße näherten, »im Vergleich zu Haseltines Geistesblitzen müssen meine Gedanken Ihnen träge vorkommen. Aber Sie hätten ja noch weitere Möglichkeiten. Da wäre der junge Finger mit nur einem Schuh. Und wir wissen nicht, welche Beziehung womöglich zwischen Ernest Finger und den anderen Fingers besteht!«

»Terry und die Haverstraws«, sagte Mrs. Mullet, »Scrim und die Fingers. Da kommen allerhand Verdächtige zusammen; aber wenn man es mal wirklich überlegt, dann kommt nur einer als Täter in Frage, und das ist der, der mich überfallen und gefesselt hat!«

»Wenn das zugleich derjenige war, der meinen Schreibtisch durchwühlte«, gab Leonidas zu bedenken, »käme Terry als Täterin nicht mehr in Betracht.«

»Blondinen bleiben immer verdächtig«, entgegnete Mrs. Mullet. »Bei denen weiß man nie. Wenn Sie mich fragen, der, der mich gefesselt hat, das ist auch der Mörder!«

Leonidas versuchte gar nicht erst, ihr das Prinzip des post hoc, ergo propter hoc zu erläutern. Schließlich war er auch bei Terry nicht weit damit gekommen. Er setzte noch einmal neu an.

»Ähm – Sie haben gesagt, Sie würden den Mann wiedererkennen, Mrs. Mullet. Aber den jungen Finger haben Sie gesehen und Bedford Scrim und Foster Haverstraw, und Sie haben keinen davon …«

»Aber das war, *bevor* er mich gefesselt hat!« rief sie. »Nicht hinterher. Wenn ich den wiedersehe, erkenne ich ihn schon, keine Sorge, Mr. Witherall! Das spüre ich in den Knochen! Nein, Sir, Sie werden mich nicht los, denn ich bin die einzige, die den Burschen wirklich *gesehen* hat. Aber ist das nicht die Schule, da an der Ecke? Ist das nicht die Meredith-Ak …«

Diesmal war es ein ganzer Schwarm Sirenen, und der Lärm war ohrenbetäubend.

Vorsichtshalber zog Leonidas Mrs. Mullet hinter eine Eiche, als drei Polizeiwagen die Schnellstraße entlanggerast kamen.

»Fleißig wie die Bienen, stimmt's?« war ihr Kommentar, als sie wieder auf den Bürgersteig traten. »Immerhin sind wir bis hier gekommen, ohne daß sie uns entdeckt haben, dabei waren wir die ganze Zeit auf der Straße. Wie kommen wir denn jetzt da hinein, Mr. Witherall?«

»Professor Skellings«, antwortete Leonidas, »hat eine Wohnung im Hauptgebäude. Wir klingeln einfach bei ihm. Hier, diesen Pfad hinauf.«

In Skellings' Arbeitszimmer brannte Licht, aber es antwortete niemand, sooft er den altmodischen Glockenstrang auch zog.

»Oho!« sagte Mrs. Mullet düster. »Da stimmt etwas nicht.«

»Ähm – mich dünkt, liebreizende Lady Alicia«, entgegnete Leonidas, »daß Ihr im Irrtum seid. Unser Freund Skellings sitzt einfach in der Badewanne, hört Radio und löst ein Kreuzworträtsel, und zwar alles gleichzeitig. Auf diese Weise ist er uns schon für ganze Stunden verlorengegangen.«

»Was machen Sie jetzt? Wie geht es weiter?«

Leonidas holte seine Uhr aus der Westentasche.

»Sehen Sie den goldenen Schlüssel an der Kette?« fragte er. »Er ist mir einmal in einer Zeremonie verliehen worden, die so symbolisch war, daß ich nie verstanden habe, was man mir damit sagen wollte. Es steht eine Reihe hehrer Sinnsprüche auf Griechisch darauf, und angeblich öffnet er auch das Hauptportal.«

Ein wenig zu seiner eigenen Überraschung tat er es tatsächlich.

Mrs. Mullet überlief ein Schaudern, als sie auf den großen Korridor trat.

»Das ist ja gespenstisch hier, diese finstere Halle. Können Sie nicht die Lampen einschalten?«

Leonidas fand den Schalter, und die Korridorlampen flammten auf.

»Ich denke«, sagte er, »wir lassen Skellings einfach, wo er ist. Wir gehen gleich zur Küche und sehen nach, ob eine Kühltruhe fehlt – hmm. Andererseits wird er, wenn er aus der Wanne kommt und sieht, daß die Lampen brennen, wahrscheinlich Alarm schlagen, und dann haben wir die Polizei früher als nötig auf dem Hals. Hmnja, wir sagen ihm wohl doch besser Bescheid, daß wir hier sind!«

Aber in Skellings' kleiner Wohnung war niemand.

»Ich sage Ihnen« – Mrs. Mullets Stimme triefte nur so von dem, was bei Haseltine stets düstere Vorahnung hieß –, »da *stimmt* etwas nicht. Da können Sie sagen, was Sie wollen, Mr. Witherall, aber wenn Sie mich fragen, da stimmt etwas nicht!«

»Bei einem so zerstreuten Mann wie Skellings gibt es dafür tausend Erklärungen.«

Leonidas sagte es mit einer Nonchalance, die er in Wirklichkeit nicht empfand. Am Vorabend der Schuleröffnung hätte Skellings doch hier sein sollen! Der Mann hatte weiß Gott genug zu tun – und selbst wenn er es tatsächlich schon alles getan hatte, wenn jede einzelne Kleinigkeit bereits geregelt war, dann hätten sie ihn todmüde in seiner Wohnung finden sollen, auf dem Weg, sich zum Schlaf der Gerechten niederzulegen!

»Und was zum Beispiel?« fragte Mrs. Mullet. »Was könnte das für eine Erklärung sein?«

»Oh« – Leonidas machte eine wegwerfende Handbewegung –, »er hat den letzten Bus verpaßt oder den letzten Zug aus der Stadt oder ist in die falsche Straßenbahn eingestiegen. Ähm – ich glaube, dann gehen wir jetzt doch gleich zur Küche und machen uns weiter keine Gedanken um ihn.«

Ihre Schritte hallten drohend durch die langen Gänge, und Mrs. Mullets Absätze klackten auf dem Marmorboden so laut, daß es Leonidas vorkam, als marschierte eine kleine Armee über den Korridor und nicht nur sie zwei. Zudem spürte er, wie nervös es ihn machte, daß sie bei jedem leeren Klassenzimmer ängstlich den Hals reckte und hineinsah, als fürchtete sie, daß gleich etwas den gehörnten Kopf hinausstrecken und mit feurigem Atem »Buh!« sagen würde.

»Wie merkwürdig solche Gebäude immer riechen!« sagte sie unvermittelt. »Nasse Schrubber und die vielen Leute und die Desinfektionsmittel und alte Galoschen – was ist *das* denn? Was ist das hier alles?«

Wo der Gang zum Westflügel abgehen sollte, standen Kartons und Packkisten bis an die Decke gestapelt und ließen nur noch einen schmalen Durchgang frei.

»Navy-Sachen«, erklärte er, »von denen man mir hoch und heilig versprochen hatte, daß sie letzte Woche abgeholt würden, und allerspätestens heute. Hmm. Ich werde meinem guten Freund Coe-Chester schreiben müssen, daß er sich einen anderen Platz für seine alten Umzugskisten suchen soll!«

»Coe-Chester – das war der Direktor von der Militärschule, dic zwischendrin hier einquartiert war, nicht wahr?« fragte Mrs. Mullet sogleich. »War das nicht der Admiral, der immer Schach mit Ihnen gespielt hat und Golf und alles?«

»Hmnja«, bestätigte Leonidas. »Der, der aussieht wie eine frisch geschrubbte Bulldogge. Neulich abends versicherte er mir, daß er noch für mindestens ein Jahr Leiter der Navyschule bleiben würde, und am nächsten Tag bekam er seinen Marschbefehl als Inspizient für Fabriken, von denen er nicht das geringste versteht.«

»Und was hat er gemacht?«

Bei Leonidas wuchs der Verdacht, daß sie sich in Wirklichkeit nicht im geringsten für Coe-Chester und dessen Schicksal interessierte und nur den beruhigenden Klang ihrer eigenen Stimme hören wollte, wie jemand, der im Dunkeln pfeift und sich Mut macht.

»Oh, seitdem inspiziert er Fabriken«, antwortete Leonidas. »Wenn Roderick Coe-Chester auf dem Kopf auf einem Fahnenmast stehen und mit dem Ohr wackeln sollte, würde er auf dem Dienstweg erfragen, welches Ohr gefordert ist, und dann würde er seine Order auf den Buchstaben genau erfüllen, bis er abgelöst wird oder sein Ohr abfällt. Er ist an einen geheimen Ort versetzt worden, aber vor seinem Aufbruch rief er noch an und fragte, ob ich einen Tropenhelm hätte; vielleicht könne ich ihn einmal besuchen. Daraus würde ich schließen …«

Leonidas verstummte.

Auch er plapperte nur, weil er seine eigene Stimme hören wollte.

Es war absurd!

Vollkommen absurd!

Was sollte Skellings denn schon zugestoßen sein!

Er machte auf dem Absatz kehrt und ging in die Richtung, aus der er gekommen war.

Dann machte er noch einmal kehrt und kam zurück.

»Na«, fragte Mrs. Mullet, »Sie können sich wohl nicht entscheiden, Mr. Witherall? Was denken Sie denn, was aus Ihrem Freund Skellings geworden ist?«

»Ich bin sicher«, beharrte Leonidas, »daß ihm nichts zugest… nun gut, Lady Alicia! Psst! Psst, da raschelt ein Mäuschen! Hier riecht es nach Gefahr! Wir werden ihn finden, und wenn wir bis ans Ende der Welt dafür müssen!«

Eine halbe Stunde darauf hatten sie ihn entdeckt, in den tiefsten Tiefen des großen Schulhauses von Meredith.

Er war eingeschlossen in einem kleinen Raum, einer Abstellkammer eher, in die man vom Heizungskeller gelangte und in der einst, erinnerte Leonidas sich dunkel, der Heizer sich häuslich eingerichtet hatte, zu der Zeit, als der Heizkessel von Meredith noch einen hauptamtlichen Heizer gebraucht hatte.

Seit zwei Uhr nachmittags, erklärte Skellings, sei er dort eingesperrt gewesen.

»Ich muß schon sagen, Leonidas«, sagte er und nahm dankbar eine Zigarette an, »auch wenn es mir fernliegt, ein unvorteilhaftes Licht auf den Charakter unseres neuen Französischlehrers zu werfen, und auch wenn außer Zweifel steht, daß seine sämtlichen Referenzen hervorragend und seine Abschlüsse untadelig sind, komme ich doch trotzdem nicht umhin …«

»Ähm – lassen Sie uns«, unterbrach Leonidas ihn, »es mit den freundlichen Umschreibungen nicht übertreiben, Harry, und gleich zur Sache kommen. Was hat Ernest Finger damit zu tun, daß Sie in dieser elenden Kammer eingesperrt waren?«

»Ich will nicht behaupten, daß er für diese Tat verantwortlich war«, antwortete Skellings, »und beweisen ließe es sich niemals, aber die Zeichen, auch wenn es nur indirekte Indizien sind und als solche höchst immaterieller Natur – Teufel noch mal, Leonidas, ich weiß nicht, was der Bursche hatte! Er kam schon am frühen Vormittag, gegen neun, und den ganzen Tag lang tauchte er an den unglaublichsten Orten auf!«

»Ähm – wie meinen Sie das?«

»Na, zum Beispiel bin ich nach oben hinauf zur Kuppel gestiegen«, erklärte Skellings, »– Sie wissen ja, daß wir uns immer vergewissern, daß die Falltür verschlossen ist, damit nicht einer von den Jungs die Glocke läuten kann –, und wen finde ich da? Finger!«

»Oben unter der Kuppel?«

»Oben unter der Kuppel! Dann fand ich ihn in der Zoologie-Abteilung im Anbau der Bibliothek, im hintersten Raum! Dort wo«, fügte er hinzu, »wir ein paar Bände – äh – unter Verschluß halten, die – äh – den reiferen Schülern vorbehalten sind, und ich wollte nachsehen, ob auch alle noch da sind. Nicht daß die Jungen nicht ein solides Faktenwissen erwerben sollen, aber für die Jüngeren könnte es doch …«

»Weiter, Harry!« rief Leonidas.

»Nun, Leonidas, wo immer ich hinkam – er war schon da! An jeder Stelle, an der es etwas nachzusehen gab, traf ich Finger! Als ich sah, wie er hier hinunterging – hinunterschlich, darf man wohl sagen –, nahm ich mir die Freiheit und folgte ihm. Nicht minder verstohlen. Nicht daß ich«, sagte Skellings ernst, »ihn für einen – nun, sagen wir – Guy Fawkes gehalten hätte!«

»Harry, wie kommen Sie denn auf so eine Idee? Was für ein merkwürdiger Vergleich! Warum«, fragte Leonidas, »sollten Sie auch nur im entferntesten Finger mit der Pulververschwörung in Verbindung bringen?«

»So abwegig finde ich das nicht, Leonidas. Es sind schließlich eine Menge böser Worte gefallen – natürlich der pure

Neid –, Worte, die man von Angehörigen anderer Lehrinstitute zu hören bekommt, Instituten, die ihre Pforten noch nicht wieder öffnen können, weil ihre Gebäude nach wie vor für militärische Zwecke benötigt werden, und …«

»Soll das heißen«, fragte Leonidas, »manche glauben, ich hätte Meredith früher aus den Fangarmen der Navy befreien können, weil ich mit Admiral Coe-Chester befreundet bin?«

»Aber gewiß!« antwortete Skellings. »Ich würde sogar sagen, in diesem Punkt sind sich alle einig. Ich weiß natürlich, daß es anders ist, aber manche Schulleiter sind sehr verbittert deswegen – Halliday zum Beispiel. Bei Halliday halte ich es durchaus für denkbar, daß er es mit Sabotage versucht. Halliday würde ich zutrauen, daß er einen Französischlehrer oder sonst jemanden dafür bezahlt, daß er in Meredith Verwirrung stiftet. Deshalb bin ich Finger gefolgt, als ich ihn klammheimlich in den Keller schleichen sah. Ob nun noch andere hier unten warteten, darüber könnte man sich Gedanken machen. Vielleicht ja, vielleicht auch nein. Man darf nicht ohne weiteres davon ausgehen …«

»Harry« – Leonidas ließ sich auf einem Werkzeugkasten nieder –, »würden Sie uns den Gefallen tun und Ihren Bericht auf das Allernotwendigste beschränken? Hat Finger Sie hier eingeschlossen oder nicht?«

»Ich dachte, ich hätte dort ein Geräusch gehört« – Skellings wies auf die Abstellkammer –, »und ging nachsehen. Im Augenblick, in dem ich drin war, wurde die Tür hinter mir zugeworfen, und ich hörte, wie jemand den Riegel vorschob. Wie Ihnen vielleicht schon aufgefallen ist, gibt es dort keine Fenster, es gibt keine Rohre, an die man klopfen könnte, um nach Hilfe zu rufen, keine Mittel, mit denen man Alarm schlagen oder sich selbst befreien könnte. Da …«

»Hat Sie das denn nicht halb um den Verstand gebracht?« fragte Mrs. Mullet.

»Nein«, antwortete Skellings. »Ich will nicht leugnen, daß

die Situation ihre unangenehmen Seiten hatte – ich hatte meine Tabakspfeife nicht eingesteckt, und der Fußboden ist recht hart –, und der Gedanke an all die ungetane Arbeit quälte mich natürlich; aber ich wußte doch, daß ich Laut geben konnte, wenn Tony nach den Kesseln sehen kam. Ich sagte mir also, daß ich spätestens morgen früh aus meinem Gefängnis befreit sein würde. Ich wußte, daß es keinen Zweck hatte, mir mit Hilferufen die Seele aus dem Leib zu schreien; ich mußte warten, bis ich jemanden hier im Keller hörte. Als Sie kamen, machte ich mich bemerkbar.«

Leonidas lächelte leise, als er an das dezente Pochen dachte, mit dem Skellings sie auf sich aufmerksam gemacht hatte.

»Harry«, fragte er unvermittelt, »was haben Sie während all der Zeit getan?«

»Die letzten Tage waren recht arbeitsreich«, sagte Skellings, »und ich war sehr müde. Ich habe mich schlafen gelegt.«

»Ähm – habe ich Sie eigentlich mit Mrs. Mullet bekannt gemacht? Wie nachlässig von mir! Mrs. Mullet, darf ich vorstellen: Professor Skellings. Sie beide haben viel gemeinsam, nicht zuletzt die ausgesprochen philosophische Art, mit der Sie Ihr Schicksal nehmen, wie es kommt. Harry, haben Sie Finger gefragt, was er hier im Hause tat? Haben Sie ihn gefragt, warum er so allgegenwärtig war, von – ähm – der Kuppel bis zum Keller?«

»Er antwortete, er wolle sich mit der Schule vertraut machen«, erwiderte Skellings. »Sich akklimatisieren. Er war sehr ausweichend. Zuerst hatte ich das Gefühl, daß er nach etwas suchte, aber da ich mir nicht vorstellen konnte, was es sein sollte, kam ich auf Sabotage.«

»Mrs. Mullet«, sagte Leonidas nachdenklich, »bei Ihren Wanderungen durch mein Haus, sind Ihnen da jemals Körbe voller Edelsteine aufgefallen? Ähm – Lapislazuli, die das Lösegeld eines Königs hätten sein können, oder Smaragde so groß wie Straußeneier?«

»*Was?* Nein. Natürlich nicht! Was …«

»Harry, wissen Sie eine Stelle hier in Meredith, wo ein paar Kohinoors versteckt sein könnten oder die Formel, nach der man – ähm – Sojabohnen aus alten Teppichen gewinnen könnte, oder sonst etwas Revolutionäres in dieser Art?«

»Aber nein, Leonidas«, antwortete Skellings. »Was für eine bizarre Vorstellung!«

»Ich dachte, ich frage wenigstens einmal«, sagte Leonidas. »Denn die einzige Erklärung, die mir dafür einfällt, daß Finger die Schule vom Dach bis zum Untergeschoß absucht und daß jemand anderes durch mein Haus schleicht und meinen Schreibtisch durchwühlt, ist, daß irgendwo etwas von großem Wert versteckt sein muß, von dem ich persönlich nichts weiß. Aber nun wollen wir uns in der Küche umsehen!«

Diesmal war es Skellings, der abrupt stehenblieb, auf einem Gang gleich hinter dem oberen Ende der Kellertreppe, und verdattert auf eine leere Stelle an der Wand zeigte.

»Wo ist die Kühltruhe?« fragte er aufgeregt. »Was ist aus Truhe B geworden? Leonidas, jemand hat Truhe B fortgeholt!«

»Hmnja«, sagte Leonidas. »Truhe B war es also!«

»Ich habe alles so sorgfältig erklärt, aber ich wußte es, ich *wußte* es, daß diese Männer es durcheinanderbringen.« Skellings schüttelte den Kopf. »An alles, was hierher gehört, habe ich ein Etikett gebunden, aber diese Männer …«

»Ähm – welche Männer?«

»Oh, Leute von der Navy, vom Lagerhaus, von der Spedition – die Arbeiter, die die Sachen abholen sollten, sind erst heute morgen gekommen, Leonidas, und die Schule war ein einziges Irrenhaus, ein einziges Hin und Her von Leuten, die Sachen holten, und Leuten, die Sachen brachten. Selbst heute morgen haben wir ja noch die Bibliothek eingeräumt und statt der Navybetten wieder unsere Stühle und Sofas in die Aula gestellt. Und ich muß schon sagen« – Skellings klang gekränkt –, »auch wenn ich wußte, daß Sie – äh – mit einem Buch schwanger gehen, hätte ich doch gedacht, daß Sie vorbeikommen und helfen! Truhe B«, schloß er bekümmert, »enthielt *meine* Lammkeule!«

»Und – ähm – wem gehörte der Schellfisch?« fragte Leonidas.

»Admiral Coe-Chester. Er hatte ihn höchstpersönlich gehortet und ihn mir, als er fort mußte, zum Abschied geschenkt – oh, was habe ich Lebensmittelmarken gespart für diese Lammkeule! Leonidas«, sagte er plötzlich, »wenn Sie wissen, daß Schellfisch drin war – wissen Sie dann auch, wo Truhe B ist?«

»Nicht, wo sie im Augenblick ist«, antwortete Leonidas. »Genauer gesagt, ich weiß, wo sie eigentlich sein sollte, Harry, aber diese Truhe ist schwer festzuhalten. Sie ist ständig in Bewegung. Und ich muß Ihnen leider sagen, daß Truhe B, als ich sie zuletzt sah, auch Fingers Leiche enthielt. Nein, fragen Sie mich nicht! Und auf *keinen* Fall werde ich Ihnen die Situation mit ein paar Worten zusammenfassen!«

»Aber wie ...«

»Wenn Sie unbedingt mehr wissen wollen«, sagte Leonidas, »– und wohlgemerkt, ich gebrauche den Ausdruck in einem sehr allgemeinen Sinne –, dann wird Lady Alicia Ihnen den Gefallen tun. Klären Sie ihn auf, Lady Alicia, und ich studiere derweil die geographischen Möglichkeiten hier im Hause.«

Er ging noch einmal an den obersten Absatz der Kellertreppe und kehrte dann langsam zum Korridor zurück.

Für jemanden, der ihm auf dem Gang aufgelauert hätte, wäre es nicht schwer gewesen, Finger zu überraschen. Hätte er eine solche Szene für Haseltine schreiben sollen, hätte er Treppe und Gang an genau die Stelle gesetzt, die sie auch hier einnahmen. Selbst wenn der Architekt der Meredith-Akademie tausend Pläne gezeichnet hätte, hätte er keinen Korridor ersinnen können, der idealer für jemanden gewesen wäre, der es auf ein ahnungsloses Opfer abgesehen hat, das eben aus dem Keller heraufkommt.

Natürlich war es für den Mörder nicht ungefährlich, daß so

viele Menschen im Haus waren. Nach Skellings' Beschreibung mußte an jeder Ecke ein möglicher Zeuge gewartet haben.

Aber da Truhe B so günstig zur Hand war, konnte der Täter den Toten binnen Sekunden dort versteckt haben. Er mußte nur den Deckel aufklappen und Finger hineinlegen.

Als nächstes nahm Leonidas sich den Lieferanteneingang vor, der vier oder fünf Schritte den Gang hinunter lag, und stolperte fast auf Anhieb über etwas, das von ihm fortrollte und mit einem lauten Schlag gegen die Wand prallte.

Leonidas schaltete das Licht ein, setzte seinen Zwicker auf und betrachtete ein Transportwägelchen genau der gleichen Art, wie Matt und Shorty es benutzt hatten.

Er drehte sich um und rief nach Skellings.

»Harry, wie nennt man diese Plattformen auf Rädern? Schon den ganzen Abend über fällt mir das Wort nicht ein.«

»Dolly«, klärte Skellings ihn auf. »Jedenfalls heißen sie so, wenn eine Filmkamera draufsteht. Ich bin ihnen schon oft in Kreuzworträtseln begegnet.«

Leonidas ging zum Vorraum.

Dort waren so viele von diesen Wagen aufgestapelt, daß man, dachte er, die ganze Akademie damit abtransportieren konnte, Stein für Stein.

»Harry!« Er hob die Stimme. »Harry, gab es hier auf der Hintertreppe eine Rampe?«

»*Eine* Rampe?« Inzwischen war Skellings bei Leonidas angelangt. »Es waren Rampen. Plural. Über die Türschwellen waren Bretter gelegt. Draußen gab es Bohlenwege. Die ganze Schule war ein einziger Ameisenhaufen, und die Wägelchen gingen ununterbrochen, in jede erdenkliche Richtung!«

Da wäre also, überlegte Leonidas, ein weiterer, der noch ein weiteres Stück hinausfuhr, gar nicht aufgefallen.

Er kehrte auf den Korridor zurück und ging zur Speisekammer. Einen Moment lang betrachtete er die Wände mit ihren langen Reihen von blankgescheuerten Kupfertöpfen.

Dann studierte er die Küchenmesser an ihren Haken.

»Vermutlich«, wandte er sich an Skellings, der ihm gefolgt war, »sind Sie nicht mehr dazu gekommen, die Ausstattung der Küche zu prüfen?«

»Doch«, erwiderte er stolz, »das ist eine der Aufgaben, die ich noch erledigen konnte. Gleich heute morgen bin ich mit unserer Haushälterin Mary die Inventarliste durchgegangen. Alles in Ordnung.«

»Ähm – diese Messer hier.« Leonidas wies auf die Haken. »Können Sie sich erinnern, ob alle an ihrem Platz waren?«

Skellings nickte. »Das weiß ich genau, weil Mary die Messer zum Schleifen gegeben hatte und wir genau nachgezählt haben, ob auch alle zurückgekommen sind. Wieso – oh, ich sehe! Da fehlt eines! Aber heute morgen waren noch alle da! Leonidas, ich verstehe kein Wort von dem, was Mrs. Mullet mir erzählt hat – was ist geschehen? Wie ist Finger in die Truhe gekommen und wie kam er zu Ihrem Haus?«

»Der Zufall will es«, sagte Leonidas, »und das meine ich wörtlich – der Zufall will es, daß ich Ihnen das erklären kann, Harry. Nachdem er Sie unten im Abstellraum eingeschlossen hatte, kam Finger die Kellertreppe herauf und wurde schon im nächsten Augenblick von jemandem erstochen, der auf dem Gang neben Truhe B gewartet hatte – jemandem, der zuvor aus der Küche ein Tranchiermesser geholt hatte. Der Mörder steckte ihn unverzüglich in die Kühltruhe, nahm sich dann einen der vielen Transportwagen, fuhr über die praktischerweise vorhandenen Rampen die Truhe durch den Lieferanteneingang nach draußen und lud sie in seinen Kombiwagen – so einfach war das.«

»Ich staune immer wieder, was Sie sich so alles einfallen lassen, Leonidas!« rief Skellings begeistert. »Das ist doch alles eine einzige Ausgeburt Ihrer ungestümen Phantasie, nicht wahr?«

»Für mich«, entgegnete Leonidas und ließ seinen Zwicker kreisen, »ist es pure Tatsache.«

»Aber Mrs. Mullet hat doch noch von zwei Männern namens Matt und Shorty gesprochen …«

»Ah ja. Anschließend fuhr der Mörder den Kombiwagen an die Ecke Schnellstraße und Linden Street, war so klug und schmierte sich Wagenschmiere ins Gesicht, damit man ihn nicht erkennen konnte – keine originelle Idee«, fügte Leonidas kritisch hinzu, »nicht gerade brillant, aber alles in allem offenbar tatsächlich so nützlich, wie Haseltine und ich sie in der Theorie schon immer gefunden haben. Dann ließ er die Luft aus einem Reifen und legte sich die traurige Geschichte vom fehlenden Ersatzreifen zurecht. Danach, stelle ich mir vor, winkte er Lastwagen, bis Matt und Shorty anhielten, und die beiden waren gern bereit, sich – ähm – ein paar Dollar nebenbei zu verdienen und Truhe B bei mir zu Hause abzuliefern. Es ist genial, Harry. Wirklich genial. Ich muß es zugeben – niemals hat Haseltine sich etwas so wunderbar Einfaches einfallen lassen.«

»Der Finger fährt fort …« – ein Grinsen machte sich auf Skellings' Gesicht breit.

»Hmnja. Und kein Gebet, kein Geistesblitz … war er in Begleitung, Harry?«

»Begleitung? Ich fürchte, ich verstehe nicht, was …«

»Hätte er doch nur eine Freundin bei sich gehabt und hätte sie Ihnen vorgestellt«, sagte Leonidas, »wobei er natürlich seinen wahren Namen und seine Adresse genannt hätte – wie prachtvoll hätten wir dann alles auflösen können! Ein Schluß wie aus dem Bilderbuch! Mrs. Mullet«, fügte er hinzu, als sie zu ihnen in die Speisekammer kam, »haben Sie meine Erklärung gehört, wie Finger in die Tiefkühltruhe kam?«

»Ich habe sie gehört«, sagte sie, »und wenn Sie mich fragen, Mr. Witherall, jetzt kommt endlich Schwung in die Sache. Endlich tun Sie, wie Gerty sagen würde, Butter bei die Fische. Aber Mr. Witherall, ich frage mich, was halten Sie nun *hiervon?*«

»Bitte, Mrs. Mullet, nicht noch einmal von vorn! Ich habe es Ihnen doch alles erzählt!«

»Nein, das meine ich nicht. Ich meine, wenn Ihre Blondine eine von denen hier am Kleid hatte« – sie streckte ihm etwas entgegen –, »also wenn Sie mich fragen, dann wird die Sache allmählich spannend!«

Leonidas zückte seinen Zwicker.

Was sie ihm entgegenhielt, war eine Orchidee.

Kapitel 7

Eine tief lavendelblaue Orchidee, purpurn geflammt.

Genau das Blau von Terrys Samtstola.

Und Terry hatte drei solche Orchideen, genau dieser Art, an ihrer Schulter getragen.

»Wo«, fragte Leonidas und starrte die Blume an, »wo haben Sie die gefunden, Mrs. Mullet?«

»Hinten auf dem Flur, bei den Didos oder wie die heißen. Lag oben auf einem von den Karren drauf, gleich neben der Tür. Und wenn Ihre Blondine die am Kleid gehabt hat …«

»Das hatte sie. Ein ganzes Sträußchen, um genau zu sein.«

»Aha!« sagte Mrs. Mullet. »Aha! Aha!«

»Erst jetzt merke ich«, sagte Leonidas, »wie sehr es einem auf die Nerven geht, wenn Lady Alicia immer ›Aha-aha‹ sagt. Ich glaube, in Zukunft wird sie sich mit einem ›So!‹ oder ›Ach!‹ begnügen, vielleicht ab und zu einem markigen ›Na so was!‹«

»Mir gefällt das ›Aha!‹« beharrte Mrs. Mullet. »Mit so einem ›Aha!‹ kann man eine *Menge* ausdrücken. Und wenn Sie mich fragen, bei dieser Orchidee, da ist ein ›Aha!‹ genau das Passende! Wo soll sie denn sonst herkommen, Mr. Witherall, wenn Ihre Blondine sie nicht verloren hat? Und wenn *die* heute nachmittag hier war …«

»Ich bin sicher, das kann nicht sein«, sagte Leonidas mit Nachdruck.

Dann fiel ihm ein, daß Terry natürlich gewußt hatte, daß Finger an Meredith unterrichtete. Und was hatte sie gesagt, als sie von jenem letzten Drohbrief an Finger erzählt hatte? Daß sie zum Schulleiter von Meredith gehen und ihm erklären wolle, daß Finger Santos war. Zwar hatte sie nur gesagt, das habe in ihrem Brief gestanden. Aber wenn sie nun tatsächlich zur Schule gekommen war und versucht hatte, ihn zu sprechen? Unmöglich war es nicht!

»Aber wenn sie wirklich hier war und die Rispe abgefallen ist«, beharrte Mrs. Mullet, »dann …«

»Diese Orchidee«, wandte Leonidas ein, »sieht nicht aus, als ob sie schon seit dem Nachmittag hier liegt!«

»Oh, Orchideen halten ewig«, sagte Mrs. Mullet. »Jedenfalls wenn man sie ein bißchen pflegt und nachts in den Kühlschrank tut. Gerty bekommt manchmal welche von Verehrern geschenkt Bei ihr sehen die wochenlang gut aus.«

»Das – ähm – kann ich mir vorstellen«, sagte Leonidas. »Trotzdem glaube ich nicht, daß diese spezielle Orchidee lange dort draußen auf einem Transportwagen gelegen hat. Schließlich habe ich mich ja erst am Minturn-Club von Terry getrennt. Bis dahin waren wir zusammen. Sie war schon bei mir im Haus, als Matt und Shorty die Truhe dort abstellten!«

»Oh, diese Blondinen!« Mrs. Mullet schüttelte den Kopf. »Ich weiß nicht, wie sie das machen, aber die wickeln wirklich jeden um den Finger! Hier hätten wir also die Orchidee und sie stammt von ihr – und Sie wissen, daß sie von ihr stammt, Mr. Witherall, tun Sie nicht so. Und trotzdem wollen Sie uns weismachen, daß das alles nichts zu bedeuten hat!«

»Ich weise nur darauf hin«, erwiderte Leonidas ein wenig pikiert, »daß ihr Sträußchen nicht den Eindruck machte, als ob eine Rispe fehlte, als ich sie das letztemal sah. Wie sie nach unserer Trennung hierherkam oder warum sie hierherkommen sollte, weiß ich nicht!«

Plötzlich kam ihm der Gedanke, daß Terry womöglich nach ihm gesucht hatte, und es war geradezu unheimlich, wie Mrs. Mullet das aufgriff.

»Ich wette, die wollte zu Ihnen!«

»Aber Mrs. Mullet, wie hätte sie denn hier hereinkommen sollen?« fragte Leonidas. »*Sie* hatte ja mit Sicherheit keinen goldenen Schlüssel an ihrer Uhrkette!«

»Woher soll ich wissen, wie die hier hereingekommen ist? *Ich* weiß nur, was ich *sehe*«, sagte Mrs. Mullet, »und das ist die

Orchidee und sie ist von ihr und sie lag *hier!* Vielleicht hat jemand eine Tür offengelassen.«

»Das kann ich mir nicht vorstellen!« widersprach Skellings sogleich. »Die Türen wären verschlossen gewesen, ob ich nun da war oder nicht. Mary ist immer sehr gewissenhaft, und jetzt, wo wir neue Küchenmädchen haben und fremde Putzfrauen, hätte sie noch mehr als sonst darauf geachtet, da bin ich mir sicher. Natürlich wäre da noch *sein* Schlüssel, Leonidas.«

»Ähm – wessen Schlüssel, Harry?«

»Fingers«, sagte Skellings. »Ich habe ihm vorige Woche einen Hauptschlüssel ausgehändigt. Sie haben nicht zufällig gesehen, Leonidas, ob er ihn noch – äh – bei sich hatte?«

»Aha!« sagte Mrs. Mullet. »Aha!«

»Denn heute morgen hatte er ihn«, fuhr Skellings fort. »Sonst wäre er nicht ins Haus gekommen. Wenn er aber den Schlüssel jetzt nicht mehr hat, können wir davon ausgehen, daß der Mörder ihn an sich genommen und folglich Zugang zu allen Schulgebäuden hat. Man kann, glaube ich, sogar so weit gehen zu sagen, daß jeder Außenstehende, jeder, der nicht zur Schule gehört und der jetzt Zugang …« Er verstummte. »Höre ich da …«

»Das sind Polizeisirenen«, sagte Mrs. Mullet. »Na, die haben ja ganz schön lange gebraucht, bis sie drauf gekommen sind, wo wir stecken!«

»Aber«, wandte Skellings sich erschrocken an Leonidas, »die können doch nicht …«

»Hinter mir her sein? Hmndoch«, sagte Leonidas, »ich fürchte schon. Es konnte ja nicht ewig dauern, bis jemand sich daran erinnert, daß ich mit der Schule zu tun habe. Sie müssen sie abwimmeln, Harry.«

»Ich?« rief Skellings. »Wie soll ich das machen?«

»Seien Sie vage«, sagte Leonidas. »Seien Sie – ähm – gelehrt. Nehmen Sie die längsten Worte, die Ihnen einfallen. Sprechen Sie vom Einkommensteuerjahresausgleich, wenn Sie ihn irgendwo unterbringen können. Sagen Sie ihnen immer und immer wieder, wie ratlos Sie sind. Nichts zehrt mehr Zeit auf als Ratlosigkeit. Wenn es Sergeant MacCobble ist« – er hielt kurz inne, als es an der Pforte läutete –, »dann diskutieren Sie mit ihm die Probleme der Nachkriegszeit. Er interessiert sich brennend dafür. Kurz gesagt, Harry, reden Sie über alles, nur nicht über mich und darüber, daß ich hier war. Gute Nacht! Kommen Sie, Mrs. Mullet!«

Sie nahm ihr Einkaufsnetz, Leonidas setzte seinen Homburg auf und griff nach dem Malakkastöckchen, und dann machten die beiden sich durch den Hintereingang davon.

»Ich nehme an«, sagte Mrs. Mullet, »wir werden jetzt zuerst die Lage sondieren, Mr. Witherall, und dann fliehen wir auf verschwiegenen Pfaden und so weiter?«

Leonidas schüttelte den Kopf. »Kein Haseltine. Ich kann mir gar nichts vorstellen, womit wir mehr Aufmerksamkeit auf uns lenken könnten als mit – ähm – der Suche nach einem verschwiegenen Pfad. Nein, Mrs. Mullet, wir gehen ganz normal zur Hauptstraße, und von da fahren wir per Anhalter weiter.«

»Per *Anhalter*? Auf der *Hauptstraße*, wo alle uns sehen können?« Mrs. Mullet fand die Idee offenbar geradezu schockierend. »Wo überall die *Bullen* sind?«

»Von denen lassen wir uns nicht mitnehmen«, sagte Leonidas, »das versichere ich Ihnen. Ich möchte dringend nach Pomfret, und das ist zwar keine große Entfernung, aber doch auch keine, die ich gern zu Fuß gehen würde. Ähm« – er faßte sie am Ellbogen und steuerte sie die Auffahrt hinunter, »ähm, wie genau macht man das, ein Auto anhalten? Ich muß gestehen, ich bin – ähm – noch nie per Anhalter gefahren.«

»Sie werden auch nicht mehr dazu kommen«, entgegnete sie grimmig, »wenn Sie sich nicht wenigstens ein bißchen im Schatten halten, Mr. Witherall! Sehen Sie denn die zwei Polizeiwagen nicht? Da können Sie doch nicht einfach vorbeigehen!« Sie zeigte auf die zwei Streifenwagen, die vor dem Schuleingang standen. »Da, direkt vor uns!«

»Hmnja«, sagte Leonidas, »die sehe ich. Und Sie werden gewiß schon bemerkt haben, daß niemand drinsitzt. Unter den Umständen, Mrs. Mullet, fände ich es übertrieben, wenn wir sie wie feindliche Maschinengewehrnester behandelten, aus denen nach allen Richtungen die Läufe starren. Wenn es Ihnen wirklich Freude macht, auf dem Bauch daran vorbeizurobben, habe ich nichts dagegen. Ich persönlich ziehe das Gehen vor.«

»Ich verstehe das nicht!« sagte Mrs. Mullet, als sie an den Wagen vorübergingen. »Ich *verstehe* das nicht! Die müßten doch hinter uns *her* sein, und wir sind auf der *Flucht* – und – und – ja, und all das! Das hat es bei Haseltine noch *nie* gegeben, Mr. Witherall, daß er aus einer brenzligen Lage einfach so davonspaziert ist! Nie!«

»Er sollte es einmal versuchen«, meinte Leonidas. »Ich finde, es ist eine sehr erfrischende Abwechslung. So, jetzt gehen wir auf die andere Straßenseite, und dann – ähm – stoppen wir, wenn Sie so freundlich sein wollen und mir sagen, wie man es macht.«

»Ich zeige es Ihnen!«

Mrs. Mullet stellte sich unter die Bogenlampe gegenüber der Einmündung der Linden Street, von wo sie die Polizeiwagen im Auge behalten konnte.

Als die Scheinwerfer eines Wagens erschienen, sprang sie hinaus auf die Fahrbahn, hielt dem heranrasenden Fahrzeug ihr Einkaufsnetz entgegen und wedelte wild damit.

»He!« brüllte sie. »He …«

Die Limousine schoß vorbei, bremste dann heftig und setzte mit einem Tempo zurück, daß es Leonidas vorkam, als lege der Fahrer es darauf an, Mrs. Mullet unter seinen Hinterrädern zu zermalmen.

Die Beifahrertür flog auf.

»Ma!«

»Gerty!« rief Mrs. Mullet. »Na, wenn *das* keine Überraschung ist! Steigen Sie ein, Mr. Witherall! Gerty, Mr. Witherall kommt auch mit!«

»Hallo, Mr. Witherall – he, Chuck, sag Hallo zu Mr. Witherall!«

»Hallo«, sagte Chuck.

»Ähm – sehr erfreut.« Leonidas stieg zu Mrs. Mullet auf den Rücksitz.

»Sag Hallo zu Ma, Chuck!«

»Hallo, Mrs. Mullet!«

»Na, was sagt man dazu, Chuck!« rief Mrs. Mullet. »Wie geht es, Chuck? Und dir, Gerty? Alles in Ordnung?«

Sie waren noch immer mit der Frage beschäftigt, wie es Chuck und Gerty ging, als die beiden Streifenwagen schon wieder die Linden Street verließen und mit heulenden Sirenen in Richtung Dalton Centre davonfuhren.

»Diese Bullen!« sagte Gerty. »Wie die Fliegen sind die heute nacht. Die ganze Stadt ist voll davon – so, Ma, da hätten wir dich also wieder! Und wie geht es dir, Ma?«

»Wunderbar«, antwortete Mrs. Mullet, und mit Gusto. »Ich habe bestens geschlafen, Gerty. So gut ist es mit meiner Schlaflosigkeit schon lange nicht mehr gegangen. Die sind hinter uns her, Gerty.«

»Wer?«

»Die Bullen. Gerty, kannst du dir das vorstellen? Mr. Witherall ist Haseltine! Ich meine, er ist Morgatroyd Jones. Der die Haseltine-Bücher schreibt!«

»Nein!« rief Gerty begeistert. »Nein! Ehrlich? Na, das haut mich um! Hörst du das, Chuck? Mr. Witherall ist Haseltine!«

»Wußte ich«, sagte Chuck.

»Unsinn, Chuck, woher willst du das denn gewußt haben!« sagte Mrs. Mullet. »Jetzt aber mal halblang, Chuck! Gib nicht so an! Das *kannst* du nicht gewußt haben! *Ich* habe es ja nicht einmal gewußt, und dabei haben wir beide unter einem Dach gearbeitet!«

»Ich wußte das«, sagte Chuck nur noch einmal.

»Ähm – woher?« fragte Leonidas.

»Ich hab's gesehen«, antwortete Chuck, »weil Sie aussehen wie Shakespeare. Deswegen hab' ich Sie ja auch so angestarrt. Weiß nicht, ob Sie das gemerkt haben.«

»In der Tat! Und wie – ähm – sind Sie auf die Verbindung gekommen?« fragte Leonidas.

»General Carpenter«, erklärte Chuck. »Hat uns mal inspiziert, und da sieht er in meinen Sachen einen Haseltine und sagt: ›Harr! Den kenn' ich, den Burschen, der die schreibt! Sieht aus wie Shakespeare! Harr!‹ Und dann hat er mich zur Schnecke gemacht, weil ich meine Schuhe nicht ordentlich geputzt hatte.«

»Carpenter, wie er leibt und lebt!« sagte Leonidas. »Hmnja, das ist ein alter Freund von mir. Eine Zeitlang war er Polizeichef in Dalton, müssen Sie wissen. Da sah es hier anders aus, bevor Carpenter wieder in den aktiven Militärdienst ging.«

»War das die Zeit, wo die Bullen immer so höflich waren?« fragte Mrs. Mullet.

»Hmnja. Carpenter hatte ein Büchlein verfaßt« – Leonidas lächelte beim Gedanken daran –, »und jeder Beamte mußte es auswendig lernen. Es erinnerte sie daran, wem sie ihre Stelle verdankten – ähm – meinen Sie, wir könnten inzwischen schon einmal nach Pomfret fahren?«

»Sicher«, sagte Chuck. »Warum nicht?«

Fünf Minuten darauf, nach einer Fahrt, im Vergleich zu der die Streifenwagenfahrt mit MacCobble ein Treck hinter zwei altersschwachen Ochsen gewesen war, hielt Chuck auf dem Marktplatz von Pomfret.

»Merkwürdiges Gefühl, wenn man nach einem Jeep wieder in 'nem normalen Auto sitzt«, meinte er. »Zockelig irgendwie. Wo wollen Sie hin, Shakespeare?«

»Ähm – zu Ernest Fingers Wohnung. Die Adresse weiß ich nicht ...«

»Er meint Carlos Santos, Chuck«, schaltete Mrs. Mullet sich ein, bevor Leonidas hinzufügen konnte, daß man sie gewiß aus einem Telefonbuch erfahren könne.

»Oh«, sagte Chuck. »Sicher.«

Sie schossen eine Seitenstraße hinein, bogen ab, schossen eine zweite hinauf und hielten vor einem dreistöckigen Apartmenthaus.

»Da wären wir«, sagte er.

»Schau mal, Ma!« rief Gerty aufgeregt. »Schau mal, Ma! Die Löwen sind weg!«

»Tatsächlich!« Mrs. Mullet blickte zum Seitenfenster hinaus. »Da haben sie doch tatsächlich die Löwen weggeholt! Aber es sieht besser aus! Viel besser!«

»Ähm – Löwen?« Leonidas war ein wenig verwirrt. *»Löwen?«*

»Da standen Löwen aus Stein hier vor der Haustür«, erklärte Mrs. Mullet. »Die haben sie weggeholt. Aber wenn Sie mich fragen, es sieht besser aus. Dezenter, könnte man sagen.«

»Soll das heißen«, fragte Leonidas unter Mühen, »Sie – ähm – Sie *kennen* ...«

»Santos? Aber das habe ich Ihnen doch gesagt!« rief Mrs. Mullet. »Ich habe gesagt, wenn ich nur gewußt hätte, daß Sie Santos meinen, als Sie Finger sagten! Deshalb hat Mrs. Haverstraw ja auch immer mit mir über ihn reden wollen, Mr. Witherall – haben Sie das denn auch nicht verstanden? Früher habe ich für Santos gearbeitet. Immer am Dienstag.«

»Ähm – Dienstag?«

»Immer am Dienstag habe ich bei ihm saubergemacht. Deshalb geht die Sache mich ja auch persönlich an, könnte man sagen«, erklärte Mrs. Mullet. »Das ist ja kein Fremder, mit dem wir nie etwas zu tun hatten. Wir *kennen* ihn! Ich habe ihm sogar mal ein blaues Auge geschlagen, Mr. Witherall! Und Gerty auch!«

Leonidas lehnte sich in die Sitzpolster und atmete tief durch. »Weswegen?« fragte er dann.

»Er wollte bei Gerty frech werden, und sie hat ihm die Meinung gesagt«, erwiderte Mrs. Mullet. »Und dann habe ich gekündigt, und Sie haben seine Dienstage bekommen. Oh, das habe ich dir noch gar nicht gesagt, Gerty – jemand hat Santos umgebracht und ihn in Mr. Witheralls Haus gelassen. Deshalb sind die Bullen jetzt hinter Mr. Witherall her, verstehst du? Und Mr. Witherall ist gerade dem Mörder auf der Spur, genau wie bei Haseltine.«

»Oh«, sagte Gerty. »Er ist gerade mitten in einem *Fall!* Deswegen konnte er mir auch nichts über dich sagen, weil er ganz mit dem Kriminalfall beschäftigt war! Jetzt verstehe ich! Ich habe mir Sorgen um dich gemacht, Ma. Ich wußte ja nicht, wo du warst.«

»Da ich die einzige bin, die den Mörder gesehen hat«, erklärte sie stolz, »helfe ich ihm bei der Aufklärung.«

»Ma, du hast ihn wirklich gesehen?«

»Das habe ich, und er hatte weiße Wollsocken mit meinem hübschen Zopfmuster an – kann sie die Orchidee haben, Mr. Witherall? Oder brauchen wir die noch als Beweisstück?«

»Orchidee? Oh«, sagte Leonidas, als Mrs. Mullet sie ihm hinhielt, »natürlich, die Orchidee. Zuerst dachte ich, es ist nur ein weiterer Fleck, der vor meinen Augen tanzt – ähm – in Technicolor. Hmnja, unbedingt, geben Sie sie Gerty. Und jetzt frage ich mich, wie wir hineinkommen!«

Er überlegte noch, ob er Chuck ins Vertrauen ziehen sollte, doch Mrs. Mullet holte nur die Handtasche aus dem Einkaufsnetz und zog einen großen Schlüsselbund hervor.

»Ich weiß nicht mehr, welcher es war«, sagte sie und drückte Leonidas den ganzen Bund in die Hand, »aber Sie können sie ja durchprobieren, bis einer paßt. Chuck, du solltest besser im Wagen bleiben und uns warnen, wenn die Bullen kommen. Klar?«

»Schon verstanden«, sagte Chuck. »Der tapfere Thomas.«

»Genau, was mir durch den Kopf ging!« rief Mrs. Mullet. »Du siehst ja auch *aus* wie der tapfere Thomas, Chuck, genauso groß und stark! So, jetzt aber los!«

Leonidas folgte Mrs. Mullet und Gerty ins Foyer des Apartmenthauses, und er mußte daran denken, wie Terry auf dem Polizeiball zumute gewesen war.

Auch er hatte mittlerweile das Gefühl, daß es gleich einen großen Knall geben würde, und dann würde er erwachen und läge wieder auf dem Kies des Bürgersteiges drüben in Oak Hill, und Winston Abercrombie knurrte ihn feindselig an.

Eine leichte Gehirnerschütterung, das war alles. In Wirklichkeit war er überhaupt nicht hier, er war nicht in Pomfret und im Begriff, widerrechtlich in die Wohnung eines Mannes einzudringen, den man ermordet in einer Kühltruhe in seiner Küche gelassen hatte. In Wirklichkeit lag er noch immer auf dem Kies mit Winston. Er war nicht in einer Gesellschaft unterwegs, die aus einem Marinesoldaten bestand, der sich für Haseltines tapferen Thomas hielt, einer Haushälterin, die ganz in der Rolle von Haseltines Lady Alicia aufging, und einer kecken Rothaarigen in Hosen und Paillettenkopftuch, die zum Glück nur zu beschäftigt damit war, die Orchidee zu bewundern, die sie sich an den Pullover gesteckt hatte, als daß sie sich auch noch eine Haseltine-Rolle für sich ausgedacht hätte.

»Na, Sie sind wohl ganz in Gedanken«, meinte Mrs. Mullet. »Geben Sie mir die Schlüssel.«

Sie nahm ihm den Bund wieder aus der Hand, und nach ein paar Versuchen öffnete sie die Tür zur Rechten.

»So!« sagte sie. »Ihr Taschenmikroskop werden Sie ja wohl dabeihaben, und dann können Sie jetzt gleich an die Arbeit gehen.«

»Mrs. Mullet«, hob Leonidas an, als sie in die Wohnung eintraten und sie das Licht einschaltete, »ich glaube, ich sollte Ihnen ...«

Er hielt inne und überlegte, wie er ihr am besten verständlich machen konnte, daß er, Leonidas Witherall, und Haseltine, der Lieutenant aus seinen Büchern, nicht die geringste Ähnlichkeit miteinander hatten. Er mußte es ihr ein- für allemal einhämmern, daß es den wackeren Lieutenant nur auf dem Papier gab, daß er ein Geschöpf der Phantasie war, das so freundlich zu ihm war und ihm nicht nur Brot und Butter bescherte, sondern ein gewisses Maß an Vergnügen dazu.

»Um ehrlich zu sein …« Er sah Mrs. Mullet und Gerty an, die beide mit gespannten Gesichtern dastanden, und brachte es einfach nicht übers Herz, ihnen ihre Illusionen zu nehmen.

»Oder haben Sie eine spezielle Brille?« wollte Mrs. Mullet wissen.

»Ich – ähm – ich nehme – ähm – meinen Zwicker«, sagte er und ging zu dem Schreibtisch im Kolonialstil, der in der Ecke des Wohnzimmers stand.

Das erste, was ihm auffiel, war eine maschinengeschriebene Liste mit Namen.

Ehrwürdige Namen der Meredith-Akademie, Namen von Jungs, die Ernest Finger morgen in seinen Klassenzimmern gesehen hätte.

Neben jedem Namen stand eine Notiz.

Leonidas nahm die Liste in die Hand und studierte sie nachdenklich.

»Hmnja«, murmelte er, als er sie schließlich wieder ablegte. »Mein Verdacht, den ich schon gegenüber Terry geäußert habe, trifft ins Schwarze. Keine Frage, Ernest Finger *war* ein zweiter Shurcliff!«

Mrs. Mullet und Gerty sahen sich an und nickten wissend.

»Tatsächlich?« fragte Mrs. Mullet neugierig. »Wer hätte das gedacht! Wenn man sich das vorstellt, da arbeite ich monatelang für ihn und habe nichts davon gewußt, daß er ein – also wirklich! Ich sage ja immer, man weiß nie, was wirklich in einem Menschen steckt! Aber – sagen Sie, Mr. Witherall, was *ist* ein Schu … ein – wie hieß das?«

Doch Leonidas war viel zu beschäftigt mit einem Büchlein aus geprägtem Leder, Fingers Terminkalender.

Die aktuelle Seite trug ein halbes Dutzend Einträge in Fingers winziger, seltsam akademischer Handschrift.

»Vormittag Meredith«, las Leonidas vor. »Terry. Scrim. Haverstraws. Abendessen – Fragezeichen. Polizeiball Dalton, acht bis neun.«

»Aha!« sagte Mrs. Mullet und blickte ihm über die Schulter. »Terry – schon wieder Ihre Blondine!«

»Und Scrim«, konterte Leonidas. »Und die Haverstraws. Mrs. Mullet, war Finger, unter seinem Namen Carlos Santos, mit Maude Haverstraw bekannt? Ich meine, war sie ihm je vorgestellt worden? Kannten sie sich?«

»Die kann er gar nicht übersehen haben, Mr. Witherall, so wie die ihm nachgelaufen ist! Der kannte sie genau!«

»Mr. Witherall will wissen, ob er sie *persönlich* kannte!« erklärte Gerty.

»Also zu der Zeit, zu der ich hier gekündigt habe, nicht«, antwortete Mrs. Mullet. »Sie wollte natürlich immer, daß ich sie hier hereinschmuggle.«

»Ähm – schmuggeln?«

»›Mrs. Mullet‹, hat sie immer zu mir gesagt, ›wenn Sie mich doch nur in seine Wohnung schmuggeln könnten!‹ Aber«, meinte Mrs. Mullet vernünftig, »was hätte ich davon gehabt? Er hätte mich hinausgeworfen, und das war einfache Arbeit hier. Das muß man ihm lassen, als Haushälterin hatte man es leicht mit ihm. Genauso ein ruhiges Leben wie Sie, Mr. Witherall, und fast genauso ein Bücherwurm. Das einzige Mal, daß ich Ärger mit ihm hatte, das war, als er frech zu Gerty wurde, und danach habe ich mir dann gewünscht, ich *hätte* Mrs. Haverstraw hereingeschmuggelt, einfach aus Rache. Das wäre ihm recht geschehen – was haben Sie mit dem Kasten vor?«

»Diese Kassette will den Anschein wecken, man könne etwas sicher darin verwahren«, erklärte Leonidas, »doch weit ist es mit der Sicherheit nicht her. Aber da Finger sich die Mühe gemacht hat, sie zu verschließen, Mrs. Mullet, und da er sie in der untersten Schublade versteckt hatte, habe ich den unbezähmbaren Drang nachzusehen, ob nicht Briefe darin sind.

Ich frage mich, ob man nicht vielleicht mit einem Dosenöffner …«

»Wenn der Dosenöffner nicht reicht, geht es mit dem Eispickel«, übernahm Mrs. Mullet. »Geben Sie her. Die kriege ich auf.«

»Danke. Ähm – vielleicht«, ermahnte Leonidas sie, »sollten Sie ein Tuch darum …«

»Oh, mit Fingerabdrücken kenne ich mich aus!« versicherte Mrs. Mullet ihm. »Komm mit in die Küche, Gerty, und hilf mir.«

Sie waren kaum fort, da mußte Leonidas zu seiner Beschämung sehen, daß Terrys Briefe doch nicht in der Kassette waren.

Sie lagen ganz offen oben auf dem Schreibtisch gleich neben der Meredith-Liste, zusammengehalten mit einem Gummiband und mit einem Zettel versehen, auf dem Terrys Name stand.

Es gab keine Entschuldigung dafür, daß er sie nicht schon im Moment gesehen hatte, in dem er das Zimmer betrat – außer daß er einfach davon ausgegangen war, daß solche Briefe gewiß sorgsam in einer Kassette irgendwo im Schreibtisch verborgen waren.

»Haseltine«, murmelte er, als die ersten Hammerschläge aus der Küche kamen, »das wird nicht gut für deinen Ruf sein!«

Er steckte Terrys Briefe in die Innentasche seines Mantels und nahm dann Anlauf, die Attacke auf die Kassette zu unterbinden.

»Also wenn Sie mich fragen«, begrüßte Mrs. Mullet ihn, als er in die Küche kam, »da sind Sie auf eine heiße Spur gestoßen, Mr. Witherall! Er ist ihr Schwager!«

»Ähm – wer«, erkundigte sich Leonidas, »ist wessen Schwager?«

»Carlos Santos. Ernest Finger. Er ist Mrs. Fingers Schwager! Steht alles hier in ihren Briefen an ihn – wie haben Sie das bloß wissen können, Mr. Witherall, daß wir die Briefe hier in der

Kassette finden?« fragte Mrs. Mullet ungläubig. »Wie *haben* Sie das bloß gewußt?«

Leonidas ließ sich ermattet auf einen Küchenschemel fallen, nahm seinen Zwicker ab und setzte ihn sogleich wieder auf.

»Ach, *Ma!*« tadelte Gerty, »was hast du denn gedacht? Haseltine weiß *alles!* Die sind spannend, die Briefe, Mr. Witherall. Dreht sich alles drum, daß sie ihm Geld geschickt hat, auch wenn er es nicht wirklich verlangt hat!«

»Was Sie nicht sagen!« sagte Leonidas. »Was Sie nicht sagen!«

»Wollen Sie sie denn nicht lesen?«

»Ähm – nein«, sagte Leonidas. »Erzählen Sie mir, was drinsteht. Ich habe das Gefühl, meine Augen sind ein wenig müde. Wohin ich blicke, sehe ich Hunde. Nichts Schlimmes«, fügte er hinzu. »Machen Sie sich keine Sorgen. Aber erzählen Sie mir einfach nur, was in den Briefen steht, bitte.«

»Na ja, sie hat ihm dieses Geld geschickt, auch wenn er's nicht wirklich verlangt hat, und dafür soll er sie jetzt aber auch in Ruhe lassen, wo ihr Mann nicht da ist. Eigentlich sind sie alle gleich. Die Briefe, meine ich; es geht immer um dieselben Sachen. Klingt alles, als ob sie sich furchtbare Sorgen macht, und man hat das Gefühl, als wäre sie ziemlich schlecht auf ihn zu sprechen. Hast du den von Jay, Ma? Lies Mr. Witherall mal das Ende davon vor.«

Leonidas lehnte sich an die Küchenwand.

»Katze, Winston«, murmelte er. »Siehst du da? Hübsches Kätzchen, Winston!«

»Was sagen Sie?« fragte Mrs. Mullet erstaunt.

»Ähm – nichts, Mrs. Mullet. Ich habe nur – ähm – laut gedacht. Könnten Sie mir die Stelle vorlesen, von der Gerty gesprochen hat?«

Mrs. Mullet räusperte sich.

»Nicht daß wir in diesen Briefen geschnüffelt hätten«, versicherte sie ihm, ein wenig beklommen. »Aber sie sind ja nicht in

Umschlägen, und da konnte jeder sehen, was drinsteht. Wenn Sie mich fragen, dieser hier von Jay, das ist der, auf den es ankommt. Als ich die letzten Sätze hier gelesen habe, da habe ich zu mir ›*Aha!*‹ gesagt. ›Aha!‹, habe ich zu mir gesagt.«

»Könnte ich sie hören?«

Mrs. Mullet räusperte sich noch einmal. »›Wenn Du weiter Vaters Lage ausnutzt, um aus Mutter Geld herauszupressen, dann werde ich alle rechtlichen Hebel in Bewegung setzen, die mir zur Verfügung stehen – und das sind eine ganze Menge –, und werde dafür sorgen, daß Du nicht noch einmal jemanden belästigst.‹ Hören Sie? Er *droht* ihm.«

»Hmnja. Weiter.«

»›Du weißt‹«, fuhr Mrs. Mullet fort, »›es ist nicht Vaters Schuld, daß er nicht hier ist‹ – finden Sie nicht auch, das klingt, als ob er im *Gefängnis* säße?«

»Auf dieser Basis«, antwortete Leonidas, »würde ich keine Vermutung wagen. Ähm – könnten Sie weiterlesen?«

»›Und du weißt ja inzwischen, daß es ihm – anders als Mutter – nichts mehr ausmacht, wieviel Dreck Du aufwühlst. Also tue, was Du nicht lassen kannst, aber vergiß nicht, von jetzt an hast Du es mit mir persönlich zu tun. Noch ein Brief an Mutter, und wir sehen uns vor Gericht. Wenn Du noch einmal hier aufkreuzt, dann breche ich Dir den Hals und nicht nur den Arm.‹ Da!« schloß sie. »Einmal hat Jay sich schon mit ihm angelegt und hat ihm dabei den Arm gebrochen!«

»Aha!« sagte Leonidas. »Hmnja, ich glaube, das können wir sagen – diese Briefe gehören eindeutig in die ›Aha!‹-Klasse. Hmnja, in der Tat. Mr. Finger – wir wissen nicht weswegen – ist nicht hier. Während seiner Abwesenheit erpreßt sein Bruder beinahe – aber doch nicht ganz – Mrs. Finger. Jay ist anscheinend ebenfalls fort, und Mrs. Finger – ähm – gibt nach, sagen wir. Jay kehrt zurück, kommt dahinter, wie die Dinge stehen, und nimmt die Sache in die Hand. Ein energischer junger Mann, Jay Finger. Eindeutig der Typ, der anderen die Knochen bricht.«

»Jedenfalls hat er Santos – Ernest Finger, meine ich – gezeigt, wo's langgeht!« sagte Gerty.

»Hmnja«, stimmte Leonidas zu, »und sich nicht gerade klug dabei verhalten. Schließlich wird doch jemand, der – wie Jay sagt – gesetzliche Mittel zur Verfügung hat, von diesen in der Regel auch Gebrauch machen. Er wird nicht damit drohen, daß er jemandem den Hals bricht. Da fragt man sich, ob Ernest Finger nicht etwas hatte, womit er seine Daltoner Verwandtschaft in der Hand hatte! Hmnja, in der Tat!«

»Da hätten wir also die ganze Finger-Familie untergebracht«, sagte Mrs. Mullet zufrieden, »und wir hätten die schönsten Motive. Wie geht es jetzt weiter?«

»Gibt es«, fragte Leonidas, »im Haus eine Möglichkeit, Müll zu beseitigen?«

»Hinten im Flur ist ein Schacht, der zum Heizungskeller führt.«

»Dann seien Sie bitte so freundlich«, sagte Leonidas, »und werfen Sie die Kassette hinein, und dann legen Sie die Küchengeräte wieder an ihren angestammten Platz. Ich stecke diese Briefe noch in die unterste Schublade, damit die Polizei etwas zu finden hat, und dann sehen wir zu, daß wir fortkommen.«

Ein paar Minuten darauf kamen sie auf den Wohnungsflur, im Begriff zu gehen, als Mrs. Mullet neben der Tür stehenblieb und dramatisch auf etwas zeigte.

»*Sehen* Sie, Mr. Witherall! Sehen Sie hier!«

An der Lehne eines Gobelinstuhls, angeheftet mit einer großen Stecknadel mit purpurnem Kopf, steckte eine weitere veilchenblaue Orchidee, geflammt in Purpur!

»Nun?« fragte Mrs. Mullet, als Leonidas sie noch anstarrte. »Nun? Was halten Sie davon?«

Leonidas schüttelte den Kopf. Er wußte nicht, was er sagen sollte.

»Also wenn Sie mich fragen«, sprang Mrs. Mullet sogleich für ihn ein, »ich finde, Ihre Blondine kommt ganz schön rum!

Was machen wir mit der Blume? Geben wir sie auch Gerty und tun so, als hätte sie nichts zu bedeuten?«

Leonidas ging mit langsamen Schritten zum Sofa und setzte sich.

»Nein«, sagte er. »Nein, Mrs. Mullet; ich glaube, diesmal werden wir darüber nachdenken.«

»Wie schafft sie das denn, daß sie überall hinkommt, in Wohnungen und Schulen, obwohl die Türen verschlossen sind, und …«

»Ma!« sagte Gerty streng. »Ma, wenn Haseltine nachdenken will, dann will er nicht, daß Lady Alicia oder sonst jemand ihm ein Loch in den Bauch fragt! Das weißt du doch genausogut wie ich!«

Leonidas nahm es schon kaum noch wahr, wie sie auf Zehenspitzen in die Küche trippelten.

Fest stand, überlegte er, daß die Orchideen von Terry stammten. Die Stecknadel mit dem purpurnen Kopf war der letzte Beweis. Die Nadel kannte er. Die ungewöhnliche Größe und die Form des Kopfes waren ihm aufgefallen.

Es war nicht zu bestreiten, daß Terry in der Meredith-Akademie gewesen war, und ebensowenig, daß sie hier gewesen war.

Daß sie zu dieser Wohnung kam, wunderte ihn nicht; sie hatte schließlich die feste Absicht gehabt, sich die Briefe zurückzuholen, die sie Ernest Finger geschrieben hatte.

Aber wenn sie hier gewesen war, warum hatte sie sie dann nicht mitgenommen? Sie waren doch nicht zu übersehen gewesen!

Daß er selbst sie anfangs nicht gesehen hatte, tat für seine Begriffe nichts zur Sache. Er hatte sich hauptsächlich für die Liste mit Schülernamen interessiert und für die Einträge in Fingers ledernem Terminkalender. Ihm waren Terrys Briefe nicht so wichtig.

Doch anders bei ihr. Für Terry waren sie von größter Bedeutung; sie wären das erste gewesen, wonach sie gesucht hätte.

Der Zwicker kreiste auf Hochtouren.

Hier stand Terry. Hier lagen die Briefe, die ihr schon so lange solche Sorgen machten.

Aber sie hatte sie nicht genommen.

Warum?

»Dummkopf!« sagte er laut. »Sie hat sie nicht genommen, weil sie sie nicht nehmen konnte! Und sie konnte sie nicht nehmen, weil sie nicht allein war! Das liegt doch auf der Hand!«

Er ging hinüber zu dem Stuhl und starrte die Orchidee an.

Es war etwas Profundes an dieser Stecknadel, die mitten durch die Blüte gestochen war.

»Haseltine«, murmelte Leonidas, »manchmal wundere ich mich, daß du nicht schon in jungen Jahren zum Opfer deiner schier grenzenlosen Einfalt geworden bist!«

Schließlich waren es doch nur ein paar einfache Fakten, die er zusammenbringen mußte, nichts weiter als eine kleine Rechenaufgabe!

Zum Beispiel hatten sie die Meredith-Orchidee an der Tür gefunden.

Und diese hier steckte ebenfalls nahe der Tür.

Und Terry war nicht allein gewesen.

Terry war in Begleitung gewesen. Sie war mit jemandem hier gewesen, dem sie die Sache mit den Briefen nicht erklären konnte. Jemand, in dessen Gegenwart sie sich nicht traute, die Briefe vom Tisch zu nehmen, die ihr das Leben so schwermachten.

Aber das Wichtigste war, daß sie mit jemandem unterwegs war, der sie ununterbrochen beobachtete.

Das war natürlich die Erklärung dafür, daß sie die Orchidee immer in der Nähe der Tür hinterließ! Vorher hatte sie keine Gelegenheit dazu. Sie konnte nicht riskieren, daß ihr Begleiter bemerkte, daß sie eine Spur hinterließ, ein Indiz, das zeigen sollte, daß sie dagewesen war!

»Nun – wie kommen Sie voran?« fragte Mrs. Mullet mit gedämpfter Stimme von der Küchentür aus.

»Ich sehe es vor mir«, antwortete er ohne zu zögern. »Sie ist zur Schule gekommen. Sie weiß, sie spürt, worauf Harry Skellings uns ja ebenfalls aufmerksam gemacht hat – daß jemand, der nichts mit Meredith zu tun hat und einen Schlüssel besitzt, diesen Schlüssel vielleicht aus der Tasche des toten Finger hat. Sie malt sich aus, daß ich nach ihr suchen werde. Sie malt sich aus, daß ich auf meiner Suche nach Fingers Mörder vielleicht zur Schule kommen werde. Schon ein wenig verzweifelt überlegt sie, was sie tun kann, um mir einen Hinweis auf diese Dinge zu geben, falls ich dorthin komme. Dann ein Geistesblitz. Als ihr Begleiter sie schon zur Hintertür hinausführt, faßt sie sich an die Schulter. Sie rupft eine Rispe von ihrem Orchideensträußchen, legt sie oben auf den Transportkarren und geht hinaus.«

»Puh!« sagte Mrs. Mullet. »Puh! Da läuft's mir kalt den Rücken hinunter! Wie ging es dann weiter?«

Leonidas zuckte mit den Schultern. »Das weiß ich nicht, Mrs. Mullet. Aber so stelle ich es mir in der Schule vor. Als sie dann hierher in die Wohnung kamen, muß es eine Tortur für Terry gewesen sein. Wie sehnte sie sich danach, diese Briefe zu holen, und da lagen sie und sie konnte sie nicht nehmen! Und wieder führt ihr Begleiter sie zur Tür. Diesmal ist sie noch verzweifelter. Diesmal kann sie sicher sein, daß ich herkommen werde, denn ich hatte es ihr angekündigt. Und in einer Geste, die ich nur genial nennen kann, gibt sie mir Nachricht von ihrer Verfassung und sticht die Nadel der Orchideenblüte mitten ins Herz – kommen Sie her, Mrs. Mullet. Stellen Sie sich hierher.«

»Hier?«

»Hmnja. Ich will sehen, ob es stimmt, was ich mir ausmale. Ich öffne die Wohnungstür« – er streckte die Hand nach dem Knauf aus –, »und Sie sind Terry und stehen hier. Hmnja, genau so! Ich bin mit der Tür beschäftigt, und Sie sehen mich an, aber hinter Ihrem Rücken stecken Sie gerade die Orchidee an der Stuhllehne fest. Mir fällt nichts auf. Für mich sieht es aus, als stünden Sie einfach nur da und hätten sich zurückgelehnt. Ich schalte das Licht aus – hmnja, so war es!«

»Hört sich toll an.« Mrs. Mullet schien tief beeindruckt. »Aber sagen Sie«, fragte sie plötzlich, »sagen Sie, Mr. Witherall, wer *sind* Sie? Ich meine, jetzt gerade, wen haben Sie da gespielt?«

Leonidas lächelte.

»Ich bin froh, daß Sie das fragen«, sagte er. »Das überlege ich nämlich auch. Und – ähm – ich glaube, Mrs. Mullet, ich glaube, ich bin Bedford Scrim.«

»Scrim?« rief Mrs. Mullet. *»Scrim?«*

»Hmnja, ich bin mir sogar recht sicher. Hmnja ...«

»Aber Mr. Witherall, Bedford Scrim ist kein Ganove! Das sage ich Ihnen immer wieder, Scrim ist ein anständiger Kerl! Ich kenne Leute, die in der Tuchfabrik für ihn arbeiten, und die *wissen*, daß er in Ordnung ist! Er ist seinem Onkel kein bißchen ähnlich. Er hat nichts gemeinsam mit dem feinen John! Nur weil Sie finden, daß sein Name wie ein Ganovenname klingt ...«

»Hmnja, Scrim.« Es war fast, als höre Leonidas ihre Einwände gar nicht. »Hmnja, es kann nicht anders sein. Es paßt einfach zu gut!«

»Das möchte ich ja wissen«, protestierte Mrs. Mullet, »wie das passen soll! Oder *was* passen soll! Was paßt da wo?«

»Auf dem Markplatz von Dalton wurde ich von Terry getrennt«, erklärte Leonidas, »und zwar nicht lange nachdem Scrim uns ganz in der Nähe verfolgt hatte. Wer die Gasse bei Crowninshield weitergeht, kommt am Marktplatz heraus, und wir können wohl davon ausgehen, daß auch Scrim diesen Weg nahm. Hmnja, das liegt nahe und ist sogar höchst wahrscheinlich.«

»Ja und?« fragte Mrs. Mullet. »Was hat die Frage, ob er auf den Platz gekommen ist, damit zu tun, daß Ihre Blondine überall Orchideen liegenläßt?«

»Vielleicht wußte Terry, daß ich im Minturn-Club war.« Es war, als spräche Leonidas nur zu sich selbst. »Vielleicht. Nicht unmöglich. Aber ich denke eher, daß die beiden tüchtigen Wemberley-Bankiers mich so urplötzlich davongezerrt haben, daß es dem Mädchen vorgekommen sein muß, als hätte ich mich plötzlich in Luft aufgelöst – ähm –, ein Hauch Kohlenmonoxid im Verkehrsgetriebe des Platzes.«

»Wie Sie solche Sachen immer sagen!« rief Gerty voller Bewunderung. »Hast du das gehört, Ma?«

»Sicher hab' ich das gehört, aber ich weiß immer noch nicht, was das mit Bedford Scrim zu tun haben soll!«

»Stellen wir uns vor«, fuhr Leonidas fort, »daß Terry dort auf dem Platz steht, verblüfft von meinem plötzlichen Verschwinden, und da nähert sich Scrim. Scrim erkundigt sich nach mir. In ihrer Verwirrung sagt Terry, daß sie nicht weiß, wo ich geblieben bin. Für sie wird die Lage nun ein wenig kompliziert, weil sie – bedingt durch Umstände, auf die ich jetzt nicht weiter eingehen will – nicht sagen kann, daß ich ich bin.«

»Das verstehe ich nicht«, sagte Gerty.

»Es spielt weiter keine Rolle«, versicherte Leonidas ihr. »Wichtig ist nur, daß es Terry in eine gewisse Verlegenheit brachte, was vermutlich dafür verantwortlich ist, daß sie eifrig zustimmte, als Scrim vorschlug, er werde ihr bei der Suche nach mir helfen.«

»Soll das heißen«, fragte Mrs. Mullet, »Sie vermuten, daß Scrim sie in eine *Falle* gelockt hat?«

»Nein.« Leonidas ließ seinen Zwicker kreisen. »Nein; ich würde eher sagen, daß sie der Einladung der Spinne gefolgt ist und gar nicht begriffen hat, daß sie die Fliege ist. Und ich frage mich auch«, fügte er versonnen hinzu, »ob Scrim wohl weiß, daß er die Spinne ist! Ich frage mich, ob er nicht zunächst einfach nur mit Terrys Hilfe mich finden wollte, und nachdem er sich sozusagen einmal mit ihr eingelassen hatte, war die Lage so brenzlig für ihn, daß er sie nicht mehr gehenlassen konnte!«

»Hören Sie, Mr. Witherall!« Mrs. Mullet bot all ihre Geduld auf. »Sie müssen sich schon entscheiden. Wenn Bedford Scrim der Bösewicht sein soll – obwohl er, wenn Sie mich fragen, der anständige Kerl ist, für den alle ihn halten –, wieso sollte ihm dann bei Ihrer Blondine brenzlig zumute sein? Wollen Sie sagen, er kam allmählich drauf, daß *sie* der Bösewicht ist? Was ja auch, wenn Sie mich fragen, viel wahrscheinlicher ist; ich verstehe sowieso nicht, wieso Sie jedesmal, wenn diese Blondine irgendwo auftaucht, wo sie nichts zu suchen hat, behaupten, jemand anderes hätte sie dorthin geführt!«

»Nein«, entgegnete Leonidas, als sie Atem holen mußte. »Ich wollte sagen, daß Scrim allmählich aufging, daß Terry ihn für den Täter hielt. Und das ist gut denkbar. Noch ein oder zwei Minuten bevor wir getrennt wurden, sprach sie davon, daß die Art, wie Scrim uns verfolgte, ihr angst mache. Hmnja, er hatte den Verdacht, daß sie den Verdacht hatte, und da konnte er nicht riskieren, sie gehen zu lassen. Und da ich selbst meine Erfahrungen damit gemacht habe, wie Terry ist, wenn sie sich in den Kopf gesetzt hat, zu bleiben, wo sie ist, hätte ich meine Zweifel, ob sie, als sie ihn erst einmal wirklich verdächtigte, zugelassen hätte, daß er *sie* gehenließ.«

Er rechnete damit, daß Mrs. Mullet ihm wortreich die Unverständlichkeit seiner Gedanken vorhalten würde, aber sie hatte offenbar nicht die geringsten Schwierigkeiten damit.

»Ah ja«, sagte sie. »Wie damals, als Lady Alicia dem Grafen Casimir nicht von der Seite wich, obwohl sie wußte, daß er den Flughafen in die Luft gejagt hatte und daß ganz New York folgen sollte. Sie fand ihn gräßlich, aber sie wollte bei ihm bleiben, damit Haseltine sie finden und Casimirs Untat doch noch vereiteln konnte und so weiter. Jetzt verstehe ich! Sie wollen sagen, daß sie mit den Orchideen eine Art *Spur* gelegt hat!«

»Hmnja, so könnte man sagen.«

»Warum hat sie denn keinen Zettel dagelassen?« fragte Gerty. »Lady Alicia macht das immer.«

»Wenn man mit jemandem unterwegs ist und sich in gewissem Sinne als dessen Geisel fühlt«, antwortete Leonidas, »mit jemandem, von dem man das Schlimmste vermutet, läßt man nicht offen Billets-doux zurück.« Er blickte Gerty ins Gesicht. »Ähm – Terry konnte Scrim ja wohl kaum fragen, ob er sie einen Moment entschuldigen könne, weil sie mir ein paar Zeilen dalassen wolle.«

»Aber Alicia macht das immer!«

»Leider habe ich nie daran gedacht«, antwortete Leonidas, »Lady Alicia ein Orchideensträußchen ans Kleid zu heften – obwohl ich mir fast sicher bin, daß ich ihren Liebreiz schon einmal mit dem einer Orchidee verglichen habe. Es ist ein Versäumnis, das ich schon sehr bald wettmachen werde. Es wird der Tag kommen, das versichere ich Ihnen, an dem Lady Alicia eine Spur aus Orchideen legt, einen wahren Strom aus kostbaren Blüten, denen der wackere Lieutenant folgen und bei jeder einzelnen davon ›Aha!‹ rufen kann. Und jetzt nehmen Sie Ihre neue Orchidee, Gerty, und dann nichts wie fort von hier!«

Mrs. Mullet war auf dem Weg nach draußen verdächtig still.

»Da wäre nur eines«, sagte sie und blieb am Hauseingang noch einmal stehen, »eines, was mich ...«

»Ähm – ja?«

»Ich sage es nicht gern, Mr. Witherall, aber es ist – es ist alles irgendwie *erfunden*, nicht wahr? Ich meine, wir haben so gut wie keine Beweise. Das soll nicht heißen«, fügte sie eilig hinzu, »daß es nicht wie bei Haseltine ist, Mr. Witherall. Es ist sogar *sehr* wie Haseltine. Aber – ich meine – na, wir haben nichts, was die *Polizei* überzeugen würde. Irgendwie ist es – ja, das ist es! Es ist wie in der Zeitung!«

»Was ist wie in der Zeitung, Mrs. Mullet?« fragte Leonidas. »Ich fürchte, ich kann Ihnen nicht ganz folgen.«

»Oh, Sie wissen doch, was ich meine. Wenn jemand von einem unbestätigten Gerücht schreibt, das er von jemandem hat, dessen Name nicht genannt werden soll, und der sagt, daß unsere Truppen mit Sicherheit an dem und dem Tag da und da landen werden«, erklärte Mrs. Mullet, »und daß es überhaupt keine Frage ist, daß am sechzehnten des Monats um sieben nach zehn der Krieg zu Ende ist. Diese ganzen Sachen, über die sie schreiben, obwohl sie eigentlich überhaupt nichts drüber wissen.«

Leonidas lächelte.

»Ich – ähm – sehe, worauf Sie hinauswollen«, sagte er. »Hmnja, in der Tat. Meine – ähm – geistigen Höhenflüge *haben* schon etwas von den – wie sollen wir sie nennen – Wortgefechten der Schreibtischstrategen. Hmnja, das kann man sagen!«

»Kurz gesagt, Mr. Witherall«, brachte Mrs. Mullet es auf den Punkt, »wie wollen Sie das den Bullen beweisen, gerade die Sache mit Scrim?«

Leonidas machte mit seinem Malakkastöckchen eine weit ausholende Bewegung.

»Daß wir schon soviel herausbekommen haben, Mrs. Mullet; daß wir schon so weit gekommen sind, ohne daß wir der Polizei in die Arme gelaufen sind, sollten wir als gutes Omen nehmen. Keine Gänse, die gefährlich schnattern, kein Donnergrollen, das uns droht. Machen wir uns nicht zu viele Gedanken darum, daß einige unserer Grundannahmen – ähm – wie hat Skellings sie genannt? – Ausgeburten meiner ungestümen Phantasie sind. Machen wir uns nicht zu viele Gedanken um die offensichtlichen Lücken. Lassen Sie uns die Sonnenseite sehen. Lassen Sie uns …«

»Lassen Sie uns nicht vergessen«, beharrte Mrs. Mullet ein wenig gereizt, »daß Sie für all das nicht den *geringsten* Beweis haben, Mr. Witherall!«

»In meinem tiefsten Herzen habe ich immer gewußt«, versicherte Leonidas, »daß Bedford Scrim der Bösewicht sein muß. ›Hängen sollst du, Bedford Scrim, der Henker wartet schon.‹ Hmnja, ich denke mir, ich werde mein Verslein vertonen, Mrs. Mullet, und dann bringe ich …«

»Mr. Witherall«, sagte Gerty. »Mr. Witherall!«

Leonidas kümmerte sich nicht darum, daß sie ihn am Ärmel zog.

»Dann bringe ich den braven Bürgern von Pomfret ein Ständchen. Von nichts lasse ich mir den Optimismus nehmen, in dem ich mich in diesem Augenblick sonne. Auf dem Weg zum Wagen werden wir noch über ein vierblättriges Kleeblatt stolpern, ein doppeltes Hufeisen, ein Briefchen mit Stecknadeln, deren Köpfe uns glitzern!« Er öffnete die Tür. »Kommen Sie, lassen Sie uns …«

Mit einem Ruck blieb er stehen.

Der Wagen war nicht mehr da!

»Das versuche ich Ihnen schon die ganze Zeit zu sagen«, erklärte Gerty. »Chuck ist nicht mehr da! Das Auto ist weg! Es steht auch nirgendwo sonst, ich habe schon überall nachgesehen!«

»Vierblättrige Kleeblätter!« sagte Mrs. Mullet nur. »Hufeisen! Nadeln!«

»Der tapfere Thomas«, rief Leonidas, »hat uns verlassen! Der tapfere Thomas läßt uns im Stich, gerade in der Stunde unserer …«

Der Rest seiner Worte ging im Heulen der Polizeisirenen unter.

»Oh Jammer in der Stunde unserer größten Not«, hob Leonidas wieder an, als die Sirenen kurz verstummten, »daß gerade jetzt der tapfere Thomas – ähm – das sinkende Schiff verläßt! Oh je!«

»Schwarz-weiß lackiert! Das sind welche aus Dalton!« rief Gerty aufgeregt. »Die kommen hierher!«

»Und die Straße hört hier auf«, fügte Mrs. Mullet grimmig hinzu. »Diesmal können Sie nicht einfach davonspazieren!«

»Lady Alicia«, sagte Leonidas noch rasch, »Ihnen und Gerty können sie nichts tun. Sie haben nichts zu befürchten …«

»Wo wollen Sie *hin?*«

»Vielleicht kommt der Tag, da wir uns wiedersehen! Leben Sie wohl!«

Er sprintete zur Gasse längsseits des Apartmenthauses und stürzte sich hinein, gerade als die Daltoner Polizeiwagen vor der Haustür hielten.

Fünf Sekunden darauf lag er flach auf dem Rücken, niedergestreckt von einer Folge von Jiu-Jitsu-Griffen, die Haseltine sich nicht einmal im Traum hätte ausmalen können.

Kapitel 8

Zehn weitere Sekunden später hatte der unbekannte Angreifer ihn sich schon über die Schulter geworfen wie einen alten Mehlsack.

Binnen einer Minute wurde er unsanft in den Fußraum eines Wagens geworfen.

»So, jetzt wollen wir mal sehen!« Eine Taschenlampe leuchtete ihm ins Gesicht. »Mann! *Mann!*«

»Chuck!« hauchte Leonidas. »Chuck! Tapferer Thomas! *Sie?*«

»Mann, Mr. Witherall, ehrlich, ich hab' gedacht, Sie wären der andere!« Chuck klang entsetzlich unglücklich. »Ich hab' gedacht, *der* wäre das! Zweimal ist er hier aus der Gasse geschlichen gekommen und wieder zurück, und da habe ich natürlich gedacht, Sie sind der und kommen noch mal her! Er hatte genauso einen Mantel wie Sie an und so einen Hut auch und er war ungefähr so groß wie Sie! Habe ich Ihnen wehgetan, Mann?«

»Ich glaube, ich darf hoffen«, stöhnte Leonidas, als er sich mühsam vom Wagenboden hocharbeitete, »daß das Gefühl in meinen rechten Arm zurückkehren wird. Bei Schultern, Beinen, Rücken und dem linken Arm wäre ich nicht so optimistisch.«

»Mann!« Chuck war noch zerknirschter als zuvor. »Aber wahrscheinlich nur Muskelzerrungen. Tut es sehr weh?«

»Ob Muskeln, ob Meniskus«, antwortete Leonidas, »was Sie mir an Schmerzen zugefügt haben, haben Sie mehr als wettgemacht, indem Sie mich – ähm – sogleich vom Ort des Geschehens enfernten. Chuck, was war das für ein Mann? Der, den Sie eigentlich erwischen wollten? Was ist geschehen?«

»Also, kurz nachdem Sie drei in Santos' Wohnung gegangen waren«, berichtete Chuck, »kam ein Kombiwagen ganz langsam die Straße rauf, wendete und fuhr wieder weg. Ich hätte mir nichts dabei gedacht – aber Mann, Sie hätten die Blondine sehen sollen, die da drinsaß! Mann!«

»Eine Blondine? In einem Kombiwagen? Chuck, beschreiben Sie sie!« sagte Leonidas. »Was hatte sie an?«

»Na ja – hm – Gerty ist ein hübsches Ding, Mr. Witherall. Die ist mein Mädchen, wir sind ja so gut wie verlobt, glaube ich. Aber diese Blonde in dem Kombi, die hätten Sie sehen sollen! Das war die heißeste Nummer, die ich gesehen habe, seit Myrna Nestle mal bei uns im Lager auf Truppenbesuch war. Sie hatte ein Abendkleid an, und Mann, was für Haare!«

»Wer war der andere?«

»Also anfangs habe ich das Gesicht von dem Kerl, der am Steuer saß, nicht gesehen«, sagte Chuck. »Hatte ja auch woanders hinzugucken. Wahrscheinlich hätte ich überhaupt nicht mehr an ihn und seinen Kombi gedacht, aber ein paar Minuten später kam er noch mal die Straße rauf. Und hat wieder gewendet und ist weggefahren. Das erstemal habe ich ja noch gedacht, da hat sich jemand mit der Sackgasse vertan, aber jetzt, wo er wiederkam, kam mir das merkwürdig vor. Verdächtig irgendwie. Mann, die Haare hätten Sie sehen müssen! Die Haare von der Blondine!«

»Hmnja«, sagte Leonidas, »in der Tat! Ähm – was dann?«

»Ja, dann kommt der Kombi tatsächlich noch ein drittesmal die Straße hoch! Diesmal parkt er ein Stück hinter mir, und der Kerl steigt aus und geht zur Tür vom Mildred – das ist das Apartmenthaus, in dem Santos wohnt – und geht hinein. Ich hab' in den Rückspiegel gesehen«, sagte Chuck, »weil ich dachte, ich seh' die Blonde noch mal, aber da war nichts zu sehen, und da hab' ich die Tür aufgemacht und mich umgesehen. Sofort kommt er wieder aus dem Mildred raus, schnell wie ein Fuchs. Der hatte gemerkt, daß ich mich umsehe, und das hatte ihm einen Schrecken eingejagt.«

»Und« – Leonidas bemühte sich um eine ruhige Stimme – »wie sah er aus, Chuck?«

»Er hatte genauso einen schwarzen Hut auf wie Sie«, antwortete Chuck, und Leonidas ging durch den Kopf, daß Bedford Scrim hutlos gewesen war, »ziemlich hoch und mit 'ner breiten Krempe. Und einen hellen Mantel, auch wie Sie. Dunkler Anzug. Jedenfalls waren die Hosen dunkel.«

Bedford Scrim hatte keinen Mantel gehabt. Er hatte graue Flanellhosen getragen.

»Ähm – Brille?« fragte Leonidas hoffnungsvoll. »Randlose Brille? Oder ist Ihnen das nicht aufgefallen?«

»Brille hat er keine gehabt. Er hat sich irgendwie – also irgendwie schnell bewegt. Ich weiß nicht, wie ich Ihnen das erklären soll«, sagte Chuck ein wenig hilflos. »Gehüpft, könnte man sagen. Er war wie die Jungs, mit denen ich früher bei den Dalton Demons Football gespielt habe. Drahtig. Oh, und einmal hat er den Hut abgenommen. Seine Haare sind schwarz ...«

Nach und nach, unter Leonidas' geduldigen Fragen, brachte Chuck schließlich eine einigermaßen vollständige Beschreibung von jemandem zusammen, der eindeutig nicht Bedford Scrim war.

Leonidas hatte eher den Eindruck, je mehr er über den Mann erfuhr, desto mehr sah er nach dem energischen Jay Finger aus!

Er atmete tief durch.

»Verstehe«, sagte er. »Hmnja, ein klein wenig verstehe ich es nun. Wie ging es weiter, als er bemerkte, daß Sie seinen Kombiwagen beobachteten?«

Schnell wie ein Fuchs sei er davongewesen, berichtete Chuck, habe aufs Gas getreten, daß die Reifen qualmten. Das sei auch der Augenblick gewesen, erklärte Chuck, an dem ihm persönlich ein Licht aufgegangen sei, daß mit dem was nicht stimmte.

»Hat wie ein Wilder hier gewendet, damit er schnell wegkommt, und da sehe ich, daß er sein Nummernschild mit Dreck eingeschmiert hat, damit man's nicht lesen kann. Ist doch verdächtig, oder? Und da ist mir die Idee gekommen. Ich dachte, ich fahr' rüber zu der Straße hier und stell' das Auto hier ab, und dann schleiche ich mich durch die Gasse wieder zum Haus und warte, ob er nicht noch mal kommt, und sehe, was er macht, wenn ich nicht da stehe und ihn nervös mache. Das tue ich dann, und er kommt tatsächlich.«

»Und ging noch einmal ins Foyer des Apartmenthauses?« fragte Leonidas.

»Er war schon fast an der Tür«, erklärte Chuck, »aber dann sieht er das Licht oben in Santos' Wohnung, wo Sie gerade drin sind, und dann kommt er in die Gasse und reckt den Hals und will sehen, was da oben los ist. Ich hatte das Gefühl, er überlegt, ob er hoch zu dem Fenster klettern soll – mich hat er nicht gesehen, müssen Sie wissen; ich hatte mich hinter ein paar Fässern versteckt.«

»Sie kennen sich ja anscheinend hier sehr gut aus, Chuck«, sagte Leonidas unvermittelt.

»Aber ja. Sicher! Dienstags und samstags hatte ich immer meine Verabredungen mit Gerty. Und an den Dienstagen bin ich hergekommen und hab' Mrs. Mullet abgeholt. Damals hab' ich noch in der Fabrik gearbeitet und es gab Benzin und alles«, erklärte Chuck. »Zuerst hab' ich Gerty von dem Kaufhaus abgeholt, wo sie ihre Stelle hatte, und dann sind wir zusammen hergefahren und haben Mrs. Mullet geholt. Dienstag war Gulasch-Tag«, fügte er noch wehmütig hinzu.

»Ähm – Gulasch?«

»Mrs. Mullet hat mir immer ein schönes Gulasch gekocht«, erklärte Chuck, »als Dank dafür, daß ich sie abgeholt habe. Mann, das waren noch Zeiten! Sicher, wo ich jetzt bin, ist es auch nicht schlecht, immer an der frischen Luft und so weiter, aber die Kumpels aus der Fabrik und die Dienstage und das Gulasch und alles, das fehlt mir.«

»Die Fabrik, das wäre die Tuchfabrik, nicht wahr?« fragte Leonidas. »Ähm – kennen Sie vielleicht Bedford Scrim?«

»Ob ich Bedford Scrim kenne! Der ist doch ein Kumpel von mir!«

»Was Sie nicht sagen!«

»Das ist wirklich mal ein Mann mit ’m Herz aus Gold!« schwärmte Chuck. »Der würde einem sein letztes Hemd geben, Bedford Scrim. Sicher, Verstand hat er auch. Aber das läßt er nicht so raushängen. Wenn der mich auf der Straße sieht, dann ruft er ›He, Chuck, wie geht’s?‹, genau wie damals, wo er frisch vom College kam und wir zusammen Ballen geschleppt haben. Da spielt’s keine Rolle, daß er jetzt Chef von dem Laden ist! Nein, Sir, der ist in Ordnung, der Scrim. Immer tut er was für die Leute, genau wie sein Onkel. Eines Tages wird Bedford auch mal Bürgermeister, da würd’ ich drauf wetten!«

»Hmnja!« sagte Leonidas.

»Glauben Sie mir ...«

Chuck stimmte ein begeistertes Loblied auf die zahllosen Tugenden von Bedford Scrim an, den prima Kerl und Menschenfreund, und Leonidas lehnte sich in seinem Sitz zurück, dachte an seine Prophezeiung, das Kleeblatt und die Hufeisen, und lächelte.

Chuck hätte seinen alten Kumpel Bedford Scrim in jedem Fall erkannt, ob er nun in Flanell, im dunklen Anzug oder in der Badehose gekommen wäre.

Der Mann im Kombiwagen *konnte* nur Jay Finger gewesen sein!

»Sagen Sie«, nützte Leonidas seine Chance, als Chuck Atem holte, »was hat Jay – ähm – der drahtige Bursche in der Gasse dann gemacht? Nur nach oben geschaut?«

»Der hat die Fenster von Santos nicht aus den Augen gelassen!« antwortete Chuck. »Aufgepaßt wie ein Luchs. Ich hab’ mir den Kopf zerbrochen, was er da wohl macht, und dann denk’ ich, kannst ja auch einfach hingehen und ihn fragen. Ganz lässig, ›Kannst du mir mal verraten, was du hier zu suchen hast, Kumpel?‹ oder so ähnlich.«

»Wenn Sie mir eine so – ähm – lässige Frage stellen würden,

würde ich abheben und versuchen, durch die Luft zu entkommen«, sagte Leonidas. »Wie hat unser Besucher reagiert?«

»Bin nicht dazu gekommen, ihn zu fragen«, sagte Chuck. »Ich wollte zu ihm hin, und da tret' ich auf ein Brett und das knarrt, und er macht einen Satz, als hätt' ihn 'ne Kugel erwischt, und schon ist er auf und davon. Aber 's dauert nicht lange, da kommt er zurück, als ob er sich schämt, daß er so die Nerven verloren hat. Dann macht jemand im Haus nebenan ein Fenster auf, und wie der Blitz ist er wieder weg. Ich denk' mir, so kann das nicht weitergehen, und das nächstemal nehm' ich mir den Kerl vor. Und da steh' ich und warte auf ihn und packe ihn, und dann sind Sie das, Mr. Witherall! Mann, hören Sie sich das an!«

Für eine Weile lauschte er versonnen der Polizeisirene eine Straße weiter.

»Nachdem sie vergebens die Umgebung nach dem Tatverdächtigen abgesucht hatten«, murmelte Leonidas, »zogen die Beamten sich wieder zurück, außerstande, sein Verschwinden zu erklären. Die Polizei rechnet jedoch weiterhin mit einer Festnahme binnen kürzester Zeit. Hmnja. Jetzt sollten wir ...«

»Sie meinen, die waren hinter Ihnen her?«

»Ich sehe keinen Grund«, antwortete Leonidas, »etwas anderes zu vermuten. Wären sie gekommen, um sich gründlich in Fingers Wohnung – Santos' Wohnung – umzusehen, hätten sie die Aufgabe kaum in so kurzer Zeit bewältigt. Jetzt frage ich mich nur, Chuck, wie sie auf den Gedanken gekommen sind, daß ich dort sein könnte! Die Daltoner Truppe ist ja nicht gerade für ihre übersinnlichen Kräfte bekannt!«

»Na, jedenfalls sind sie wieder weg«, meinte Chuck, als die Sirenen in der Ferne entschwanden.

»Hmnja. Wie wäre es, Chuck, wenn wir ein Stück führen und nach Mrs. Mullet und Gerty Ausschau hielten?« schlug Leonidas vor. »Weit können sie ja noch nicht gegangen sein.«

Chuck vermutete, daß sie am Marktplatz auf den Bus nach Dalton warten würden, doch auf einer raschen Fahrt ums Karree und durch die benachbarten Straßen fanden sie keine Spur von den beiden.

»Mann, meinen Sie, die Bullen haben sie mitgenommen?« fragte Chuck beklommen.

»Ich kann mir keinen Grund vorstellen, warum die Polizei sie verhaften sollte«, sagte Leonidas, »nicht einmal mit der fadenscheinigen Anklage des Herumlungerns, mit der unsere Daltoner Freunde immer so schnell bei der Hand sind. Das wäre vielleicht drüben in Dalton eine Gefahr gewesen, in ihrem eigenen Bezirk, hätten sie Gerty und ihre Mutter verdächtig nahe an der Stelle gefunden, an der die Kühltruhe aufgetaucht war. Aber mit Sicherheit nicht hier in Pomfret! Nein, ich denke, Mrs. Mullet hat wieder einem Autofahrer ihr Einkaufsnetz entgegengehalten, und er hat sie mitgenommen. Haben Sie eigentlich diese Blondine noch einmal gesehen, Chuck, nachdem Sie den Wagen in die andere Straße gefahren hatten?«

»Nee. Die hat wahrscheinlich in dem Kombi gesessen und auf den Burschen gewartet. Aber den Kombi habe ich auch nicht mehr gesehen.«

»Wahrscheinlich hatte er sich ein Beispiel an Ihnen genommen«, meinte Leonidas, »und ebenfalls unauffällig geparkt. Hmnja, er muß sich davongemacht haben, als Mrs. Mullet im Foyer ihre Einwände gegen meine – ähm – Hirngespinste vorbrachte. Dafür wird die Polizeisirene schon gesorgt haben.«

»Mann, diese Haare!« seufzte Chuck noch einmal wohlig. »Aber hören Sie, Mr. Witherall, Sie werden doch Gerty nicht verraten, daß ich gesagt habe, die Blonde wäre 'ne heiße Nummer, oder? Gerty ist nämlich furchtbar eifersüchtig.«

Leonidas versicherte ihm feierlich, daß kein Wort davon über seine Lippen kommen werde.

»Gerty schlägt immer gleich zu«, sagte Chuck. »Da ist sie genau wie ihre Ma. Bei den beiden hat man ein blaues Auge, ehe man bis drei zählen kann.«

»Sie werden doch nicht sagen wollen«, entgegnete Leonidas, »daß dieses kecke Kind – ähm – *Sie* geschlagen hat?«

»Oh, schon oft«, sagte Chuck stolz. »Die ist ein tolles Mädchen. Wo fahren wir denn jetzt hin, Mr. Witherall?«

»Wieviel Benzin haben Sie?« fragte Leonidas zurück.

»Nicht viel. Zwei Gallonen vielleicht. Höchstens drei.«

Leonidas überlegte.

Es würde wohl kaum etwas bewirken, wenn sie durch die Gegend fuhren und Ausschau nach dem Kombiwagen hielten.

Und auch wenn es ihn persönlich im Augenblick nicht nach Oak Hill zog, war doch Oak Hill mit Sicherheit das Ziel, an dem Jay Finger früher oder später ankommen mußte.

Wenn es einen Ort gab, wo man Jay und den Kombiwagen und Terry wiederfinden konnte, dann war es Oak Hill.

»Oak Hill«, sagte er laut. »Ich – warten Sie, Chuck. Ich will nicht, daß Sie fahren, als ob Sie geradewegs mit der frohen Botschaft aus Marathon kämen. Wenn ich nach allem, was ich schon überstanden habe, jetzt als Temposünder gefaßt würde, das wäre doch wirklich jämmerlich. Und Sie sollen auch nicht direkt zu meinem Haus fahren. Wir nehmen die Straße auf der anderen Seite des Hügels, am Golfclub. Dort parken Sie, und wir gehen zu Fuß weiter.«

»Wir?« fragte Chuck. »*Wir?* Soll das heißen, ich darf mitkommen und muß nicht nur im Auto sitzen und aufpassen wie der tapfere Thomas?«

»Ähm – ja.«

Selbst Haseltine, überlegte Leonidas, hatte schließlich seine Augenblicke, wo ihm die persönliche Sicherheit des tapferen Thomas weniger am Herzen lag als der beruhigende Gedanke, daß dessen schlagkräftige Gestalt ihm zur Seite ging!

Während Chuck ihn in einem Tempo, das er wahrscheinlich eher für Leichenwagen angemessen fand, nach Dalton chauffierte, lehnte Leonidas sich zurück und malte sich aus, wie es jetzt wohl oben auf dem Oak Hill zuging.

Er hatte die Daltoner Polizei schon einmal am Tatort eines Mordes gesehen und konnte sich ein recht gutes Bild davon machen.

Überall würden Streifenwagen stehen, eine Ambulanz oder zwei dazu und der Katastrophenzug, der für seinen Freund Carpenter sein ganzer Stolz gewesen war. Die gesamte Polizeitruppe würde dort sein, ebenso die Reporter der Daltoner *Times*. Alle drei. Fotografen würden ihre Aufnahmen machen – offizielle für Polizei und Presse, Amateure aus dem ganzen Viertel. Zwei, vielleicht auch drei Beamte der Staatspolizei würden sich mit mißbilligend-hochmütiger Miene im Hintergrund halten.

Es würde zugehen wie in einem Bienenkorb. Die aufgeregte Einwohnerschaft würde wild durcheinanderlaufen, sich vor Neugier verzehren und trotzdem ängstlich und vorwurfsvoll klagen, daß so etwas in ihrer Mitte geschah.

In diesem Augenblick, dachte Leonidas und lächelte, saß Stacey Abercrombie vermutlich im Morgenmantel an seinem Schreibtisch und setzte einen Brief an die *Times* auf, in dem er fragte, warum in einem Viertel wie Oak Hill ein respektabler Mann in seinem eigenen Haus keine Nachtruhe fand. Stacey schrieb immer Briefe, in denen er fragte, warum in einem Viertel wie Oak Hill ein respektabler Mann in seinem eigenen Haus nicht dieses oder jenes haben könne. Stacey war der festen Überzeugung, daß in unseren heutigen Zeiten die Freiheit des Individuums langsam, aber stetig immer weiter beschnitten wurde, erwürgt, wie er immer gern sagte, von den Fangarmen eines Kraken, und seine vorwurfsvollen Episteln endeten stets mit der düsteren Andeutung, daß an alldem zweifellos die immer weiter ausufernde Bürokratie von denen da unten in Washington schuld sei.

»Da wären wir!« sagte Chuck, als er am sechsten Loch des Golfclubs hielt. »In Ordnung?«

Sie gingen hinüber zur Birch Hill Road, und Leonidas ertappte sich dabei, wie er erwartungsvoll nach dem Knarzen von Funkgeräten horchte, die in den Streifenwagen sicher angeblieben waren.

»Unheimlich, wie still das hier ist«, meinte Chuck. »Finden Sie nicht auch, Mr. Witherall?«

Leonidas mußte ihm zustimmen.

Auf der Maple Street, nicht weit vom Schauplatz seiner Begegnung mit Winston Abercrombie, blieb Leonidas stehen.

»Chuck«, sagte er, »da ist eindeutig etwas – ähm – nicht in Ordnung! Wir müßten längst etwas hören von dem, was da im Gange ist. Gehen Sie einmal zu meinem Haus und sehen Sie sich gründlich um, und dann erstatten Sie mir Bericht.«

Fünf Minuten später kehrte Chuck zurück und schüttelte traurig den Kopf.

»Mann, Mr. Witherall, ich weiß gar nicht, wie ich Ihnen das beschreiben soll!«

»Sie meinen die Leute und die Polizei und das ganze Durcheinander?«

»Das nicht.«

»Ähm – was meinen Sie dann?« fragte Leonidas. »Was ist los?«

»Also um ehrlich zu sein, Mr. Witherall, da ist kein Mensch!«

»Kein Mensch? Jetzt übertreiben Sie aber, Chuck! Vielleicht ist es nicht ganz so turbulent, wie ich es Ihnen ausgemalt habe, aber gewiß ist doch das ganze Viertel in Bewegung? Die Nummer hundertvierzig, das Haus gleich neben meinem, ist das nicht der Mittelpunkt des hektischen Treibens?«

»In der ganzen Straße ist alles stockduster und genauso still wie hier. Gehen Sie selbst nachsehen, Mr. Witherall, wenn Sie mir nicht glauben!«

Leonidas marschierte zum Birch Hill und sah mit eigenen Augen, daß es die reine Wahrheit war.

Kein Fenster war erleuchtet, kein Polizeiwagen in Sicht. Nichts regte sich.

So unglaublich das war – alles war genauso still und friedlich, wie es bei seinem Aufbruch gewesen war!

Leonidas stand in der Deckung seiner Fliederbüsche und starrte ungläubig hinüber zum Nachbarhaus.

»Hatten Sie sich ganz anders vorgestellt, was?« fragte Chuck mitfühlend.

»Es ist doch unmöglich«, sinnierte Leonidas, »daß sie – natürlich ist Truhe B durch diese Hintertür gekommen! Natürlich haben Matt und Shorty sie geliefert! Natürlich hat Mrs. Finger sie geöffnet! Natürlich – Chuck, wir müssen in die Küche von Nummer hundertvierzig und nachsehen, ob die Tiefkühltruhe da ist!«

»Okay«, sagte Chuck nur. »Wie?«

»Sie gehen zu jener Hintertür, tapferer Thomas«, kommandierte Leonidas grimmig, »drücken den Knopf und klingeln, bis jemand kommt. Da muß doch ein Licht eingeschaltet werden. Und Sie sollen nichts weiter tun als nachsehen, ob in dieser Küche eine Kühltruhe steht!«

»Was sage ich, wenn jemand kommt?«

»Fragen Sie freundlich, ob das die Nummer hundertundvierzig *Elm* Hill Road ist. Oder was Ihnen sonst einfällt. Hauptsache, Sie sehen nach der Truhe!«

Eine gute Viertelstunde später kam Chuck mit schlurfenden Schritten zurück.

»Scheint, daß ich doch nicht gut bin als tapferer Thomas. Ich hab' geklingelt, bis mir fast der Finger abgefallen ist, aber 's ist keiner gekommen. Und die Klingel ist in Ordnung. Das hat man draußen gehört. Ich glaube wirklich, da ist keiner zu Hause.«

»Chuck«, sagte Leonidas, »sehen Sie den Baum direkt neben dem Haus? Können Sie da hinaufklettern?«

»Kann ein Fisch schwimmen?«

»Nun denn, tapferer Thomas! Dann machen Sie jetzt folgendes.«

Chuck hörte zu, grinste, nickte, und fünf Minuten später ließ er Leonidas zur Haustür von Nummer hundertvierzig herein.

»Ging wie geschmiert«, sagte er. »Ein Kinderspiel. Fenster war offen und keiner zu Hause. Wie gesch …«

Leonidas kniff die Augen zusammen, als das große Flurlicht aufflammte.

In der ersten Sekunde sah er nur die Kisten. Dann, als seine Augen sich gewöhnten, sah er Fässer, dann Kartons, Teekisten, aneinandergelehnte Bilder, zusammengerollte Teppiche, aufgetürmtes Geschirr und sieben Stehlampen ohne Schirm.

Dann sah er Mrs. Finger, die in der Tür zum Wohnzimmer stand und einen sehr tüchtig wirkenden Revolver in der Hand hielt.

»Lady!« rief Chuck, »legen Sie den weg! Der ist womöglich geladen!«

»Das ist er«, sagte sie nur und wandte sich an Leonidas. »Haben *Sie* ihn angestiftet, an der Hintertür zu läuten, Shakespeare?«

»Ähm – ja.« Leonidas sah keinen Grund, es abzustreiten.

Sogleich legte Mrs. Finger den Revolver auf einem Bücherstapel ab.

»Warum sind Sie denn nicht *selbst* gekommen?« fragte sie. »Und an die *Haustür!* Warum mußten Sie mich zu Tode erschrecken und jemanden in Uniform, der wie ein *Polizist* aussieht, an die *Hintertür* schicken? Warum *mußten* Sie so tun, als seien Sie Einbrecher, und mich *Jahre* meines Lebens damit kosten? Und wo *haben* Sie denn nur die ganze Zeit gesteckt?«

»Ähm – ich habe einen Ausflug zur Wohnung Ihres Schwagers gemacht«, antwortete Leonidas.

»Oh, dann wissen Sie also Bescheid! Hören Sie, Bill Shakespeare, so *geht* das nicht! Das *können* wir nicht durchgehen lassen! Sie *müssen* diese – diese Kühltruhe zurücknehmen! Wir lassen uns nicht da hineinziehen und hinter Gitter bringen! Ich habe die Truhe auf Anhieb wiedererkannt und ich *weiß*, daß sie von Ihnen kommt!«

Sie hatte nicht die Polizei gerufen, sagte Leonidas zu sich, als er zu einer Teekiste wankte und sich setzte. Sie wußte es und hatte trotzdem nicht die Polizei gerufen. Sie wußte, woher die Truhe kam, und hatte ihn nicht des Mordes an Ernest Finger bezichtigt!

»Und zwar jetzt gleich«, fügte Mrs. Finger mit Nachdruck hinzu. »Auf der Stelle!«

»Ich bedaure, aber ich wüßte nicht, durch welche Umstände ein solcher Ortswechel gerechtfertigt wäre«, entgegnete Leonidas. »Schließlich war er Ihr Schwager, Mrs. Finger. Für mich war er nur – ähm – mein Französischlehrer in spe.«

»Mein Mann kann doch nichts dafür«, protestierte Mrs. Finger, »daß sein Vater im vertrottelten Alter noch ein Kammermädchen geheiratet und ihren Sohn adoptiert hat! Dreißig Jahre hat mein Mann Ernest nun schon am Hals, und das wäre also das bittere Ende! Das ist mir aber nun doch *zu* bitter! Nehmen Sie ihn zurück!«

»Aber ...«

»Lassen Sie uns offen sein«, sagte Mrs. Finger. »Nie im Leben käme ich auf den Gedanken, daß Sie ihn umgebracht haben, und Jay und ich waren es auch nicht! Wenn Sie schon nicht die Kühltruhe zurücknehmen, wollen Sie sich dann nicht wenigstens mit uns verbünden? Ich meine, wenn wir wüßten, *wer* es war, wären wir doch wenigstens ein *Stückchen* weiter! Dann würde wenigstens keiner mehr Jay und mich ins Gefängnis werfen!«

Sehr sorgsam setzte Leonidas seinen Zwicker auf, doch er mußte feststellen, daß die Kisten und Fässer und Kartons auch weiterhin vor seinen Augen tanzten.

Aus dem Wirbel löste sich allmählich ein paar weißer Wollsocken, das über dem Treppengeländer hing und eindeutig im Zopfmuster gestrickt war.

»Mrs. Finger«, sagte er, »wären Sie – ähm – wären Sie bereit, mir ein paar Fragen zu beantworten?«

»Fragen?« erwiderte sie. »Wenn ich dafür aus diesem Schlamassel herauskäme, würde ich mit der Nase eine Erdnuß durch den Grand Canyon rollen! Jay ist Ihnen nicht begegnet, oder? Drüben bei Ernests Wohnung? Er ist nämlich unterwegs und sucht den Mörder.«

»Was Sie nicht sagen!«

»Er fand, als allererstes sollte man zu Ernests Wohnung gehen – Sie müssen wissen, es kann sein, daß Ernest ein paar Briefe aufgehoben hat, die Jay und ich ihm geschrieben haben«, erklärte Mrs. Finger. »Briefe, die die Polizei niemals verstehen würde. Niemals!«

»Ernest hat sie aufgehoben«, sagte Leonidas. »Sie sind in der untersten Schreibtischschublade. Hat er Sie – ähm – erpreßt?«

»Wenn er das doch nur hätte!« rief Mrs. Finger. »Wenn er es doch nur wirklich getan hätte! Aber das hat er nicht. Damit geliebäugelt hat er, könnte man sagen. Ich – ach, ich weiß nicht, was Sie über Ernest schon wissen oder was Sie herausgefunden haben, aber *ich* weiß, was er uns angetan hat, und ich kann Ihnen nur ehrlich sagen, so schrecklich das alles auch ist – für uns ist es eine Erleichterung!«

»Wie das?« fragte Leonidas. »Wenn er Sie nicht erpreßt hat …«

»Ernest war ja nicht auf den Kopf gefallen, Shakespeare. Er war ein kluger Junge. Gebildet. Er war nur einfach nicht aufrichtig. Andererseits hat er aber auch nicht den Mut gehabt, unaufrichtig und trotzdem gut zu sein. Verstehen Sie, er wäre gern ein Raffles oder Robin Hood gewesen, aber er hatte nicht das Zeug dazu, nicht die Courage. Ted – mein Mann – hat es sich einmal von einem Psychologen erklären lassen. Ernest hatte eine Menge Talent, aber was ihm fehlte, das war der Wille, etwas daraus zu machen. Aber er hatte auch nicht das, was man braucht, um ein richtiger Gauner zu werden. Kurz gesagt, Ted und ich haben Ernest im Laufe der Jahre aus einer Unzahl von scheußlichen kleinen Klemmen herausgeholt«, erklärte Mrs. Finger, »aber eben *kleinen* Klemmen. Sachen, die man nicht einfach vom Tisch wischen konnte, aber auch nicht groß genug, daß er deswegen als Ganove gegolten hätte.«

Ungefähr das, dachte Leonidas, hatte ihm ja auch Terry über Ernest Finger sagen wollen.

»Ähm – Ted Finger«, sagte er. »Theodore Finger. Ist das ...«

»Ja, Sie kennen ihn«, sagte Mrs. Finger. »Aus der Politik. Das ist ja das Schlimme. Jetzt wo er im Krieg ist ...«

»Das ist Narbengesicht«, ließ Rosine sich vom oberen Treppenabsatz vernehmen, von wo sie offenbar die gesamte Szene mit Interesse verfolgt hatte.

»Der General, der die ganzen Inseln erobert hat. Narbengesicht.«

»Liebling, bitte! Wir können nichts dafür, daß die Zeitungen Daddy so nennen! In Wirklichkeit ist Ted ein lieber Mensch, Shakespeare, und im zivilen Leben produziert er Sprungrahmen für Betten. Den Spitznamen hat er im letzten Krieg bekommen, als – er dachte, keiner würde sich erinnern.«

»Ähm – verstehe«, sagte Leonidas. »Jetzt ...«

»Ted will unbedingt Gouverneur oder Senator oder so etwas werden«, fuhr Mrs. Finger fort, »und jetzt, wo er Kriegsheld ist und all das, schien es zum Greifen nah!« Sie zögerte. »Verstehen Sie, ich habe es für Ted getan – daß ich Ernest letztes Jahr Geld geschickt habe. Ernest hat es nicht direkt von mir gefordert; aber nachdem Ted eingerückt war, schrieb er mir ein paar rührselige Briefe und klagte darüber, was die Musterungskommission ihm alles vorgehalten hatte. Ich wollte auf Nummer sicher gehen. Ich wollte nicht, daß Ernest auf der Bildfläche erscheint, gerade jetzt, wo die Presse die alte Narbengesicht-Geschichte wieder aufwärmte; ich wollte nicht, daß er sich hinstellt und erzählt, daß er Teds Bruder ist, und dann damit prahlt, was er alles ausgefressen hat. Jahrelang habe ich mir ausgemalt, daß es eines Tages so kommen würde. Ted tut immer, als könnte ihm das nichts anhaben, aber das ist ja nicht wahr. Aber wo Jay dann in Übersee war und Jimmy vermißt, da habe ich allmählich die Nerven verloren.«

»Jimmy ist mein anderer Bruder«, rief Rosine von oben herunter. »Er mußte sich zu Fuß durch zwei Dschungel kämpfen. Er ist Flieger. Er …«

»Liebling, denk an Mutters *Nerven!*« jammerte Mrs. Finger. »Ich weiß, du bleibst nicht im Bett, selbst wenn ich dich anbinde, aber *bitte* sei wenigstens still. Wo war ich?«

»Sie hatten allmählich die Nerven verloren«, antwortete Leonidas. »Was ja auch nur verständlich war, würde ich sagen. Verraten Sie mir, warum ist Jay am Abend um mein Haus geschlichen?«

»Er wollte Ihre Nichte noch einmal sehen«, antwortete Mrs. Finger. »Er war hin und weg von dieser Blondine, auf den ersten Blick! Und ich muß schon sagen, ein so umwerfend gutaussehendes Mädchen habe ich selten gesehen!«

»Eine Blondine!« Chuck meldete sich zum erstenmal zu Wort, seit Mrs. Finger sie auf dem Flur überrascht hatte. »Mann!«

»Chuck, Sie habe ich ja ganz vergessen!« rief Leonidas zerknirscht. »Rücken Sie ein paar Kisten beiseite und setzen Sie sich.«

»Wenn er die große Packkiste dort aus dem Weg räumen kann, bekommt er einen Orden«, sagte Mrs. Finger. »Ja, Jay wollte sich eine Ausrede einfallen lassen, damit er noch einmal bei Ihnen vorbeischauen kann, aber das Haus war dunkel, und anscheinend war niemand da.«

»Ähm – warum« – Leonidas spielte mit seinem Zwicker – »warum – ähm – hatte er nur einen Schuh an?«

»Ach, hat er den schon wieder vergessen? Bitte sagen Sie es ihm nicht. Das ist sein neues Bein, müssen Sie wissen. Er vergißt immer den Schuh, und wir wollen ihn nicht jedesmal erinnern. Beim Gehen hat er schon wieder ganz den alten Schwung. Heute ist nämlich«, fügte sie zögernd hinzu, »sein Geburtstag.«

»Tatsächlich?«

»Er war so niedergeschlagen, als er von der Front zurückkam und sein Mädchen hatte einen Windbeutel geheiratet. Deshalb habe ich mich ja auch so schnell entschlossen, daß wir anderswohin ziehen. Und ich muß dazusagen«, sagte Mrs. Finger grimmig, »ich hatte *keine* Ahnung, daß Pomfret hier gleich um die Ecke liegt. Das habe ich erst erfahren, als wir gestern dort vorbeifuhren. Ich hatte Ernest halb vergessen, vor lauter Sorgen um Jay. Ich dachte, so ein Umzug rüttelt sein Leben ordentlich auf, und dann denkt er nicht mehr dauernd nur an seinen Kummer.«

Leonidas sah sich so unvoreingenommen wie möglich um und fand, daß sie recht hatte. Das Durcheinander, das in diesem Haus herrschte, hätte jeden von jedem Gedanken abgebracht.

»Rosinchen und ich sind in letzter Zeit ja viel herumgekommen«, sagte Mrs. Finger. »Jedesmal wenn Ted versetzt wurde, sind wir mitgezogen. Wir zwei sind alte Umzugshasen, aber bei Jay, da hätten wir schon gedacht, daß es noch etwas bewirkt.«

»Aber es – ähm – half nichts?« Leonidas konnte sich gut ausmalen, was ein solches Durcheinander bei ihm persönlich bewirkt hätte.

Sie schüttelte den Kopf.

»Er hatte vollkommen den Mut sinken lassen. Schwermütig regelrecht. Ich – was jetzt kommt, klingt wirklich idiotisch, Shakespeare, aber ich erzähle es Ihnen nicht ohne Grund. Wenn man Jay oder Ted gefragt hat, was sie sich zum Geburtstag wünschen, dann haben die beiden immer gesagt ...«

Plötzlich wußte Leonidas, was kommen würde, und er spürte, wie seine Mundwinkel sich zu einem Lächeln hoben.

»Alles was sie wollten«, fuhr Mrs. Finger fort, »sei eine wunderschöne Blondine mit veilchenblauen Augen. Das ist ein Witz, den wir in der Familie schon seit Jahren machen. Und als

Jay so traurig aussah, selbst nach dem Umzug noch, da habe ich einfach der Laune nachgegeben! Heute nachmittag habe ich die erste Agentur angerufen, die ich im Telefonbuch fand, und habe gefragt, ob sie eine Blondine schicken können. Ich habe dem Mädchen am Telefon alles über Jay erzählt, seinen Militärdienst, sein Bein, seinen Geburtstag, sein Mädchen, das den Windbeutel geheiratet hat, und so weiter.«

»Haben Sie vielleicht gesagt, es sei eine Sache auf Leben und Tod?« fragte Leonidas.

»Schon möglich. Gut vorstellbar. Ich weiß es nicht mehr. Ich hätte auch erzählt, das Haus stünde in Flammen, wenn ich dafür etwas bekommen hätte, das Jay wieder zum Lachen bringt, etwas, das ihn aus seiner entsetzlich düsteren Stimmung gerissen hätte. Am Ende habe ich das Mädchen überredet, und sie hat versprochen, als Geburtstagsgeschenk hier zu erscheinen; ich habe ihr das Geld per Boten geschickt, ich selbst war ja viel zu beschäftigt, und ein paar Orchideen dazu. Wenn schon, denn schon, dachte ich. Also um es kurz zu machen«, sagte Mrs. Finger, »als ich die Blondine in Ihrer Küche sah, mit den Orchideen am Kleid, da dachte ich sofort, da ist etwas schiefgegangen und *sie* ist Jays Geburtstagspräsent. Deshalb habe ich ja so viel geredet und bin immer weiter geblieben. Ich wollte herausbekommen, was es mit dem Mädchen auf sich hatte!«

»Hmnja«, sagte Leonidas. »Verstehe. Ihr Interesse galt also gar nicht, wie ich glaubte, dem Inhalt von Truhe B.«

»Da hätte ich nie meine Finger …« Sie stutzte. »Die Truhe war mir vollkommen egal, Shakespeare. Ich wollte nur wissen, wer das Mädchen war, und Sie wollten sie ja partout nicht vorstellen oder sonst etwas über sie verraten. Wenn Ihre Nichte noch eine veilchenblaue Schleife getragen hätte, wie bestellt, dann wäre die Sache …«

»Sie werden sie«, sagte Leonidas, »in meiner Keksdose finden. Und ich bin glücklich, daß wir diesen Teil der Geschichte damit zufriedenstellend erklärt hätten, glücklich für Terry.

Dann wird es nun wohl Zeit, daß ich meine – ähm – Saga erzähle.«

Er gab eine rasche Zusammenfassung seiner Abenteuer, die ihm bei jeder neuen Runde weniger wirr vorkamen. Allmählich lichtete sich der Nebel. Dinge nahmen Konturen an. Plötzlich paßte, wie er mit Vergnügen sah, manches zusammen.

Aber als er zu Ende gekommen war, blickte Chuck ihn verdattert an; Rosine saß vor ihm, den Mund weit offen, und die Augen sprangen ihr beinahe aus dem Kopf.

»Für uns alle«, sagte Mrs. Finger beeindruckt, »war es mehr als nur ein Tag unseres Lebens. Wir könnten einen dreibändigen Roman darüber schreiben und würden ihn ›Unsere Epoche‹ nennen. Oh, das sollten Sie noch wissen – zwischen der ersten und der zweiten Invasion waren diese entsetzlichen Haverstraws hier. Die Zeit totschlagen, wie sie es so sinnig nannten. Ich weiß nicht, wie die beiden ihren Umzug bewältigen, aber daß bei mir so viel herumstand, war anscheinend ein Graus für sie. Überall haben sie ihre Nase hineingesteckt und wollten eine Million Sachen wissen – ich finde, auch die kleinste Stippvisite der Haverstraws sollte als ganzer Tag gerechnet werden!«

»Wie wahr!« rief Leonidas aus tiefstem Herzen. »Wie wahr!«

»Sie sahen die Schreibmaschine in der Badewanne und schlossen daraus«, erklärte Mrs. Finger mit einem Grinsen, »daß ich Schriftstellerin bin.«

»Und – ähm – sind Sie?«

Sie schüttelte den Kopf. »Ich weiß nicht einmal, woher die Maschine kommt. Ich glaube, die gehört uns gar nicht. Die müssen die Umzugsleute aus Mitleid dagelassen haben oder so etwas. Nein, Schriftstellerin bin ich nicht, aber ich glaube, nach dem heutigen Tag werde ich mich einmal an einer Haseltine-Geschichte versuchen – aber Haseltine kennen Sie vermutlich nicht?«

Chuck wollte etwas sagen, doch Rosine kam ihm zuvor.

»›*Has*-el-tine!‹« krakeelte sie, »›Haseltine, da hilft nur HASELTINE!‹ Wie im Radio!«

»Ruhig, Liebling! Gibt es noch mehr, was Sie mich fragen wollten, Bill? Ich hoffe«, fügte Mrs. Finger hinzu, »das macht Ihnen nichts aus, wenn ich Sie Bill nenne? Aber es kommt mir wirklich vor, als ob ich Sie schon seit Jahren kenne. Bill, Sie haben ihn nicht umgebracht und Jay war es nicht und ich war es nicht, und ich bin sicher, Terry war es auch nicht. Und die Haverstraws *können* es nicht gewesen sein. Das wäre doch nun wirklich zu lächerlich. In Büchern wäre es natürlich immer der eine, auf den kein Verdacht fällt – Mrs. Mullet zum Beispiel. Oder ihre Tochter?«

»He!« rief Chuck. »He!«

»Seien Sie fair, Chuck«, mahnte Leonidas. »Schließlich haben die beiden sich einmal mit Santos geprügelt! Und Sie selbst haben gesagt, die zwei schlagen immer sofort zu. Nicht daß ich einen von beiden auch nur einen Augenblick lang für den Täter hielte« – Chuck entspannte sich sichtlich –, »aber man sollte alle Möglichkeiten bedenken. Nein, Mrs. Finger, am Ende kommen wir wieder bei Bedford Scrim an.«

»He!« sagte Chuck wiederum. »Das war nicht Bedford, den ich drüben in Pomfret in dem Kombi gesehen habe! Den hätte ich doch erkannt!«

»Es war Scrim, den Sie am Steuer des ersten Kombiwagens gesehen haben«, beharrte Leonidas. »Oder besser gesagt, es war Bedford Scrim, den Sie *nicht* gesehen haben, weil Sie ja nur Augen für die Blondine hatten. Beide Male.«

»Aber ich *habe* ihn gesehen!« protestierte Chuck. »Den Fahrer, meine ich. In der Gasse und …«

»Hmnja, den Fahrer von Kombiwagen Nummer zwei, den haben Sie gesehen«, erklärte Leonidas. »Was Sie für den dritten Besuch von Kombiwagen Nummer eins hielten, war in Wirklichkeit ein anderer Kombiwagen. Das war Jay Finger bei seinem ersten Besuch mit Kombiwagen Nummer zwei. Ich – ähm – ich hoffe, ich drücke mich verständlich aus?«

»Sie wollen sagen, daß da zwei verschiedene Kombis waren«, antwortete Chuck. »Sicher, schon verstanden. Aber woher wissen Sie das?«

»Ich habe es geraten«, antwortete Leonidas schlicht. »Wenn Sie sich erinnern – als der Wagen hinter Ihnen parkte, haben Sie kein Mädchen gesehen. Und zwar weil es ein anderer Wagen war und sie gar nicht drinsaß. Das war Jay ...«

»Wenn ich doch nur wüßte, was aus Jay geworden ist!« unterbrach ihn Mrs. Finger. »Wie viele Leute wir schon am Wege verloren haben, nicht wahr? Terry und die Mullets und jetzt Jay – vermutlich hat er kein Benzin mehr ...«

Alle fuhren zusammen, als ein Klirren aus der Küche kam.

»Nichts passiert, Mutter, ich bin das nur!« rief Jay. »Nur ein paar Wassergläser. Nicht das gute Geschirr!«

Alle lauschten dem Poltern und Scheppern, als er sich offenbar unter großen Mühen einen Weg von der Küche zum Flur bahnte.

»Die reinste Straßensperre, die du hier hast, Mutter! Dieses Durcheinander werden wir ...« Jay blieb abrupt stehen, als er Leonidas und Chuck sah. »Oh.«

»Das ist er!« rief Chuck aufgeregt. »Das ist der, den ich gesehen habe, Mr. Witherall! *Das* ist er!«

»Freund«, fragte Jay, »oder Feind?«

»Verbündete, Schatz«, antwortete seine Mutter. »Alles in Ordnung. Ich meine, bisher hat keiner Ernest entdeckt und die Polizei gerufen. Und Bill Shakespeare hier hat die unglaublichsten Sachen herausgefunden, und du *kannst* dir gar nicht vorstellen, was er heute schon alles erlebt hat. Hast du die Briefe? Bill sagt, sie sind in der untersten Schublade in Ernests Schreibtisch.«

»Erst waren Leute da«, erklärte Jay. »Dann mußte ich feststellen, daß ich doch keine Schlösser aufbekomme. Dann ist mir das Benzin ausgegangen.«

»Das waren nur Bill und seine Freunde, Schatz!« sagte Mrs. Finger. »Da hättest du dir die Heimlichkeiten sparen können!«

»Aber verdammt noch mal, Mutter, begreifst du denn gar nicht, wie ernst das alles ist?«

»Oh doch, mein Schatz!« erwiderte Mrs. Finger. »Oh doch! Und die Blondine …«

»Sagen Sie!« wandte Jay sich an Leonidas. »Ihre Nichte …«

»Haben Sie sie gesehen?« fragte Leonidas zurück.

»Ja. Und sehr merkwürdig ging es zu! Ich bin in einen Diner drüben in Pomfret gegangen, Mutter, und wollte dich anrufen – dich fragen, was ich jetzt weiter machen soll – das war, als ich eingesehen hatte, daß ich auch in tausend Jahren das Schloß von dieser Wohnungstür nicht aufbekommen würde. Ich habe es am Fenster versucht, aber das ging genausowenig. Erinnere mich daran, Mutter, daß ich mir sagen lasse, wie man durch Fenster einsteigt. Ich bin sicher, da gibt es einen Trick, den man lernen kann. Jedenfalls stand sie da am Tresen mit einem Mann …«

»Warten Sie!« sagte Leonidas. »Trug er …«

»Lassen Sie mich das machen!« unterbrach Chuck und gab dann seine Beschreibung von Bedford Scrim. »Das wär's! Sah der Mann so aus?«

»Wären Sie sein Bruder«, entgegnete Jay, »so hätten Sie ihn nicht besser beschreiben können. Bis hin zum Navy-Anstecker am Revers.«

»Ehrlich?«

»Ehrlich.«

»Mann!« sagte Chuck. »Puh! Mann! Dann haben Sie wohl doch recht gehabt, Mr. Witherall! Das war er! Die Blonde, die er bei sich hatte, der hat doch nichts gefehlt, oder?«

»Sah wunderbar aus, fand ich«, erwiderte Jay. »Ich habe sie natürlich angesprochen, Shakespeare, aber sie hat getan, als hätte sie mich noch nie im Leben gesehen. Mit keiner Wimper gezuckt. Mich eiskalt abblitzen lassen. Dann habe ich hier angerufen, Mutter …«

»Aber das hast du nicht, Schatz! Ich meine, das Telefon hat nie geklingelt!«

»Scheint, daß es nicht funktioniert oder abgeklemmt ist oder so etwas«, sagte Jay. »Ich bin dann von der Telefonzelle an den Tresen gegangen und habe mir eine Tasse Kaffee bestellt. Nach ein paar Minuten gingen sie und der Mann und – jetzt kommt das Merkwürdige! Als sie an mir vorüberkam, ließ sie etwas fallen – warten Sie, ich habe es hier. Nein, ich muß sie doch in der Manteltasche haben! Aber was meinen Sie, was es war? Es war …«

»Eine Orchideenblüte?« fragte Leonidas. »Hmnja, das habe ich mir schon gedacht. Sie müssen wissen, Terry …«

Wieder kam ein Krachen aus der Küche, und dann ein Schrei, der sie alle fünf zu Stein erstarren ließ.

Kapitel 9

Der zweite Schrei, noch schriller und entsetzlicher als der erste, sorgte dafür, daß sie sich auch alle im gleichen Moment wieder rührten.

Wie auf Kommando stürmten Mrs. Finger, Rosine, Jay, Chuck und Leonidas los in Richtung Küche.

Doch nur Rosinchen konnte sich zwischen den Kisten und Fässern und Kartons und allem, was sonst noch den Flur verstopfte, durchschlängeln.

Bevor Leonidas, an dem Chuck sich auf der einen und Mrs. Finger auf der anderen Seite vorbeizwängen wollte, auch nur einen halben Meter vorangekommen war, kam Rosine schon zurück.

»Mutter«, rief sie aufgeregt, »Mutter, was *meinst* du, wer das war? Rate mal! *Rate* mal!«

»Maude Haverstraw«, sagte Leonidas. »Es *war* Mrs. Haverstraw, nicht wahr? Hmnja, ich erkenne es am Auspuffklang – ich höre ihren Wagen!«

»Mrs. Haverstraw!« rief Mrs. Finger. »Mrs. *Haverstraw*! Was hat diese Frau in meiner Küche zu suchen? Rosinchen, bist du *sicher*, daß es Mrs. Haverstraw war?«

»So einen Hut kann es doch nicht zweimal geben, Mutter!«

»Aber was wollte sie um drei Uhr morgens in meiner Küche?« fragte Mrs. Finger. »Was hatte sie da zu *suchen*?«

»Nicht was sie tat, sollte unsere Sorge sein«, mahnte Leonidas, »sondern was sie tun *wird*. Nach – ähm – nach den Schreien zu urteilen dürfte sie nunmehr wissen, was sich in Truhe B befindet.«

»*Was* hatte sie um *drei* Uhr morgens in *meiner* Küche zu suchen?«

»Ich habe keine Ahnung«, sagte Leonidas. »Aber jetzt weiß sie es! Und in fünf Minuten wird die Polizei es wissen. Und in weiteren zwei Minuten – oh je! Ich muß zugeben, mir fällt nichts anderes dazu ein. Oh je! Oh je oh je! Ach, daß die Truhe Engelsflügel hätte – aber das wäre wohl zuviel verlangt, daß Sie so etwas im Hause hätten!«

»Einen Engel?« Mrs. Finger starrte ihn an.

»Einen Transportkarren. In diesem reichlichen Sortiment von – ähm – Dingen« – Leonidas machte eine Armbewegung, die das gesamte Durcheinander des Flurs umfaßte –, »da haben Sie nicht irgendwo einen Wagen?«

»Ruhig, Rosinchen«, mahnte Mrs. Finger. »Deinen Bollerwagen meint er nicht! Doch, diese Plattform mit Rädern, die ist noch da. Die haben die beiden Säufer, die die Truhe gebracht haben, hier stehenlassen – wenn Jay und ich gewußt hätten, wie wir in Ihr Haus kommen, hätten wir Ihnen den Kasten schon lange wieder rübergebracht ...«

»Chuck!« rief Leonidas. »Jay! Schnell!«

Zwei Minuten darauf war Truhe B von neuem unterwegs, von der Hundertundvierzig zurück zur Vierzig.

An seiner Hintertür blieb Leonidas stehen.

»Sie werden« – Mrs. Finger versagte die Stimme – »Sie werden doch nicht sagen wollen, daß Sie keinen Schlüssel ...«

»Ich habe keinen! Ich habe keinen Schlüssel!« Auch Leonidas konnte nur noch krächzen. »Ich bin so überstürzt aufgebrochen ...«

»Keine Sorge, Mr. Witherall!« Mrs. Mullet trat mit Gerty aus dem Schatten der Fliederbüsche. »Ich habe meinen hier! Gerty und ich, wir haben hier auf Sie gewartet. Ich habe ja meinen Augen nicht getraut, als das Ding da schon wieder den Gartenpfad heraufkam und – so, bittesehr!«

»Ich hab' sie!« rief Chuck. »Den Rest mache ich alleine. Zurück zum Haus, Jay! Ich höre schon die Sirenen!«

»Beeilung, Mrs. Finger!« Leonidas schob sie aus der Küche. »Hinterher, Rosinchen! Schnell!«

Leonidas, Chuck und die Mullets drückten die Nasen an das

Glas des Küchenfensters und sahen den drei Fingers nach, wie sie Hals über Kopf wieder hinüber zur Hundertvierzig rannten.

Chuck stieß einen schweren Stoßseufzer aus.

»Gerade noch geschafft, Mann! Auf die letzte Sekunde! Ein Glück, daß Sie vorhin noch an die Lampen gedacht und alles ausgeschaltet haben, Mr. Witherall! Da käme jetzt keiner auf den Gedanken, daß die nicht brav in ihren Bettchen liegen – aber wie seid ihr denn hierhergekommen, Gerty?«

»Per Anhalter«, antwortete Mrs. Mullet. »Hat eine Weile gedauert, weil uns jemand mitgenommen hat, der noch über Wemberley fuhr – da sind sie!«

Sie beobachteten, wie die Polizisten zur Haustür marschierten und wie in einem Schlafzimmer im oberen Stock das Licht anging, dann eines im Erdgeschoß und schließlich die Lampe über der Tür.

»Sie haben Mrs. Haverstraw dabei!« raunte Mrs. Mullet. »Gerty und ich haben gesehen, wie sie drüben war und wie sie mit dem Auto wegfuhr – deshalb haben wir uns auch lieber in den Büschen versteckt. Wir konnten uns überhaupt keinen Reim darauf machen, was da vorging. War sie das, die uns bei der Polizei verpfiffen hat, Mr. Witherall?«

»Hmnja«, antwortete Leonidas. »Sie hat uns – ähm – verpfiffen. Ich hätte wissen müssen, daß es vor ihr kein Entrinnen gibt!«

»Können wir nicht nach draußen gehen, damit wir hören, was da vorgeht? *Ich* will das hören!« Mrs. Mullet war schon zur Hintertür hinaus, bevor Leonidas etwas sagen konnte, und Gerty und Chuck folgten ihr.

Leonidas zwang den Impuls nieder, ebenfalls nach draußen zu gehen. Er war besser aufgehoben, wo er war.

Außerdem brauchte er ein paar Augenblicke Ruhe, damit er einmal ernsthaft nachdenken konnte!

Die drei konnten sich vor Lachen kaum auf den Beinen halten, als sie schließlich zurückkamen.

»Wenn Sie das gehört hätten, wie Sergeant MacCobble

Mrs. Haverstraw die Leviten gelesen hat!« keuchte Mrs. Mullet. »Hätten Sie das doch nur mit *anhören* können! So etwas hat Mrs. Haverstraw ihr ganzes Leben lang noch nicht zu hören bekommen!«

»Er hat ihr gesagt, sie soll sich in ihrer Hundehütte verkriechen«, berichtete Chuck, »und sich da um ihre eigenen Knochen kümmern ...«

»Er hat ihr gesagt, sie soll – sie soll ...« Gerty brachte es vor Prusten nicht heraus.

»Und bei Mrs. Finger hat MacCobble sich wieder und wieder entschuldigt«, übernahm Mrs. Mullet. »Von Anfang an. Er hat gesagt, sie müßten einem Hinweis nachgehen, daß ein Ermordeter in einer Tiefkühltruhe in ihrer Küche liege; und daß er versucht habe, sich telefonisch zu erkundigen, daß sie aber noch nicht angeschlossen sei und daß er nun leider doch persönlich vorbeikommen müsse – man konnte heraushören, daß er kein Wort glaubte! – und daß sie doch nicht wirklich eine Leiche habe, oder?«

»Wie hielt sich Mrs. Finger?«

»Sie hat sich prächtig geschlagen, ganz prächtig!« Mrs. Mullet sagte es mit Bewunderung. »Ich glaube, allmählich mag ich sie doch! Gütiger Himmel, sagte sie, sie habe ja allerhand in ihrer Küche, und sogar eine Schreibmaschine, die ihr überhaupt nicht gehört, hätten die Möbelpacker in die Badewanne gestellt, aber sie sei *sicher*, daß keine Leiche im Haus sei, schon gar nicht in der Tiefkühltruhe, weil sie nämlich gar keine habe, und die Herren von der Polizei sollten aber auf alle Fälle hereinkommen und sich vergewissern!«

»Dieser Jay«, erzählte Chuck, »hatte einen Uniformmantel übergezogen, und was denken Sie? Er ist *Major!*«

»Und als MacCobble den Mantel sah, hat er Jay immer ›Sir‹ genannt – oh, Sie hätten hören müssen, was er Mrs. Haverstraw alles an den Kopf geworfen hat, als nirgendwo im Haus eine Kühltruhe oder eine Leiche waren!«

»Er hat gesagt …« hob Gerty an, doch wieder brachte sie außer Prusten nichts heraus.

Die drei hatten sich noch immer nicht beruhigt, als die Fingerschar zurückkehrte.

»Diese Nacht«, sagte Mrs. Finger, »hat mich zwanzig Jahre meines Lebens gekostet, und ich zweifle nicht, daß sich unsere Freunde und Helfer auch die letzten paar Monate noch holen werden – Bill Shakespeare, was sollen wir denn jetzt machen? Wir sitzen in der Falle! Die Lage ist aussichtslos – jedes andere Wort wäre zu harmlos dafür!«

»Hmnja«, stimmte Leonidas zu. »Hmnja, da haben Sie recht. Hier stand ich und verfolgte, wie Sie – ähm – den Arm des Gesetzes abschmetterten – und Mrs. Mullet versicherte mir, daß Ihr Einsatz heroisch war –, und ich fragte mich dabei, warum das Schicksal mir just in diesem Augenblick, in dem die Lage tatsächlich aussichtslos schien, zu verstehen gab, daß sich im Grunde alles nur um die Antworten auf zwei ganz simple Fragen dreht.«

»Zwei?« fragte Mrs. Finger. »*Zwei?* Sie meinen zwei Millionen, oder? Oder können Sie nur nicht zählen?«

»Ähm – zwei. Nur zwei. In Wirklichkeit«, versicherte Leonidas ihr schwungvoll, »gibt es nur zwei Dinge, die wir wissen müssen. Erstens: Welche Verbindung oder Beziehung gab es zwischen Ernest Finger und Bedford Scrim? Und zweitens: Was befindet sich Wertvolles in meinem Besitz, von dem ich nichts weiß?«

»Was soll das heißen, Bill?« fragte Mrs. Finger. »Wovon reden Sie?«

»Ernest Finger war in Meredith auf der Suche nach etwas, als Scrim ihn erstach«, sagte Leonidas. »Was immer es war, Ernest hatte es noch nicht gefunden. Scrim brachte ihn nicht deswegen um. Das liegt auf der Hand. Denn später durchsuchte Scrim dieses Haus …«

»Als er Mrs. Mullet fesselte?« fragte Mrs. Finger. »Als Sie

ihn verfolgten und er Ihren Schreibtisch durchwühlt hatte und so weiter?«

»Hmnja. Ich glaube«, sagte Leonidas nachdenklich, »wir können davon ausgehen, daß dasjenige, was Finger und Scrim verband, dasjenige war, was sie suchten. Aber was könnte das sein? Etwas Wertvolles, Mrs. Mullet, etwas Wertvolles hier im Hause! Denken Sie nach! Habe ich denn wirklich nichts im Haus, was von Wert sein könnte und wovon ich nichts weiß? Überlegen Sie!«

»Also von wertvollen *Sachen* weiß ich nichts«, erwiderte Mrs. Mullet, »aber es könnte doch etwas sein, das für jemand anderen wichtig ist – haben Sie eigentlich je in die Telegramme gesehen, Mr. Witherall, die heute den ganzen Tag über gekommen sind? Vielleicht steht ja da etwas Wichtiges drin?«

Leonidas schüttelte den Kopf. »Die Telegramme kommen von meinem Verleger, Mrs. Mullet. Ich bekomme sie jedesmal, wenn der Zeitpunkt …«

Er hielt inne.

Smith und Beston bombardierten ihn stets mit Telegrammen, wenn die letzte Abgabefrist verstrichen war. Jedesmal. Aber sie hörten erst damit auf, wenn der überfällige Haseltine glücklich bei ihnen angekommen war!

Aber diese Telegramme hatten aufgehört. Keines war mehr gekommen, seit er Mrs. Mullet aus dem Arbeitszimmer gescheucht hatte, noch vor vier Uhr am Nachmittag!

Schlagartig drehte er sich auf dem Absatz um und eilte fast im Laufschritt zum Arbeitszimmer, nahm den obersten von dem kleinen Stapel gelber Umschläge neben dem Shakespeare-Tintenfaß, riß ihn auf und las.

Dann öffnete er die anderen, einen nach dem anderen, und las sie ebenfalls.

Dann blickte er zu dem Grüppchen auf, das ihn gespannt beobachtete, und lächelte.

»Und?« fragte Mrs. Finger ungeduldig. »Was steht drin?«

»Lady Alicia«, wandte Leonidas sich mit einer tiefen Verbeugung an Mrs. Mullet, »Lady Alicia, Sie – ähm – bekommen eine Lohnerhöhung. Diese Telegramme sind gar nicht von Smith und Beston. Sie sind von meinem guten Freund Admiral Coe-Chester. Ein einfältiger Adjutant – oder wie er schreibt ›ein bartloses Milchgesicht, das sich zweifellos aus dem Versicherungs- oder Immobiliengeschäft hierher verirrt hat‹ – hat die privaten Aufzeichnungen des Admirals hier in Meredith zurückgelassen. Coe-Chester ist eben an seinem neuen Einsatzort in den Tropen angekommen und hat bemerkt, daß der Ordner fehlt. Er hofft – wobei der saloppe Ton nicht ganz überzeugend ist –, daß ich das verdammte Ding für ihn finde und an einen sicheren Ort stecke, denn in dem Ordner sind Durchschläge von wichtigen Briefen sowie seine vertraulichen Notizen über einige Fabriken, die er inspiziert hat. Coe-Chester versichert mir, daß ich den Ordner gewiß leichter und unauffälliger finde als ein Offizieller, der sich in der Schule nicht auskennt. Wie einfach das ist!«

»Wie *was?*« fragte Jay.

»Einfach. Zu den Betrieben, die er inspizierte«, erklärte Leonidas, »gehört auch die Daltoner Tuchfabrik, deren Geschäftsführer Bedford Scrim ist – das war wirklich einfältig von mir! Sie hatten mir ja noch gesagt, Chuck, daß er ein Navy-Abzeichen am Revers trägt, und ich bin trotzdem nicht darauf gekommen, was das zu bedeuten hat.«

»Und was *hat* es zu bedeuten?« fragte Chuck.

»Die Fabrik produziert bestimmte Textilien für die Navy«, sagte Leonidas. »Das wissen Sie. Und Admiral Coe-Chester erzählte mir vor seiner Abreise, daß es bei den Inspektionen nicht um die Kontrolle der laufenden Produktion ging, sondern um Grundlagen für zukünftige Planungen. Wenn Scrim zum Beispiel herausfinden konnte, daß bestimmte Quoten erfüllt waren und bestimmte Umstellungen bevorstanden – nun« – er nahm seinen Zwicker ab –, »hätte *ich* gewußt, daß die Navy binnen kurzem aus Meredith abzieht – hätte ich auch nur eine Ahnung von ihren Absichten gehabt –, dann hätte ich mir viel Zeit, viel Mühen, Ärger und Sorgen sparen können! Hmnja, das kann man wohl sagen! Nicht zuletzt wäre ich nicht gezwungen gewesen, in meiner Not Ernest Finger als Französischlehrer anzustellen! Und in weit größerem Maßstab hätte ein solches Wissen – selbst der kleinste Hinweis! – Bedford Scrim genutzt. Ein paar Tage oder sogar nur ein paar Stunden Vorwarnung, und er hätte vor seinen Konkurrenten die Nase vorn gehabt! Hmnja, in der Tat!«

»Aber woher sollte Scrim denn wissen, daß irgendein Admiral seine Aktenordner vergessen hat?« fragte Mrs. Finger. »*Er* hat doch wohl keine Telegramme bekommen!«

»Admiral Coe-Chester ist ein ungeduldiger Mann. Als ich auf seine erste Nachricht nicht antwortete, schickte er sie ein zweitesmal. Und ein drittesmal. Dann, wie er mir in einer der späteren Botschaften mitteilt, sandte er ein Telegramm an den Bürgermeister und trug ihm auf, unverzüglich nach mir zu suchen. Nun steht zwar außer Frage, daß der Admiral ein gescheiter Kopf ist«, sagte Leonidas. »Aber er ist zerstreut. Außerdem verweigert er notorisch alle Beschäftigung mit politischen Fragen. Kurz, er schickte Telegramme an unseren Freund John. Er hatte vergessen, daß der feine John die hiesige Bühne verlassen hat.«

»Dieser John war ein früherer Bürgermeister?« fragte Jay.

»Hmnja; außerdem ist er Scrims Onkel. Admiral Coe-Chester, müssen Sie wissen, war gut mit dem feinen John bekannt. Bei unzähligen Banketten saß er neben ihm. Eine endlose Reihe von Paraden nahm er zusammen mit ihm ab. Bei den vielen Ehrenämtern, die er hatte, genoß er immer wieder Johns Gesellschaft, und vor allem genoß er die Geschichten, die er erzählte. Ich habe gar nicht erst versucht, Coe-Chester begreiflich zu machen, daß die Liga gegen den Amtsmißbrauch ein Verfahren gegen seinen liebsten Daltoner Charmeur in Gang gebracht hatte, denn wenn ich mit ihm auch nur ein Wort über unseren sogenannten Stadtrat sprechen wollte, wehrte er sofort ab; mit Politik habe er nichts zu tun.«

»Aber das erklärt doch nicht, wieso Scrim etwas von den Telegrammen wußte!« rief Mrs. Finger.

»Da sein Onkel es vorgezogen hat, auf Reisen zu gehen, liegt es nahe, daß die Telegramme an Scrim gingen«, erklärte Leonidas. »Ich würde auch vermuten, daß keine weiteren Botschaften von Coe-Chester mehr kamen, weil Scrim ihm in meinem Namen etwas Beschwichtigendes antwortete. Nach dem Mord an Finger mußte Scrim ja schließlich immer noch den Aktenordner finden, bevor ich es tat. Hm! Freund Scrim muß sich sehr gewundert haben, warum ich nicht das geringste unternahm, diesen Ordner zu finden!«

»Und wo kommen Scrim und Ernest zusammen?« wollte Jay wissen. »Ich meine, wie kommt Ernest überhaupt bei dieser Sache ins Spiel?«

»Als ehemaliger Sekretär des feinen John«, erklärte Leonidas, »kannte Scrim zweifellos zahlreiche Leute. Stellen Sie sich einmal vor, Sie wären Scrim und kämen plötzlich in den Besitz der Informationen, die Coe-Chester an Ihren Onkel schickt. Sie …«

»Aber hätte Coe-Chester das denn dem Bürgermeister verraten?« wandte Jay ein. »Hätte er ihm gesagt, daß er seine Akten vergessen hat?«

»Nicht absichtlich. Nicht wenn er damit gerechnet hätte, daß seine Nachricht dem Leiter der Tuchfabrik in die Hände fällt! Dessen bin ich mir sicher!« sagte Leonidas. »Vermutlich wußte Coe-Chester überhaupt nicht, daß John einen Neffen hat, geschweige denn, daß er ausgerechnet auf diesem Posten sitzt.«

»Aber wie …«

»Wahrscheinlich, Jay, schnauzte Coe-Chester zwischen wüsten Schimpfkanonaden darüber, daß ich auf seine Sendschreiben nicht antwortete, einen Untergebenen an, daß er dem Bürgermeister telegrafieren solle. ›John Scudder, Dalton. Muß dringend Witherall erreichen, meldet sich nicht. Sofort ausfindig machen. Soll versehentlich in Meredith verbliebenen Aktenordner sicherstellen, Aufschrift Persönlich und vertraulich, Inhalt hochwichtige Berichte. Antwort erbeten.‹ Etwas in dieser Art, mehr brauchte Scrim ja nicht. *Er* wußte schließlich, daß Coe-Chester seine und die anderen Fabriken inspiziert hatte, und er konnte sich, würde ich vermuten, auch vorstellen, worum es ging.«

»Anzunehmen«, gab Jay zu. »Ja, so könnte es tatsächlich gewesen sein. Aber wo kommt Ernest ins Spiel?«

»Hmnja. Sie sind also Scrim und haben besagtes Telegramm erhalten. Sie wissen, was es für Sie bedeuten würde, wenn Sie einen Blick in diesen Ordner werfen könnten und sehen, ob darin steht, was Sie vermuten. Wie reagieren Sie? Sie können ja nicht einfach in die Meredith-Akademie gehen und dort alles auf den Kopf stellen! Aber Sie können auch nicht warten, bis Sie vielleicht eine Chance haben, in der Nacht dort einzubrechen. Bis dahin ist es womöglich schon zu spät. Wenn Sie doch nur jemanden hätten, der Zugang zu der Schule … aber den haben Sie ja! Santos! Finger! Er hat Ihnen doch erst vor ein paar Tagen erzählt, daß er einen Posten an Meredith angenommen hat! Sofort rufen Sie Finger an und fragen ihn, ob er nicht …«

»Hat er das wirklich getan, Mr. Witherall?« unterbrach Mrs. Mullet. »Hat er es ge*tan?* Oder ist das auch wieder nur eine von Ihren Phantasien?«

»Ich male es mir aus, Mrs. Mullet, aber ich bin sicher, daß es so war! Mein erstes Telegramm kam gegen sechs Uhr heute morgen an. Lassen Sie uns annehmen, daß Scrim das erste an seinen Onkel gerichtete etwa zwei Stunden später bekam, das heißt etwa um acht. Hmnja, das paßt wunderbar. Skellings sagt, Finger sei schon früh zur Schule gekommen, schon vor neun Uhr. Scrim hatte ihn angerufen, und er hatte Scrims Namen ja sogar in seinem Terminkalender notiert. Hmnja, in der Tat!«

»Aber wenn Scrim Ernest angerufen hat, damit er ihm half, in die Schule zu kommen«, fragte Jay, »wieso hat er ihn dann umgebracht? Ich meine, was hatte er für ein Motiv, gerade wenn Ernest den Ordner noch gar nicht gefunden hatte? Ich könnte es verstehen, wenn Ernest die Papiere in der Hand gehabt hätte, und Scrim hätte ihn deswegen erstochen. Aber das hier, das begreife ich nicht!«

»Schatz«, sagte Mrs. Finger sanft, »du hast Ernest nicht gekannt! Du hattest ja keine *Ahnung*, was für ein Mensch er war! Wir haben ihn von euch Kin …«

»Immerhin habe ich ihm den Arm gebrochen!«

»Sicher, Schatz, das eine Mal bist du ihm begegnet, aber du hast ihn nicht wirklich gekannt. Mit *Sicherheit* hätte er Scrim hintergangen. Und deshalb hatte Scrim keine andere Wahl.«

»Mutter!«

»*Ich* kannte Ernest, Schatz! Als der Auftrag kam, den Ordner zu suchen, wird er mit Freuden darauf eingegangen sein. Es war eine Intrige, ganz nach seinem Geschmack, und Scrim wird ihm Geld gegeben haben, ebenfalls nach seinem Geschmack, und es war kaum ein Risiko dabei, und auch das war genau nach seinem Geschmack! Dann kam er wahrscheinlich darauf, was für wunderbare Möglichkeiten sich ihm damit eröffneten. Er kam darauf, daß er noch mehr Geld herausschlagen konnte, wenn er diese Briefe den anderen beteiligten Firmen zukommen ließ. Und dann ging ihm auf, daß er *noch* mehr Geld bekommen würde, wenn er Scrim mit dieser Möglichkeit erpreßte – meinen Sie nicht auch, Bill? Meinen Sie nicht auch, daß es so gewesen ist?«

»Hmnja«, sagte Leonidas. »Etwas in dieser Art. Wahrscheinlich hat er ihm gedroht, ihn bloßzustellen – und daß Skellings durchs Haus geisterte, verlieh der Drohung Nachdruck. Mit Sicherheit hat er weiteres Geld aus ihm herauspressen wollen. Hmnja.«

»Wo steckt er denn nun?« fragte Mrs. Mullet unvermittelt.

»Wo *steckt* dieser Ordner? Wo sind die Sachen, die der Admiral vergessen hat?«

»Oh«, sagte Leonidas, »die sind im Kofferraum, in meinem Wagen. Ein Pappkasten, der aussieht wie ein Aktenordner. Es ist schon an die zehn Tage her, daß ich ihn gefunden habe, aber bei all der Aufregung habe ich nicht mehr daran gedacht.«

»Und wo haben Sie ihn gefunden?«

»In einer Schublade im Schreibtisch des Schulleiters. Ich sah Coe-Chesters Namen, ich sah die Aufschrift ›Persönlich und vertraulich‹, und da fand ich, daß er nicht offen dort liegen sollte. Wie schön«, rief Leonidas gutgelaunt, »wie schön sich das alles ergeben hat!«

»Schön?« fragte Jay. *»Schön?«*

»Hmnja. Nun frage ich mich aber doch« – Leonidas sprach wieder mehr zu sich selbst –, »wie es in der Schule zugegangen ist! Zweifellos ließ Finger Scrim heimlich herein und versteckte ihn hinter einer passenden Tür, während er nach dem Ordner suchte. Da dort heute ohnehin Betrieb herrschte wie im Taubenschlag, mußte er sich mit dem Verstecken keine große Mühe geben. Hmnja. Dann machte Finger sich an Scrim heran, forderte mehr Geld und drohte, ihn andernfalls zu verraten.«

Er mußte an Skellings denken, wie er Finger so hastig in den Keller gefolgt war, und fragte sich, ob das Scrim, der hinter der Tür lauschte, nicht sehr verdächtig vorgekommen war. Konnte Scrim sich in einem Augenblick der Panik vorgestellt haben, daß Finger im Begriff war, sich Skellings anzuvertrauen?

»Aber«, sagte er laut, »das sind alles nur Vermutungen! Immerhin wissen wir, daß es eine Verbindung zwischen Scrim und Finger gab, wir haben Scrims Motiv für den Mord, und natürlich, dürfen wir annehmen, hatte Scrim auch mit mir eine Rechnung zu begleichen, im Namen seines Onkels.«

»Mann!« sagte Chuck. »Und ich hab' immer gedacht, das ist ein prima Kerl!«

»Andere waren ähnlicher Meinung«, sagte Leonidas. »Sogar

der Bankdirektor aus Wemberley war überzeugt, daß er ein anständiger junger Mann war, den nur sein böser Onkel auf Abwege geführt hatte. Aber was hat der arme Scrim heute für Sorgen gehabt!«

»Immer verdrehen Sie alles!« klagte Jay. »Nicht Scrim hatte Sorgen, sondern *wir*, und wir haben sie immer noch!«

Leonidas schüttelte den Kopf. »Nein, ich meine die Sorgen, die Scrim hatte. Denken Sie doch nur, wie er wartete und wartete, daß die Leiche gefunden wurde! Malen Sie sich die Anspannung aus!«

»Warum ist er eigentlich immer wieder hergekommen?« fragte Mrs. Mullet. »Hat er gedacht, er findet die Sachen vom Admiral hier?«

»Das dürfte die eigentliche Absicht gewesen sein«, antwortete Leonidas, »obwohl er gewiß einen guten falschen Grund in petto hatte. Er wird sicher auch gedacht haben, daß es gut für sein Alibi ist, wenn er im Augenblick, in dem die Kühltruhe angeliefert wird, hier bei mir ist. Später am Abend kam er dann zweifellos nur noch, um für die Entdeckung der Leiche zu sorgen.«

»Warum wollte er, daß sie entdeckt wird?« fragte Mrs. Mullet. »Ich hätte gedacht, je länger das dauert, desto besser für ihn!«

»Ganz im Gegenteil, ihm war sehr daran gelegen, daß die Leiche schnell gefunden wurde. Je länger er warten mußte, desto komplizierter wurde sein Alibi. Außerdem wäre er im Augenblick, in dem die Leiche hier bei mir entdeckt wurde, auch mich losgeworden«, sagte Leonidas. »Mit Sicherheit hat er sich ausgemalt, wie er freie Bahn für die Suche nach den Akten haben würde, wenn die Polizei mich erst einmal abgeführt hatte. Tja, es muß ein gräßlicher Tag für ihn gewesen sein, nervenaufreibend! Wie schwer muß ihn das aus der Fassung gebracht haben, als ich ihn am frühen Abend begrüßte und behauptete, ich sei nicht Witherall! Er kann einem leid tun!«

»Also ich muß sagen«, meldete sich Mrs. Finger wieder zu Wort, »ich verstehe zwar allmählich, worauf alles hinausläuft, aber es gibt doch noch eine Menge Dinge, die ich überhaupt nicht begreife! *Was* wollte Mrs. Haverstraw vorhin in meiner Küche? Gut, Jay sagt, er hat die Tür nicht abgeschlossen, da konnte sie also ohne weiteres hinein; aber was *wollte* sie da?«

»Ich würde wetten«, antwortete Leonidas mit einem Lächeln, »daß Bedford Scrim sie geschickt hat.«

»Was?«

»Hmnja. Scrim, wie ich gerade erläutert habe«, sagte Leonidas, »brennt darauf, daß die Leiche gefunden wird. Er hat gewartet und gewartet und gewartet. Nun ist Maude Haverstraw bekannt als flammendste Santos-Verehrerin in ganz Dalton – ähm, Sie wissen von seiner Sangeskarriere, nehme ich an? Hmnja. Ich denke, wenn man Maude Haverstraw mitten in der Nacht anriefe und ihr sagte, daß Santos in der Küche ihres alten Hauses auf sie warte, könnte man sicher sein, daß Maude sofort dorthin eilte. Ähm – Mrs. Mullet, was meinen Sie, ist das zu weit hergeholt?«

»Die würde vom Deck eines Ozeandampfers springen und an Land schwimmen, wenn er am Strand auf sie warten würde!« antwortete Mrs. Mullet. »Sie würde vom Totenbett aufstehen! Das habe ich Ihnen doch gesagt!«

»Das kann ich nicht glauben«, murmelte Mrs. Finger matt.

»Ich schon. Ich kenne Maude«, sagte Leonidas. »Ich weiß, daß Scrim sich wünscht, daß die Leiche gefunden wird. Ich denke mir – hmnja, ich denke mir, daß er allmählich sogar ein wenig in Panik gerät. Nun frage ich mich aber«, fügte er hinzu, »warum die Polizei, wenn sie von alldem nichts weiß, mir zur Meredith-Akademie und zu Fingers Wohnung gefolgt ist! Das frage ich mich!«

»Aber hören Sie«, sagte Jay, »wie sieht es mit Beweisen aus? Ich will ja kein Spaßverderber sein, aber ich meine, haben Sie *Beweise* dafür? Oder auch nur einen einzigen? Haben Sie auch nur das kleinste bißchen an Belegen in der Hand?«

»Aber ja, gewiß doch!« versicherte ihm Leonidas. »Wir können so gut wie sicher sein, daß Fingers Mörder dessen Schulschlüssel bei sich hat. Er sollte – und das ist doch immerhin etwas – irgendwo ein Paar Schuhe gelassen haben, dessen einen Terry …«

»Um *die* mache ich mir Sorgen, Mr. Witherall!« unterbrach Mrs. Mullet. »Wenn Scrim sie in seinen Fängen hat, wer weiß, ob er sie nicht auch noch umbringt! Haseltine sagt doch immer, mit Morden ist es wie mit Oliven. Wenn man die erste aus dem Röhrchen hat, kommen die anderen wie von selbst. Wir müssen sie retten!«

»Darüber mache ich mir meine Gedanken«, erwiderte Leonidas. »Ich mache mir über vieles Gedanken, Mrs. Mullet. Hmm. *Ich* kann es nicht machen, denn mich verdächtigt Scrim sofort. Mittlerweile wird er auch bei Mrs. Finger und Jay mißtrauisch sein …«

»Wieso?«

»Er wußte, daß die Kühltruhe in Ihrem Haus war. Sonst hätte er Maude nicht dorthin schicken können. Offenbar hat er die Dinge hier im Auge behalten. Er ist hier draußen gewesen. Hmnja, und er hat Chuck vor Fingers Wohnung gesehen, auch wenn Chuck ihn nicht gesehen hat. Er hat Mrs. Mullet gesehen und gefesselt. Hmm. Gerty, weiß Scrim, wer Sie sind?«

»Ich habe mal in der Fabrik gearbeitet, für kurze Zeit.« Sie strich ihren Pullover glatt. »Aber da hatte ich die Haare noch anders. Ich glaube nicht, daß er mich erkennen würde. Außerdem war er ja da noch bei seinem Onkel.«

»Hmm. Und Rosine kennt er auch nicht. Hmm!«

»Was geht Ihnen durch den Kopf?« fragte Mrs. Finger.

»Scrim hatte nur sehr wenig Zeit«, sagte Leonidas, »sehr wenig Zeit zwischen dem Aufbruch der Haverstraws und dem Punkt, an dem Terry und ich eintrafen und nach dem Schuh suchten. Hmnja. Sehr wenig Zeit, den einen zu finden und, wenn man bedenkt, wie schnell er dann wieder hier war, sehr wenig Zeit, danach beide braunen Schuhe verschwinden zu lassen. Was würde man wohl tun, wenn man mit einem Paar brauner Schuhe in Oak Hill stünde und sie so schnell wie möglich beiseite schaffen wollte?«

Er sah das Grüppchen aufmerksam an. Die Fingers beobachteten ihn skeptisch, Chuck stierte vor sich hin, und Mrs. Mullet und Gerty dachten zwar sichtlich angestrengt nach, doch ebenso sichtlich ohne Erfolg.

Nur Rosine war seinem Gedankengang gefolgt.

»Man würde sie in ein Adlernest stecken«, sagte sie. »Oder in einen hohlen Baum. So würde Haseltine das machen.«

»Hmnja«, sagte Leonidas. »Hmnja. Ich denke mir auch, daß Scrim sie irgendwo hier verstecken würde, um sie später zu holen. Die Zeit hätte nicht ausgereicht, um sie, wie ich anfangs vermutet habe, in den Fluß zu werfen. Und man kann sich ja auch, wenn man etwas irgendwohin werfen will, immer darauf verlassen, daß sofort Leute auftauchen. Hmm. Er hat sich eine so geniale Methode einfallen lassen, eine Leiche loszuwerden, was würde er da mit den Schuhen machen? Ein hohler Baum – hmnja, das sollte nach seinem Geschmack sein. So wunderbar einfach!«

»Wir haben einen wunderschönen hohlen Baum in unserem Garten«, sagte Rosine. »Den habe ich heute nachmittag entdeckt.«

»Hmnja, den kenne ich. Mrs. Mullet, würden Sie wohl einmal nachsehen gehen, ob in dem hohlen Baum ein Paar Schuhe steckt? Aber bringen Sie sie nicht mit zurück! Sehen Sie nur nach, ob sie da sind.«

»Sie reden«, meinte Jay, »als ob Sie tatsächlich erwarten, daß diese Schuhe in dem Baum stecken.«

»Ich wäre überrascht«, erwiderte Leonidas, »wenn es nicht so wäre. Sie müssen dort sein. Wir brauchen diese Schuhe für Cannae.«

»Für *was?*«

»Cannae.« Leonidas buchstabierte es ihm. »C-a-n-n-a-e.«

»Oh, ich weiß, was das ist!« rief Mrs. Finger. »Nicht daß ich es in der Schule gelernt hätte, muß ich dazusagen. Ich habe es von Haseltine, den ich mir mit Rosinchen im Radio anhöre. Das Schicksal schindet den wackeren Lieutenant, bis er nur noch auf allen vieren kriechen kann. Und dann denkt er an Cannae, und alles ist gelöst!«

»Was *redest* du denn da, Mutter?« fragte Jay. »Und was soll das sein, Cannae? Was hat das hier mit unserer Sache zu tun?«

»Cannae«, sagte Leonidas, »ist die historische Schlacht zwischen Römern und Karthagern, die im Jahre 216 vor Christus in Apulien gefochten wurde, die Schlacht, in der die kleine, schwache Armee Hannibals die bei weitem überlegene Streitmacht von fünfundachtzigtausend stolzen römischen Legionären in Stücke schlug ...«

»In ihre Einzelteile zerlegte«, verbesserte Rosinchen. »Haseltine spricht immer von Einzelteilen.«

»In ihre Einzelteile zerlegte. Und zwar«, fuhr Leonidas fort, »indem sie mittels einer kunstvollen strategischen Konzentration der Truppen den Feind mit der Kavallerie von der Flanke aus angriff und ihn dann einkesselte. Clausewitz und Schlieffen vom preußischen Generalstab bauten die Grundzüge von Cannae zu einer allgemeinen Theorie aus und entwickelten daraus wiederum ein exaktes strategisches System. Der Blitzkrieg, mit anderen Worten, ohne die Feinheiten unserer Tage. Das, kurz gesagt, ist Cannae.«

»Und wenn Sie es selbst geschrieben hätten«, meinte Mrs. Finger, »hätten Sie es nicht besser herunterrasseln können!«

»Aber das *hat* er«, sagte Mrs. Mullet, als sie zu der Gruppe im Arbeitszimmer wieder hinzustieß. »Die Haseltine-Bücher sind von ihm – haben Sie das nicht gewußt? Die braunen Schuhe sind im Baum, Mr. Witherall.«

»*Er* schreibt Haseltine! Bill, *stimmt* das? Als Sie sich heute nachmittag damit herausredeten, daß Terry Ihre Nichte sei, da hatte ich *gleich* das Gefühl, da ist ein Literat am Werke!« rief Mrs. Finger. »Rosine, darf ich dir Morgatroyd Jones vorstellen? Haben Sie sich für Cannae schon alles ausgedacht?«

»Mutter«, sagte Jay, »es tut mir leid, wenn ich hier der Miesepeter bin, aber es wird allmählich Zeit, daß bei dieser ganzen verrückten Geschichte mal jemand auf die Bremse tritt! Ernest liegt in der Tiefkühltruhe! Die Blondine ist draußen mit einem Mörder unterwegs, und du …«

»Ruhig, Schatz!« sagte Mrs. Finger. »Du bist schon so lange aus dem zivilen Leben fort, da hast du überhaupt keinen Sinn mehr für Sachen wie Haseltine! Was haben Sie vor, Bill? Ihr Cannae, meine ich.«

»Ich finde«, sagte Leonidas, »es ist nur fair und angemessen, wenn wir uns an jenen habgierigen Zug bei Scrim halten, der ihn überhaupt zu dem Verbrechen verleitet hat.«

Er ging zu seinem Schreibtisch und holte einen Block mit Telegrammformularen heraus.

»Ah, Sie schicken ihm ein Telegramm?« fragte Jay spöttisch.

»Hmnja. Ein Telegramm von Admiral Coe-Chester«, erklärte Leonidas, »in dem er ihm mitteilt, daß er den Adjutanten, der den vertraulichen Ordner verlegt hatte, ausfindig gemacht und in Erfahrung gebracht hat, daß besagter Ordner sich im Kofferraum von Witheralls Wagen befindet.«

»Aber das sieht er doch, daß das nicht echt ist! Sie können doch …«

»Wir schreiben dazu, daß es verspätet zugestellt wird«, sagte Leonidas, »und geben als Eingangszeit den frühen Nachmittag an. Gestern nachmittag, genauer gesagt. Hmnja.«

»Aber auch der größte Dummkopf auf Erden würde doch ein solches handgekritzeltes Telegramm nicht für echt halten …«

»Die Hälfte der Telegramme auf dem Stapel dort neben dem Tintenfaß«, erwiderte Leonidas unbeirrt, »ist handschriftlich und – ähm – gekritzelt. Ich habe nicht an ihrer Echtheit gezweifelt, weil ich weiß, daß das Telegrafenbüro chronisch überlastet ist. Scrim wird es genauso tun. Aber lassen Sie uns überlegen. Vieles hängt vom Wortlaut ab. ›Witherall offenbar abwesend, daher unter allen Umständen Ordner aus Witheralls Kofferraum in Sicherheit bringen. Verlasse mich auf Sie. Coe-Chester.‹ Hmnja.«

»Wie«, fragte Jay, »wollen Sie das Scrim zukommen lassen, der doch anscheinend im Kombiwagen durch die Gegend fährt? Und wer geht als Bote? Sie selber, nehme ich an?«

»Gerty«, antwortete Leonidas. »Gerty kennt er nicht. Das haben wir – ähm – doch vorhin besprochen. Hmnja, Gerty, die im überlasteten Büro als Telegrammbotin aushilft.«

»Na, das ist ja reizend!« sagte Jay. »Und zweifellos landet sie per Fallschirm?«

»Nein, sie nimmt Chucks Wagen. Hmm. Den hat Scrim gesehen, aber …«

»Oh, den verkleiden Sie einfach!« rief Jay. »Den verkleiden Sie! Malen Sie ein Wappen auf die Tür! Oder gleich neu lackieren! Bei solchen Kleinigkeiten werden Sie doch nicht knickerig sein!«

»Wir lassen Rosine mitkommen«, sagte Leonidas. »Auch wenn Sie noch spät nachts arbeiten, Gerty, lassen Sie doch Ihr Kind nicht allein – verstehen Sie?«

»Aber sicher«, antwortete Gerty. »Wir gehen überall zusammen hin, stimmt's, Rosine?«

»Man staunt immer wieder« – Leonidas gab Jay keine Chance zu einem Kommentar –, »wie ein Kind oder Hund einer Szene den Anstrich der Wahrhaftigkeit verleiht. Der letzte Mörder, den ich aufgespürt habe, war ein Hundefreund und hätte mich beinahe damit hinters Licht geführt.«

»Der letzte – soll das heißen, das hier ist nicht das erstemal, daß Sie so etwas machen?« fragte Jay. »Das kann noch nicht Ihr Ernst sein!«

»Ähm – doch.« Leonidas schrieb sein Telegramm zu Ende, faltete es sorgsam und steckte es in einen der Umschläge vom

Stapel auf seinem Schreibtisch. »Jetzt rufen wir auf der Polizeiwache an!«

»Großartig!« rief Jay. »Das einzige, was noch gefehlt hat! Was hätte man auch sonst …«

»Ruhig, Schatz!« ermahnte ihn Mrs. Finger. »Ich will das *hören!*«

»Polizeipräsidium?« fragte Leonidas. »Western Union. Folgendes – ich habe hier ein Telegramm für den feinen John Scudder. Klingt ziemlich wichtig, und ich würd' gern dafür sorgen, daß Bedford Scrim das kriegt. Ja, dringend, und ich denke, jemand von der Familie sollte es annehmen, und dann kann er ihm am Telefon sagen, was drinsteht. Heute nachmittag ist schon mal so eins gekommen. Ja, genau. Ganz genau.«

Jay schüttelte fassungslos den Kopf.

»Sicher, natürlich hab' ich's bei Scrim versucht«, fuhr Leonidas fort. »Deshalb rufe ich doch bei euch an, weil er nämlich nicht zu Hause ist. Hab' mir sagen lassen, er fährt spazieren. Richtig. Mit seinem Kombiwagen, und er wollte nach Oak Hill. Und da hab' ich überlegt, ob ihr das nicht eurem Streifenwagen durchgeben könnt, und wenn euer Mann ihn dann sieht, kann er ihm Bescheid sagen, daß wir ein wichtiges Telegramm für seinen Onkel haben. Aber klar versteht er das. Und wenn ihr ihm das sagt, dann kann ich mein Mädchen hinschicken, die muß sowieso da lang. Die könnte an der Ecke Fruit und Elm auf ihn warten, in ihrem eigenen Wagen, und sie hätte auch das Buch dabei, damit er unterschreiben kann. Dann muß er nicht extra herkommen. Genau.«

Leonidas ging mit dem Beamten alles noch einmal durch, dankte ihm und legte auf.

»Da!« sagte er. »Die Polizei wußte, daß es alles seine Richtigkeit hat, weil ich gesagt habe, er könne unterschreiben. Auch ein Mittel, mit dem man für den realistischen Anstrich sorgt. Sie suchen Scrim für uns, Scrim fährt zur Ecke Fruit und Elm – verstanden, Gerty? Da warten Sie und Rosine auf ihn. Sie geben ihm das Telegramm, lassen ihn« – er ging wieder zu seinem Schreibtisch – »in diesem alten Notizbuch unterschreiben und kommen dann hierher zurück.«

Jay setzte sich, die Arme vor der Brust verschränkt. »Ich dachte ja wirklich«, sagte er, »ich hätte schon alles erlebt! Ich dachte ...«

»Schatz«, sagte Mrs. Finger, »ich wünschte, du würdest den Mund halten! Scrim wird natürlich auf der Stelle herkommen, nicht wahr, Bill? Die Garagentür lassen Sie offen, nehme ich an?«

»Hmnja«, sagte Leonidas, »allerdings hänge ich das Schloß vor, und natürlich werden wir auch so nett sein und die Schlüssel steckenlassen, damit er nicht soviel Arbeit mit dem Kofferraum hat. Auf dem Rückweg wird er, den Ordner unter dem Arm, gewiß die Gelegenheit nutzen und seine Schuhe aus dem hohlen Baum holen. Das ist der Augenblick, in dem Chuck übernimmt.«

»Und unsere Freunde und Helfer?« fragte Jay spöttisch. »Haben Sie sich das auch schon überlegt, wie Sie ihn dann an die Freunde und Helfer von der Polizei aushändigen? Haben Sie überlegt, was die sagen werden, wenn sie die Kühltruhe finden und erfahren ...«

»Nun sei doch endlich *still!*« zischte Mrs. Finger. »Du wirst dir vorkommen wie ein Idiot, Jay, wenn du gleich siehst, wie gut das alles klappt! Wie lange wird es dauern, Bill? Eine halbe Stunde?«

»Hmnja.« Leonidas kalkulierte es in Gedanken. »Ich würde denken, in einer halben Stunde wird Chuck zuschlagen.«

Eine knappe halbe Stunde darauf drehte Chuck Bedford Scrim, der eben seine braunen Schuhe aus dem hohlen Baum holen wollte, den Arm auf den Rücken.

»Wunderbar, Chuck!« lobte Leonidas. »In mein Arbeitszimmer mit ihm, schnell! Beeilen Sie sich!«

»Den hab' ich tragen müssen«, meinte Chuck. »Beine wie

Pudding. Mann, war der baff! Das Gesicht, das der gemacht hat!«

»Schnell!« sagte Leonidas. »Maude Haverstraw muß jeden Moment hier sein!«

»Nein!« sagte Jay. »Nein, Shakespeare, das *kann* nicht sein! Gut, ich gebe zu, Scrim hat angebissen! Aber *sie* fällt doch nicht zweimal auf denselben Trick herein!«

Zwanzig Minuten später präsentierte Maude Haverstraw in Leonidas' Küche der Daltoner Polizei den toten Carlos Santos.

»Da!« rief sie. »Ich *habe* es Ihnen gesagt, daß ich ihn gesehen hatte – ich *habe* es Ihnen gesagt! Ich – Leonidas«, wandte sie sich an ihn, als er die Küche betrat, »was hat das zu bedeuten? Wer …«

»Ah, MacCobble!« sagte Leonidas. »Wie schön, Sie zu sehen!«

»Nun verraten Sie mir nur eins, Leonidas«, begrüßte ihn MacCobble. »Was geht hier vor? Wer hat das getan? Und wo haben Sie überhaupt die ganze Zeit gesteckt? Auf unserer Feier haben wir nämlich beschlossen, daß wir Sie zum Polizeichef ehrenhalber machen, und das wollten wir Ihnen doch erzählen! Wir haben die ganze Stadt nach Ihnen abgesucht, jeder hat uns weitergeschickt …«

»Aber«, fragte Leonidas, »warum bis nach Pomfret?«

»Pomfret? Da waren wir nicht wegen Ihnen. Da waren wir wegen *ihm!*« MacCobble wies auf die Truhe. »Wir hatten da ein paar Santos-Verehrer, die wollten nicht gehen, bevor er gesungen hatte, und wir sind ein paarmal drüben bei seiner Wohnung gewesen – aber was *ist* denn nun geschehen? Wer hat das getan?«

»Bedford Scrim«, antwortete Leonidas ohne zu zögern. »Er sitzt in meinem Arbeitszimmer und schreibt gerade sein Geständnis. Vielleicht muß er es später noch ausbessern; ich glaube – ähm –, die Hände zittern ihm zu sehr.«

»Soll das heißen«, fragte MacCobble verblüfft, »soll das heißen, der Mord ist schon *geklärt?*«

»Hmnja«, antwortete Leonidas mit einem Lächeln. »Das einzige, was Sie noch tun können, MacCobble, ist jemanden herschicken – Matt und Shorty zum Beispiel –, der die Truhe für Sie holt, und Scrim in eine Zelle stecken. Ich bin sehr gerührt, daß Sie mich zum Ehren-Polizeichef machen, und ich finde – wenn ich das selbst sagen darf –, ich habe meinen Dienst erfolgreich angetreten! Aber jetzt haben Sie mit Sicherheit noch eine Menge zu regeln, und das gleiche gilt auch für mich. Auf mich wartet – ähm – noch ein Roman!«

Mrs. Mullet pochte auf Leonidas' Tisch.

»Mr. Witherall, es ist schon fast neun, und Sie sind immer noch nicht im Bett gewesen!«

»Ebensowenig«, konterte Leonidas, »wie Sie. Wie – ähm – geht es allen?«

»Also Chuck und Gerty frühstücken gerade, und Mrs. Finger und Rosine sind nach Hause schlafen gegangen – ich glaube, ich *mag* die drei, Mr. Witherall!« sagte Mrs. Mullet. »Je mehr man sie kennt, desto sympathischer werden sie.«

»Und Terry?«

»Die ist mit Jay unterwegs. Sie sagt, er soll doch wenigstens noch ein bißchen von seinem Geburtstagsgeschenk bekommen – aber finden Sie nicht auch, sie war genau wie Lady Alicia? Wie sie immer wieder beteuert hat, daß es ihr überhaupt nichts ausgemacht hätte, daß sie mit Scrim draußen war und daß er sie bedroht hat, weil sie ja *wußte*, daß Sie sie retten würden. Sie sind zu Fingers Wohnung gefahren«, sagte sie ein wenig unvermittelt, »und wollen den Brief aus seinem Kasten holen.«

»Was?«

»Ja, den Brief, den sie ihm geschrieben hatte und der ihr solche Sorgen gemacht hat«, erklärte Mrs. Mullet. »Ich habe ihr meinen Schlüssel gegeben. Und wenn Sie *mich* fragen, sie und Jay, das *wird* etwas!«

»Was Sie nicht sagen!« rief Leonidas. »Und die Kühltruhe?«

»Oh, die haben Matt und Shorty geholt. Ich wünschte, Sie hätten die Gesichter von den beiden sehen können, Mr. Witherall, als die gemerkt haben, was da drin war! Shorty hat sich zu Matt umgedreht und hat gesagt: ›Matt‹, hat er gesagt, ›Kühltruhen, die fahren wir im Leben nicht mehr!‹ Sind Sie fertig?«

»Ähm – womit?«

»Na, mit Ihrem Buch natürlich!« rief Mrs. Mullet ungeduldig. »Haben Sie es zu Ende geschrieben? Tatsächlich? Das ist ja großartig! Wie geht es aus?«

»›Getaucht in den strahlenden Glanz der untergehenden Sonne‹«, las Leonidas aus dem Manuskript vor, »›legte Haseltine den Arm um Lady Alicia und drückte sie fest an seine tapfere Brust.‹ Das Orchester wogt, und Tusch. Dem Himmel sei Dank«, sagte er, erhob sich vom Schreibtisch und griff nach Barett und Talar, »daß ich *das* für eine Weile von der Seele habe!«

»Und wo wollen Sie jetzt schon wieder hin?« fragte Mrs. Mullet streng.

»Zur feierlichen Wiedereröffnung der Meredith-Akademie«, antwortete Leonidas, »und ich hoffe nur, daß Jay Finger es vor lauter Seligkeit nicht vergessen hat. Er ist nämlich unser neuer Französischlehrer. Mrs. Mullet, wenn Smith und Beston mich wieder mit Telegrammen bombardieren, können Sie mich dann erinnern, was ich als Titel für den nächsten Haseltine vorgesehen habe?«

»Wie soll er heißen?« fragte Mrs. Mullet gespannt. »Ich wette, ›Der Finger fährt fort‹, wie in dem Gedicht!«

»Ähm – nein«, entgegnete Leonidas. »Nicht ›Der Finger fährt fort‹, nicht ›Kein Gebet, kein Geistesblitz‹. Auch nicht ›Die treulose Truhe‹. Ich nenne ihn …«

»Ja?«

»›Todernst‹«, sagte Leonidas nur. »Guten Morgen, Mrs. Mullet.«

Nachwort

Schon der geniale irische Dichter Oscar Wilde, den eine puritanische Gesellschaft so grausig für seine offen zur Schau getragene Genialität büßen ließ, hat eine ganze Komödie über den phonetischen Gleichklang von »earnest« und »Ernest« geschrieben – »The Importance of Being Earnest« (1895) – »Wie wichtig es ist, ernst (Ernst) zu sein«; bei uns Deutschen langt es immerhin zum Kalauer »Spaß beiseite – Ernst, bleib da!« So können wir zwar aus Phoebe Atwood Taylors »Dead Ernest« »Todernst« machen, aber keinen »Toten Ernst«, was es in Wirklichkeit heißt. Daß es aber gerade diese Autorin ist, der wir den toten Ernst verdanken, stellt zugleich sicher, daß das Buch alles andere wird als todernst. Wenn nach Ernst Blochs schönem Diktum der Detektivroman mit der Leiche ins Haus fällt, so hat Leonidas Witherall über seine gesammelten Abenteuer hinweg die unschöne Eigenschaft entwickelt, daß ihm die Leichen geradezu ins Haus fallen – und daß, wo er doch seinen neuesten Band um Lieutenant Haseltine noch an diesem Abend fertigstellen müßte. Seinem Verleger ist es offenbar todernst mit der Deadline für den Band – warum sonst schickte er Telegramm um Telegramm, die Witherall schon gar nicht mehr öffnet? Mit dem Roman- und Hörspielhelden Haseltine hat es seine besondere Bewandnis. Leonidas Witherall, der wie ein Ei(erkopf) dem anderen dem einzigen überlieferten Bildnis Shakespeares gleicht, hat ein geruhsames Leben der neuenglischen Oberschicht hinter sich, als er Ende der zwanziger Jahre des vorigen Jahrhunderts eine ehrenvolle Tätigkeit als Literaturdozent an der renommierten Meredith Academy für Knaben, Kaderschmiede für Yale und Harvard, abschließt, um nach einer Weltreise hinfort im Ruhestand von seinem ererbten und erworbenen Aktienvermögen zu leben. Als er zurückkehrt, hat der Schwarze Freitag sein Vermögen vernichtet, und die Weltwirtschaftskrise scheint ihn in ewige Armut zu verbannen – bei seinem ersten Auftreten fristet der würdige alte Herr sein Dasein als Hausmeister gegen freies Logis in einem heruntergekommenen Gebäude (»Schlag nach bei Shakespeare«, DuMonts Kriminal-Bibliothek Band 1073). Die Erfindung des internationalen Agenten und Abenteurers Lieutenant Haseltine, Schrecken aller Schurken von Pol zu Pol, erscheint da als Möglichkeit, etwas Geld zu verdienen – selbstredend unter Pseudonym. Mit dem Ausbau der Saga – Leonidas selbst nennt im vorliegenden Band seine Abenteuer so – wird Haseltine mehr und mehr zum Mittel, das Phoebe Atwood Taylor (die die Witherall-Abenteuer selbst unter dem Pseudonym Alice Tilton verfaßt hat) souverän nutzt, um die (fiktionalen) Taten Witheralls in der Fiktion selbst zu fiktionalisieren und so ihre Romane als das preiszugeben, was sie sind – ein Spiel mit dem Genre auf höchsten Niveau, bei dem ihr von den Zeitgenossen John Dickson Carr und von den Söhnen und Enkelinnen Michael Innes, Edmund Crispin und Charlotte MacLeod gefolgt wurde. Im vorliegenden Abenteuer um den toten Ernst überlegt Leonidas Witherall in jeder ausweglosen Klemme, welche Rettung er jetzt für Haseltine erfinden würde, säße er nur an seiner Schreibmaschine. Und seit langem pflegen die Witherall-Bände exakt so zu enden wie die Abenteuer Haseltines: Kurz vor Schluß holt der Lieutenant in tiefster Not zu »Cannae« aus und wendet auf den Spuren Hannibals, Clausewitz' und Schlieffens in einer Vernichtungsschlacht das Blatt, und sein Schöpfer tut es ihm in seinen Bänden gleich. Diesmal beginnen Witheralls Schwierigkeiten mit einer überdimensionierten Tiefkühltruhe, die ihm zwei ortsbekannte Gelegenheitsarbeiter partout ins Haus liefern wollen und die er ebenso dezidiert nicht will. Es ist das letzte Kriegsjahr, und in den letzten zwölf Jahren ist Leonidas durchaus wieder zu Wohlstand und Ansehen und eigenem Haus in Daltons Nobelvorort gekommen (»Kalt erwischt«, DuMonts Kriminal-Bibliothek Band 1086) – aber was soll er mit einer Tiefkühltruhe von

Großküchendimensionen? Seine neue Nachbarin denkt da anders; sie würde die Truhe, die ihr Nachbar nicht will, gerne übernehmen. 1944 ist in den USA zwar die Verdunkelung aufgehoben, aber noch nicht die Rationierung von Benzin und Kautschuk, und Konsumgüter sind in jeder Form rar, was die Begehrlichkeit der Dame erklärt. Deshalb ist es im weiteren Verlauf des Abends ein wichtiges Ziel Witheralls, Mrs. Finger von einem Blick in die Truhe abzuhalten – denn in ihr liegen eine Lammkeule, eine Reihe Schellfischfilets und eine seriös gekleidete und lediglich durch einen Blutfleck auf der Brust verunstaltete Leiche: Ernest Boswick Finger, den Witherall soeben als Französischlehrer für die Meredith Academy eingestellt hat. In welchem Verhältnis steht dieser schlimme Finger zu den neuen Nachbarfingern – Finger wachsen schließlich nicht auf Bäumen, wie Witherall befindet.

Von nun an überschlagen sich die Ereignisse – als er die Truhe geliefert bekam, wollte er sie nicht haben; wenn sie ihm jetzt zu entschwinden droht, muß er sie auf der Stelle zurückholen. Da ist aber auch noch eine bildhübsche Blondine, die als singendes Telegramm vor seiner Tür steht und behauptet, sein Geburtstagsgeschenk für diesen Tag zu sein – aber Witherall hat überhaupt keinen Geburtstag. Seine Haushälterin ist verschwunden und wird von ihrer Tochter gesucht – nebst kleiderschrankförmigem neuestem Verlobten, aber auch sie kann er selbstverständlich nicht in die Nähe der Truhe lassen. Sein blutiges Geheimnis entdeckt schließlich Terry, das singende Telegramm und Geburtstagsgeschenk am falschen Tag, und sie bietet ihm eine Erklärung der rätselhaften Vorkommnisse: Seit dem Kriegseintritt der USA sind mehr und mehr junge Leute eingezogen worden, und ältere wurden auf Offiziersstellen oder leitende Positionen in Boston oder Washington berufen. So ist Leonidas Witherall nicht nur erst als Schullehrer reaktiviert worden, sondern inzwischen auch zum Schulleiter und jetzt sogar zum Inhaber der Schule aufgestiegen, daneben wurde er zum Vorsitzenden und Ehrenmitglied aller möglichen Aufsichtsräte und Komitees ernannt, berufen oder gewählt. Wenn er auch gern Sitzungstermine und Institutionen, bei denen er ist oder sein sollte, verwechselt, ist er doch sehr gewissenhaft, und sein Wirken hat zu teilweise dramatischen Rücktritten, Reorganisationen und komplette Revirements von der Stadtverwaltung über die Wasserwerke bis zu lokalen Banken geführt. Wer so viele Leichen im Keller anderer ausgräbt – sollte man dem nicht bei Gelegenheit eine Leiche hygienisch in einer Tiefkühltruhe verpackt ins Haus schicken? Zudem eine Leiche aus dem Keller der Meredith Academy, denn dorthin weisen die überdimensionierte Truhe wie der tote Ernst. Im eigenen Keller findet sich derweil die verschwundene Haushälterin Mrs Mullet, gefesselt und geknebelt, und statt sie zu befreien, versteckt ihr Arbeitgeber sie zunächst einmal unter einem Quilt. Als er sie dann doch befreit, ist sie ihm nicht einmal böse, hat sie doch an den Stuhl gefesselt so tief und fest geschlafen wie schon lange nicht mehr. Um sie loszuwerden, gibt er sich gegenüber der begeisterten Haseltine-Verehrerin als dessen Autor zu erkennen und erreicht das Gegenteil: Die ältliche Dame sieht sich als dessen treue Gefährtin Lady Alicia; ihr neuester Schwiegersohn in spe, der Kleiderschrank von den Ledernacken, mutiert zu Haseltines treuem Diener Frank, und die entsprechende Rolle für seine attraktive rothaarige Freundin wird noch gesucht, als die vier zu ihren nächtlichen Abenteuern aufbrechen, in deren Verlauf Leonidas unter anderem zwei wichtige Reden zu ihm unbekannten Inhalten halten muß, bis Cannae alles schlagartig klärt und rettet. Und die frühen Morgenstunden kann Witherall dann doch noch nutzen, um den neuesten Haseltine zu beenden und sich den Titel für den nächsten einfallen zu lassen – »Todernst«, so todernst wie das Buch über den toten Ernst, das wir soeben aus der Hand gelegt haben.

Volker Neuhaus

Band 1101
Phoebe Atwood Taylor:
Zu den Akten

1942 ist jeder wehrfähige Mann Neuenglands eingezogen. Leonidas Witherall springt ein und macht Karriere. Nach einer Vorstandssitzung von Haymakers Warenhaus wird er niedergeschlagen. Geht man so mit Vorstandsmitgliedern um? Doch Haymaker, bei dem er sich beschweren will, ist tot. Wieder einmal schart Witherall als Detektiv und Hauptverdächtigter die kuriosesten Komplizen um sich.